飞越大西洋

Colum McCann
TransAtlantic

〔爱尔兰〕科伦·麦凯恩 著 张芸 译

人民文学出版社

图书在版编目(CIP)数据

飞越大西洋/(爱尔兰)麦凯恩著;张芸译.—北京:人民文学出版社,2016
ISBN 978-7-02-011525-9

Ⅰ.①飞… Ⅱ.①麦…②张… Ⅲ.①长篇小说-爱尔兰-现代 Ⅳ.①I562.45

中国版本图书馆CIP数据核字(2016)第069223号

著作权合同登记:图字 01-2016-0873

责任编辑 甘 慧 彭 伦 潘爱娟
封面设计 李 佳
封面插画 陈 禹

出版发行 人民文学出版社
社　　址 北京市朝内大街166号
邮政编码 100705
网　　址 http://www.rw-cn.com
印　　制 山东德州新华印务有限责任公司
经　　销 全国新华书店等
字　　数 180千字
开　　本 890×1240毫米 1/32
印　　张 9.25
版　　次 2006年6月北京第1版
印　　次 2016年6月第1次印刷
书　　号 978-7-02-011525-9
定　　价 39.00元

谨将此书献给洛蕾塔·布伦南·格鲁克斯曼

也献给艾莉森和伊莎贝拉

当然还有布兰登·伯克

作者要感谢约翰·西蒙·古根海姆基金会，资助这本小说的写作和为此进行的调研工作。

目　录

历史不是哑巴。无论他们如何占有、破坏、篡改，人类历史拒绝缄口。纵使不闻不问，置之不理，过去的时光仍持续在今日的时光内部滴答作响。

——爱德华多·加莱亚诺

二〇一二年

小屋坐落在湖边。她能听见风和雨奔袭过开阔的水面：打在树上，使劲钻入草丛。

她开始在清晨醒来，甚至比孩子们更早。这是一间值得谛听的屋子。屋顶传来的奇怪响声。起先，她以为大概是老鼠在石板瓦上窜逃，可不久，她发现那是鸥鸟从空中飞过，把牡蛎丢在屋顶上，以敲开外壳。那大多发生在早晨，偶尔在黄昏。

贝壳先是当啷一声，然后弹起，片刻的沉寂，接着丁零零滚过屋顶，翻落进长长的草坪里，壳上带有石灰状的斑点。

贝壳的沿口直接着地时，壳啪的裂开，可若是侧着从空中掉落，壳就不会破：平躺在那儿，像一颗未引爆的炸弹。

鸥鸟急速俯冲，矫捷地，扑向碎裂的贝壳。它们暂时解了饿，拍拍翅膀再次朝水面飞去，一队队蓝灰相间的身影。

未几，各个房间开始发出动静，打开窗户、柜子、门，风吹过湖面，从屋子中间穿过。

第一部

一九一九年

云影

那是一架改装过的轰炸机。型号维克斯·维梅。全木布结构，外加金属线。机身宽阔笨重，可阿尔科克仍觉那是一件轻巧灵敏的小玩意。每次他都会轻轻拍拍它，爬上飞机，侧身滑入座舱坐到布朗旁边。一次流畅的身体运动。手放在油门杆上，脚踩着方向舵脚蹬，他已能感觉自己人在空中。

他最最喜欢的是升到云层上方，飞行在清澈的日光里。他可以探出座舱边沿，看见身下那片白茫茫上影子的变换，在云层表面膨胀收缩。

导航员布朗比较内向——不好意思做出这样大惊小怪的举动。他倾身坐在座舱里，密切留意飞机可能提供的线索。他知道如何凭直觉判断风的形态，可他仍愿信赖他能实际触摸到的东西：罗盘、航图、塞在脚边的水准仪。

那正是二十世纪绅士的概念几已成迷思的时期。大战震动了世界。庞大的金属卷筒新闻纸滚印出来一千六百万人丧生的消息，教人无法承受。欧洲变成一座堆满尸骨的熔炉。

阿尔科克曾给空军战斗机领航。小型炸弹从他飞机的起落架处掉下。机身忽的一轻。一股向上的反冲力，升入夜空。他探出敞开的座舱，望见下面腾起蘑菇状的烟雾。他的飞机进入平飞阶段，向基地返航。在那样的时刻，阿尔科克渴求隐姓埋名。他在黑暗中飞行，他的飞机向星辰敞开怀抱。接着，飞机场将出现在身下，被灯照亮的刀片刺网，好像一座奇特的教堂的圣坛。

布朗以前从事空中侦察。他擅长飞行运算。他能够把任何一片天空转化为一系列数字。就连在地面上时，他也在不停地计算，算出引导飞机返航的新路线。

两个男人都十分清楚，被击落意味着什么。

土耳其人拦截到在苏夫拉湾上空执行远程轰炸任务的杰克·阿尔科克，以机枪火力打穿飞机，击落了他飞机左舷的螺旋桨。他和两名机组乘员在海上迫降，游向岸边。他们光着身子被押到土耳其人搭起的用于安置战犯的一排排小木笼，饱受日晒雨淋。他旁边有个威尔士人，有一张星座图，于是，羁留在土耳其繁星点点的夜空下，阿尔科克练习起他的导航术：只需瞟一眼天空，他就能准确说出当前的时间。然而阿尔科克最想做的是修理引擎。在被转移到凯多斯的一座战俘营后，他用红十字会发的巧克力换了一台发电机，拿洗发水换了牵引部件，用废弃的电线、竹片、螺钉、电池造了一排临时风扇。

泰迪·布朗也当过战犯，在外出进行航拍侦察时被迫在法国降落。一颗子弹打中他的腿，另一颗击裂了燃料箱。下落途中，他丢掉相机，撕毁航图，把碎纸片撒于空中。他和他的飞行员让**B.E.2c**飞机滑翔着陆在泥泞的麦田里，关闭引擎，举起双手。敌人跑着从树林里出来，要把他们拖出残骸。布朗能闻到燃料箱里漏出的汽油。一个德国佬嘴上叼着一根点燃的香烟。布朗出了名的内向寡言。“劳驾，”他喊道，可那个德国人继续往前走，香烟闪着红光，“莫要，莫要。”（德语）德国人的嘴里吐出一小团白烟。布朗的飞行员终于举起手，吼道："操他妈的，站住！"

那个德国人在迈步中间顿了一下，把头后仰，停住，吞下燃着的香烟，再度朝两名飞行员跑来。

这件事让布朗的儿子巴斯特发笑。二十年后，当他听到这则故事时，正是在他也将奔赴战场的前夕。劳驾。莫要，莫要。仿佛那个德国人只是衬衫内里的折边翻了出来，或是不知怎的忘了系好鞋带。

布朗在停战前被用船送回国，接着把他的帽子高高抛向皮卡迪利广场的上空。女孩子涂了口红，裙边短得快碰到膝盖。他徜徉在泰晤士河边，沿着河一直走到水天相接的尽头。

阿尔科克直到十二月才顺利返回伦敦。他望着身穿黑西装、头戴圆顶高帽的男士们在瓦砾间小心翼翼地行走。他与其他人在皮米里科路旁的一条巷子里玩橄榄球，把一只圆圆的猪皮球扔来扔去。可他已能感觉自己又回到了空中。他点燃一支烟，望着烟雾缭绕上升、远去。

一九一九年初，阿尔科克和布朗在位于布鲁克兰兹的维克斯飞机厂首次相遇，他们互相对视了一眼，立刻明白他们俩都需要从头再来。抹消记忆，创造一个崭新的时刻，原始、富有活力，摒除战争，就好像他们选择自己老去的躯壳，把他们初生的心脏放在里面。他们不想记住没有爆炸的哑弹、坠机或着火，或关过他们的牢房，或他们在黑暗中见过的各类深渊。

相反，他们讨论维克斯·维梅。一件轻巧灵敏的小玩意。

铺天盖地的风从纽芬兰向东吹去，迅猛地往大西洋对岸推进。一千八百英里宽的海域。

人们从英国坐船前来，在科克伦酒店租下房间，等待维梅运抵码头。它装在四十七个大木箱里。暮春。空气中仍夹带着一丝冰霜的寒意。阿尔科克和布朗雇了一队人，把木箱从港口拖上来。他们把箱子绑在马车上，在旷野里组装飞机。

那片草场坐落在圣约翰斯①的郊外，位于半山腰，附带一条三百码长的平地，一头是沼泽，另一头是松林。数日的熔接、焊合、砂磨、缝衲，炸弹舱改成了额外的油箱，那是最让布朗中意的地方。他们正在以全新的方式使用这架轰炸机：取出机内的战争因子，剥除整件东西嗜杀的一面。

为了整平草场，他们给雷管安上导火线，用炸药粉碎巨石，推倒围墙和栅栏，移除土堆。虽然是夏天，可空气里依旧带有寒意。成群的鸟儿拂掠过天空。

十四天后，场地就绪。对大多数人而言，那儿只是又多了一块地，可对两位飞行员来说，那是一座理想非凡的飞机场。他们在长了草的跑道上踱步，观察树林里的微风，寻找气象线索。

看热闹的人成群结队，蜂拥来看维梅。有些人从未坐过汽车，更别提见过飞机了。远望，它的设计仿佛借鉴了蜻蜓的形体。长四十二点七英尺，高十五点二五英尺，翼展六十八英尺。装上八百七十加仑的汽油和四十加仑的机油后重达一万三千磅，每平方英尺十一磅。布制的机身

① 圣约翰斯是加拿大纽芬兰与拉布拉多省的首府及最大城市。城市位于纽芬兰岛东部的阿瓦隆半岛东侧，面向大西洋，是北美洲最东端的城市。

上有数千个独立的针脚。装炸弹的地方，里面换成了可供飞行三十小时的充足燃料。不考虑风速，它的最高时速可达一百零三英里，巡行速度每小时九十英里，着陆速度每小时四十五英里。有两台三百六十马力的罗尔斯·罗伊斯“鹰VIII”型水冷发动机，转速每分钟一千零八十转，十二个汽缸分成两组，每组六个，每台发动机驱动一个木制的四叶螺旋桨。

旁观的人用手抚摸压杆，轻叩钢板，拿雨伞敲击紧绷的亚麻布机翼，发出砰砰声。孩子们用蜡笔在机身底下写上他们的名字。

摄影师拉开镜头上的黑罩子。阿尔科克对着相机做鬼脸，把手遮在眼睛上方，好像一个远古的探险家。“呔嗬！”他喊道，然后从九英尺的高处跳到底下潮湿的草地上。

报纸说现在什么事都有可能。世界变小了。国际联盟正在巴黎组建。W.E.B.杜波依斯①集合十五国代表，召开了泛非大会。在罗马也能听到爵士唱片。无线电爱好者用真空管把信号传输到几百英里之外。很快，有朝一日，说不定可以在爱丁堡、萨尔茨堡、悉尼或斯德哥尔摩读到当天的《旧金山观察家报》。

在伦敦，《每日邮报》的老板北岩勋爵拿出一万英镑，奖励第一次成功飞越大西洋的人。至少还有四组人马想要尝试。霍克和格里夫已坠入海中。其他的，像布拉克利和克尔，驻扎在沿海的机场，等待天气好转。完成飞行的时间必须在七十二小时内。直航。

有传闻说得克萨斯的一位富豪，以及匈牙利的一位王子想要一试，

① 杜波依斯（1868—1963），美国社会学家、民权运动者、泛非运动创始人。著有《美国灵魂》、《黑人的重建》等二十多部著作。

而最糟糕的是，还有一个曾在战时专门从事远程轰炸的德国空军士兵。

据悉，《每日邮报》的特稿编辑，北岩勋爵的一位下属，因想到胜出的可能是德国人而得了溃疡。

“德国佬！一个该死的德国佬！上帝，救救我们吧！”

他派记者去查探，看敌人即便在战败后是否依旧有可能会在竞赛中领先。

在舰队街，在排了热乎乎铅字的石台旁，他来回踱步，反复思索着将来的头条标题。在他的外套内里，妻子缝了一面英国国旗，他搓揉着，仿佛那是一块祈祷巾。

“加油啊，小子们。”他喃喃自语，“一，二，回家喽，回英国老家啦。”

每天早晨，两个飞行员在科克伦酒店醒来，用过早餐——粥、鸡蛋、培根、吐司。接着，他们开车穿过陡峭的街道，出森林路，朝覆着一层薄冰的草原驶去。风从海上阵阵吹来，寒冷刺骨。他们在飞行服里装配了金属丝，这样就可以通过电池导热，他们在头盔、手套和靴子的内里加缝了毛皮。

一个星期过去了。两个星期过去了。天气把他们困住。云。暴风雨。气象预报。每天早晨，两人确保自己仔细剃须刮脸，他们在场地远端进行的一项仪式。他们在帆布帐篷下支起钢制的脸盆，用一只小煤气炉烧水，把金属毂盖当镜子。他们在飞行用品里放进剃须刀片，以备着陆时用：他们想要确保，假如到了爱尔兰，自己神清气爽，刮干净胡子，是仪表堂堂的英帝国成员。

在六月渐长的傍晚，他们打好领带，坐在维梅的翼尖下，与齐集来报道这次飞行的加拿大、美国、英国记者们畅谈。

阿尔科克二十六岁，来自曼彻斯特。他精瘦、英俊、勇于冒险，是那种眼睛直视前方，却仍会开怀大笑的人。他有一头姜黄色的头发。单身，他说他爱女人但更喜欢引擎。没有什么比把罗尔斯·罗伊斯的内部零件拆开，然后再组装回去更让他感到愉快的了。他把他的三明治分给记者吃。时常，面包上有一个沾了油的拇指指印。

布朗坐在木箱上，与阿尔科克并排。三十二岁的他已显出老态。残疾的那条腿迫使他要拄拐杖。他出生在苏格兰，但在曼彻斯特附近长大。他的父母是美国人，他有一丁点美国口音，那是他尽最大努力练就的。他自视为一个兼具英美特征的人。他读阿里斯托芬的反战诗歌，坦承他愿意快乐地生活在永远不停的飞行中。他生性孤独，但不喜欢寂寞。有人说他看上去像教区牧师，可他的眼中透出深深的忧郁。他刚与一位来自伦敦的年轻佳人订了婚。他写情书给凯瑟琳，告诉她，他不在乎朝星星扔出他的拐杖。

“天哪，”阿尔科克说，“你真的那样对她讲？”

“嗯，是的。”

“那她怎么说？”

“说我会把拐杖弄丢。”

“噢！多迷人。”

在新闻发布会上，阿尔科克接管局面。布朗拨弄他的领带夹，航行于沉默中。他在内口袋里藏了一瓶白兰地。偶尔，他背过身，掀开外套衣襟，抿一口。

阿尔科克也喝酒，但喝得吵闹、公开、欢快。他倚在科克伦酒店的吧台上，唱着《统治吧，不列颠尼亚》，荒腔走板到充斥着离奇的音调。

当地人——大部分是渔民，有一些伐木工人——嘭嘭敲击木桌，唱着关于挚爱的人在海上失踪的歌。

歌一直唱到深夜，阿尔科克和布朗早已上床就寝。即使在四楼，他们依然能听见悲伤的旋律划破笑语声浪，接着，再后来，钢琴上弹奏出《枫叶拉格》：

哦，走开，小子
我能催眠**这**个国家
我能震摇**这**大地的根基
用枫叶拉格

阿尔科克和布朗日出而起，等待天空放晴。他们转过脸查看天气，在场地上行走，玩金罗美牌戏。再多等一些时间。他们需要一个温煦的日子、一轮皎洁的明月、一点和善的风。他们估算他们可以把飞行时间控制在二十小时以下。失败不在他们的兴趣范围内，但暗地里布朗写了一份遗嘱，将他名下的一切转给凯瑟琳，那个信封，就藏在他紧身短上衣的内口袋里。

阿尔科克没有费心立遗嘱。他回想起战争的恐怖，依旧不时惊讶于自己竟还醒着。

“如今他们能朝我扔来的只剩一股气流而已。”

他用手掌拍拍维梅的侧面，望了一眼远处西边正在聚拢的云。

“当然还有一些更瓢泼的雨。”

低头一瞥，收入眼中的是一溜烟囱、围栏、尖顶，风梳理过一簇簇草，形成银色的波浪，河流腾跃过沟渠，两匹白马在原野上疯跑，柏油碎石路如长长的绶带，与土路接壤消失——森林、灌木丛林地、牛舍、皮革厂、船坞、渔民的小屋、鳕鱼加工厂、英联邦的标志，我们正漂浮在肾上腺素的汪洋上和——瞧！泰迪，那下面，溪里的一支短桨，沙滩上的一块毯子，一个提着桶和铁铲的女孩，卷起裙边的妇人。再看那儿，那个小伙子，穿着红运动衫，骑着驴在岸边走。继续往前飞，再做一个转弯，用一点黑影吓吓那小子……

六月十二日的晚上，他们再一次试飞，这次是在夜里，让布朗可以检验他的萨姆纳航图。一万一英尺的高空，座舱是敞开的，两人踞坐在挡风玻璃后面，严寒酷烈，连他们的发梢都开始结冰。

阿尔科克试图感受飞机，感受它的重量、斜度、重心，布朗则忙着他的数学计算。底下，记者们等待飞机归来。场地四周排了牛皮纸袋，里面点着蜡烛标示出跑道。当维梅着陆时，蜡烛被吹翻，一时间烧着草地。地方上的男孩提着水桶跑出来，泼灭火苗。

两名飞行员爬下飞机，收到零落的掌声。他们惊讶地发现，里面最认真的是一位当地的记者艾米丽·欧利希。她始终没提一个问题，而是站在外围，戴着毛线帽和手套，在笔记本上疾写草记。矮墩墩、魁梧的体态不合时兴。她四十多岁，或许五十多。走过泥泞的飞机场时，她的步履沉重有力。拄着一根木手杖。她的脚踝肿得厉害。从外表看，她像那种可能在蛋糕店工作的妇人，或是在乡下杂货店站柜台的，可她——他们知道——有一支犀利的笔。他们在科克伦酒店见过她，她在那儿住了很多年，和女儿洛蒂。那个十七岁的姑娘操作起相机来，出奇从容有派头，撩动人心。和她的母亲不同，她高挑、苗条、活泼、好奇。她动辄大笑，在她母亲耳边窃窃私语。一对奇怪的组合：母亲保持沉默，女儿拍照提问。这让其他记者大为光火，一个小姑娘闯进他们的领地，可她的问题尖锐、机敏。“机翼的布料可以承受什么样的风压？”“看着大海消失在你们身下是什么感觉？”“你在伦敦有心上人吗，阿尔科克先生？”母女俩喜欢在工作结束后一同大步穿过场地，艾米丽去酒店房间，坐下写她的报道，洛蒂前往网球场，一连打好几个小时网球。

艾米丽的名字以通栏大字标题出现在星期四的《电讯晚报》上，几乎每次都配有一张她女儿拍的照片。她受命每周交一篇报道，内容任由她定：捕鱼遇难，地方纠纷，政治评论，伐木业，争取妇女参政权的女性，战争的惨状。她以离奇的跑题而著称。有一次，在一篇关于当地工会的文章中间，她突然岔开去，写了两百字重糖重油蛋糕的食谱。另一次，在分析纽芬兰总督的演讲时，她扯到保存冰块的秘诀。

阿尔科克和布朗已收到提醒，不敢掉以轻心，因为据大家说，这对母女有怀旧倾向，而且像爱尔兰人一样脾气暴躁。可他们喜欢她们俩——艾米丽和洛蒂，她们给人群增添了不寻常感，母亲古怪的帽子，长长的连衣裙，连番教人好奇的沉默；她的女儿昂然快步地走在镇上，网球拍撞击着她的腿肚子。

此外，布朗看过《电讯晚报》上艾米丽的报道，那是他读过的最好的几篇：今日，锡格纳尔山头的天空慵懒闲散。榔头的敲敲打打响遍飞机场，好似无数钟声。每晚，太阳落下去时看着越来越像月亮。

他们定于十三日星期五出发。那是飞行员骗过死神的一个方法：挑一个倒霉的日子，然后不信邪。

罗盘挂好了，方位表算好了，无线电准备就绪，轮轴上缠了减震器，翼肋上刷了虫胶清漆，翼布的涂料干了，散热器的水净化完毕。所有的铆钉、开口销、针脚，检查再检查。泵的控制手柄、磁发电机、给飞行服供暖的电池。他们的鞋擦亮了。保温瓶里准备了热茶和鸡精口服液。精心切制的三明治打包收好。清单上一一划了勾。他们还带了好立克麦乳精、数块弗莱氏牌巧克力、每人四根甘草条。还有一瓶一品脱的白兰地以备紧急时用。他们在有毛皮衬里的头盔内贴了白石南花的枝条，祈求好运，并放了两个绒毛玩具——都是黑猫，一个在挡风玻璃下方的轮舱里，一个系在座舱后面的压杆上。

接着云过来行屈膝礼，雨朝大地跪下，天气把他们推后了整整一天半。

在圣约翰斯的邮局，洛蒂·欧利希跳过地上的栅窗影子，走到有三道横杆的窗口前，办事员把黑色的帽舌向后一抬，看着她。她把封好的信塞过柜台。

她买了面额十五分、印着卡伯特头像的邮票，告诉办事员，她想要加盖成一元，寄到大西洋对岸。

“哦，”他说，“那种没有了，姑娘，没了。早售完了。”

晚上，布朗在楼下的酒店大堂逗留了许多时间，给凯瑟琳发信。他打电报时羞羞答答，意识到别人可能会读到他的话。他个性拘谨，放不开。

就一个三十几岁的男人来说，他上楼梯的速度缓慢，拐杖重重敲着木地板。三杯白兰地在他体内翻腾。

一个突如其来的影子从扶手上掠过，他在楼梯顶端华丽的木框镜子里瞥见了洛蒂·欧利希。那个少女，有一刻，如神出鬼没般，人影浮现在镜子里，然后逐渐清晰，变高，显出一头红发。她穿着晨袍、睡衣和拖鞋。两人都被对方小小吓了一跳。

“晚上好。”布朗说，口齿有一点含糊。

“热牛奶。”那个少女说。

“什么？”

“我给妈妈拿热牛奶。她睡不着。”

他颔首，假做了一个轻触帽檐的动作，移步从她身旁经过。

“她从来不睡觉。”

她的脸颊泛起红晕，为穿着晨袍在走廊里被人撞见而有些难为情，他心想。他又假装摘了一下并不存在的帽子，忍痛迈着伤腿，又上了三级台阶，白兰地让他的思维变得断断续续。洛蒂停在比他低两级的台阶上，用过分恭敬的语气喊道：“布朗先生？”

“在，年轻的女士，怎么了？”

“您准备好实现两块大陆的连结了吗？”

“坦白讲，”布朗说，“我先需要一根优良的电话线。”

她又下了一级台阶，伸手捂着嘴，像要咳嗽似的。一只眼睛高于另一只，仿佛很久以前，一个非常顽固的问题滞留在了她的脑海里。

“布朗先生。”

“怎么了，欧利希小姐？”

“您认为那会不会太强人所难？”

她停顿了一下，眼睛飞快地瞟向地面，仿佛刚把一堆孤立的词顶到舌尖，稀奇古怪的小东西，根本串不起来，无法将之道出口。她站着，稳住这些词，不知它们是否会倾圮。布朗猜想，她大概和圣约翰斯的每个人一样，倘若还有一次试飞，她希望有机会坐在座舱里。当然那是不可能的，他们不能载任何人上天，小姑娘就更不用说了。连飞机在场地里静候时，他们也不允许记者坐入机舱。那是惯例，一种迷信，不是他能办到的事，他不知要怎么对她讲，此时他感到进退维谷，都是他自己深夜溜达闯的祸。

“假如我给您一点东西，”她说，“那会不会太麻烦？”

“当然不会。”

她设法爬上楼梯，沿走廊朝她的房间跑去。青春的身体在白色的晨袍里移动。

他闭紧双眼，按摩额头，等待。可能是什么幸运符？一件纪念品？一样留作纪念的小礼物？真傻，竟让她有机会开口。本该直接说不。随它去。回他的房间。消失不见。

她出现在走廊尽头，走路的样子风风火火。她的晨袍下露出脖子上一块雪白的三角形肌肤。他的心头一阵剧痛，突然极想见到凯瑟琳，他感到高兴，因为这份欲望，这一刻的出轨，这道古怪弯曲的楼梯，这间偏远的酒店，太多的白兰地。他思念他的未婚妻，纯粹而简单。他想回家，由下往上轻抚她的纤纤娇躯，凝视头发沿着她的锁骨垂落下来。

洛蒂走近时，他多使了一点力抓紧扶手。她的左手里有一张纸。他伸出手，是一封信，仅此而已。一封信。他扫了一眼，寄给科克市的一户人家，地址是布朗街什么。

“我妈妈写的。”

“就是这件东西吗？”

“您能不能将它放在邮包里？”

“绝对没问题。”他说完，再度在楼梯上转身，把信插入紧身短上衣的口袋里。

早晨，他们望见洛蒂从酒店厨房走出来，一头红发歪斜不整，晨袍高高地扣至颈下，裹得很紧。她端着一个托盘，上面是用蜡纸包好的三明治。

“火腿三明治，”她得意地说，将它放在布朗面前，“我特别为您做的。”

“谢谢你，姑娘。”

她穿过餐厅，一边走一边回头挥手。

“就是那个记者的女儿？”

“没错。”

“她们有点神经兮兮的，呃？”阿尔科克说着，穿上飞行茄克，望向窗外的雾。

一股劲风从西边吹来，时强时弱。他们已经晚了十二个小时，但现在是时候了——雾已散去，未来几天的天气报告良好。无云。头顶的天空似画上去的一般。虽然初始的风速强劲，但估计会降至二十节。晚些时候，会有一轮明月。他们在零落的欢呼声中爬上飞机，系好安全带，再次检查仪器。调度员利落的敬礼。点火开关已开！阿尔科克打开节流阀，让两台引擎全速转动起来。他示意移除轮胎下的楔形木垫。技工俯身，钻到机翼下，用腋窝夹着木垫，退后，将之扔开去。他朝空中举起双臂。引擎呛出一阵烟。螺旋桨转起来。维梅的机头迎着大风，微微与风向保持一个角度。昂首。现在出发，出发啦。空气里飘来热乎乎的机油味。加速、上升。惊人的轰鸣。远方的树影影绰绰。一条排水沟在另一端发出挑战。他们什么话也没讲。没有“好家伙”，没有“拉上去，老兄”。他们徐徐向前，隆隆地驰入风中。前进，前进。飞机的重量在他们身下翻滚。忧心忡忡，确实。眼前的速度比以往都慢。向上爬升。今天的飞机很重。有那么多汽油要载。一百码，一百二，一百七。他们飞得太慢了，好像穿行在花色肉冻里。逼仄的座舱。汗水积聚在他们的膝盖内侧。发动机大力运转。翼尖屈曲。他们身下的草儿弯折开裂。一路撞击地面。二百五十码。飞机升高了一点，接着又叹了口气，压到土壤。天哪，杰基，拉起它。那排幽暗的松树伫立在机场尽头，隐约中近了，近了，更近了。多少人曾这样丧命？把它往后拉，杰基老弟。让它斜侧刹住。弃飞。就现在。三百码。天上的耶稣啊。一阵突来的风拉起左翼，他们微微向右倾斜。接着他们感觉到了，腹内涌起一团冷空气。我们飞起来了，泰迪，我们飞起来了，瞧！缓慢地向上爬升，灵魂受到极小一丝的鼓舞，飞机腾空了几英尺，仰起机头，风呼呼吹着压杆。那些树有多高？死了多少人？我们中有多少人坠落？布朗在脑中把松树转化成可能的噪音。树皮的拍击。茎干的缠结。枝条的“高射炮火”。机毁人亡。坚持住，坚持住。喉咙依然因恐惧而发紧。他们在座位上稍稍起身，仿佛那样可以解除对身下飞机的压力。比先前更高了，加油。树林外的天空是一片汪洋。拉起来，杰基，一定要拉起来，拉起它。到了，树丛，就在前面。他们的围巾率先起飞，接着他们听见底下树枝劈劈啪啪的掌声。

“那还真有点棘手！”阿尔科克在轰鸣声中咆哮道。

他们正面迎风，机头朝上。飞机慢了下来，胆颤心惊地越过树梢和低矮的屋顶。此刻要小心，不能失速。让它继续上升。到了更高时，他们开始微微倾侧。慢慢来，老弟，让它掉过头。一个恢弘的转弯，优美极了，一切均衡协调，显出飞机本身的自信。他们维持一定高度。现在飞机倾侧得更厉害。直至风转到他们身后，机头向下一沉，他们才算真正启航。

他们朝底下的调度员、技工、气象工作人员和其他几个游荡的人挥手。不见《电讯晚报》的艾米丽·欧利希，不见洛蒂：母女俩已经回去了，那天她们走得早，错过了起飞。实在遗憾，布朗想。他拍拍茄克内里，信还揣在那儿。

阿尔科克擦去额头的汗水，朝他们在陆地上的最后一抹影子挥挥手，把油门调至一半，驾驶飞机向大海飞去。一条金色的海岸线。船在圣约翰斯的港口里簸动，像男孩浴盆里的玩具。

阿尔科克拿起原始的电话机，半扯着嗓子对里面喊道：“嗨，老兄。”

“嗯？”

“有件事，对不起。”

“对不起，什么？”

“从没告诉过你。”

“从没告诉我什么？”

阿尔科克咧嘴一笑，低头瞥了一眼水面。他们已飞离陆地八分钟，高度一千英尺，风力不到三十五节。他们颤巍巍地翱翔在康塞普申湾的上空。水面，像一张流动的灰地毯，绣着斑斑阳光和刺眼的反射。

“从来没学过游泳，我。”

布朗顿时一惊——想到在海上迫降，在水面挣扎，抓着木头压杆、或抱紧滚动的油罐漂流片刻。可阿尔科克明明在苏夫拉湾被击落后安全游上了岸啊？几年前。不，没有几年，几个月而已。布朗觉得不可思议，非常不可思议，就在不久前，一颗子弹打穿了他的腿，现在，今天，他正带着那块弹片，飞越大西洋，奔向一场婚礼，第二次的机会。不可思议，他竟然在这儿，这个高度，这片无边无际的灰茫，罗尔斯·罗伊斯引擎在他耳中轰鸣，让他凌空不落。阿尔科克不会游泳？那肯定不是真的。也许，布朗心想，我应该告诉他真相，永远不会太迟。

他俯向电话机话筒，决定作罢。

他们平稳地上升，并排坐在敞开的座舱里。寒冷的气流在他们耳畔奔突。布朗用粘在斜支杆上的发报机电键敲出一条信息：一切正常，启程了。

电话机是一组绕在他们脖子上的金属线，用以捕捉话音的震动。接听部分，他们有耳机，塞在柔软的头盔下面。

飞了二十分钟后，阿尔科克把手伸到帽子底下，扯出碍手碍脚的耳机，将它扔进蓝天碧海里。痛死人了，他作出难受的样子。

布朗简单地竖起拇指。实在遗憾，如今他们没有别的交流方式——只有潦草地写字条和打手势，不过他们早已对对方的举止了如指掌：每一次抽动，代表一种言语，没有声音，只是一种身体的表达。

他们的头盔、手套、茄克和及膝长靴里安了毛皮里子。里面，他们穿着巴宝莉的背带裤。不管什么高度，即便在倾斜的挡风玻璃后，都将冰冻刺骨。

为做准备，阿尔科克在圣约翰斯的一个走入式冰柜里待了三晚上。有一晚，他躺在一堆包好的肉上无法入睡。几天后，艾米丽·欧利希在《电讯晚报》上写道：他闻起来仍然像一块刚切下的牛肋肉。

她和女儿站在三楼窗口，手搁在木头窗框上。起初她们认定那是幻觉，是前景里的一只鸟。可接着她隐约听见引擎的巨响，她们俩明白自己错过了至关重要的一刻——也没拍下照片——但远远目睹这一幕，亦有一种奇特的欢欣，飞机消失在东方，银色，而非灰色，被酒店窗户的镜头勾勒。这是人类征服战争的一次胜利，是耐力击败记忆力的凯歌。

窗外，碧空无云，绵延不绝。艾米丽爱听墨水吸入钢笔的声响，拧拢笔管时的杂音。两名男子正飞行在大西洋上空，携带一包邮件，一百九十七封信装在白色的小麻布袋里，盖有特别邮戳。假如直飞成功，那将是第一批从新世界寄往旧世界的航空信。一个崭新的想法：飞越大西洋的航空信。她斟酌这个短语，在纸上把那划掉，一遍又一遍，飞越大西洋，飞越-大洋，飞越-洋。距离终于被打破了。

底下是漂浮的冰山。汹涌澎湃的怒海。他们明白自己没有退路。如今一切归于数学运算。将燃料转化成时间和距离。将油门杆设置在最佳耗能位置。掌握角度和边界，以及当中的空间。

布朗拭除风镜上的水汽，把手伸进脑后的木板隔间，抓起三明治，剥去蜡纸。他递了一个给阿尔科克，阿尔科克一只戴手套的手握住操纵杆不放。这是能让他嘴角泛起笑意的诸多事中的一件：大嚼由一位姑娘在一千多英尺以下圣约翰斯的一间酒店里做的火腿黄油三明治，那是多么不寻常。这份三明治因他们已飞出那么远而愈发美味。小麦面包，新鲜的火腿肉，黄油里搀了一点芥末。

他向后伸手去拿那壶热茶，拧开壶盖，冒出一缕热气。

噪声席卷他们全身。他们不时把那想成音乐——一种自动从头传送至胸至脚趾的旋律——可继而他们跳出这种旋律，那又重新变回纯粹的噪音。他们非常清楚在飞行中有失聪的可能，震耳欲聋的轰鸣也许会永远寄居在他们身内，他们的躯壳承载着怒吼，犹如人体留声机，就算翻面，那声音仍将有办法，永远，在他们耳边低回。

保持规定的航向需要天赋和魔法。布朗必须借助任何可能的手段来导航。贝克导航装置安放在座舱地上。航向及距离计算器钩附在机身侧面。偏航指示器刚好塞进座位下方，连同测量飞机转弯时向内侧倾斜度的气泡水准仪。六分仪扣在仪表板上。有三个罗盘，每个都带夜光。太阳、月亮、星辰。假如这一切统统失灵，他将采用推算法定位。

布朗跪在座椅上，探出身体向外望。他左扭右转，利用地平线、海景和太阳的方位做出计算，在记事本上快速写下：保持航向针偏近120而非140。他一把纸条推过狭小的座舱，阿尔科克便微微调整操纵器，配平飞机，把油门动力维持在四分之三，避免过分推进引擎。

这像极了驭马，飞机在长途飞行中发生变化，汽油消耗引起重心位移，引擎奔驰，触按操纵器如手执缰绳。

每隔大约半小时，布朗察觉维梅的机头略微发沉，他注视阿尔科克后压操纵杆，把飞机拉平。

自始至终，阿尔科克的身体都与维梅保持接触：他的手不能离开操纵器，连一秒都不行。他已能感到肩膀和指尖的酸痛：还不到三分之一路程，那份痛深深嵌入在了每一条神经纤维里。

小时候，布朗去曼彻斯特的赛马场看马。平日，当赛马骑师在训练时，布朗在索尔福德的赛道内侧跑步，一圈接一圈，随着年龄的增长而扩大圆环，把周缘往外推。

七岁时的那个夏天，来自美国的“快马邮递”骑士团在艾尔韦尔河边搭台表演西大荒秀。他的同胞。来自他父母的国度。美国人。布朗想搞清楚自己到底是谁。

牛仔站在原野上，旋动套索。场地里有野马、水牛、骡子、毛驴、会表演绝技的矮种马和若干头野麋鹿。他徜徉在巨大的背景幕布旁，上面画着草原大火、沙尘暴、风滚草和龙卷风。可最教人惊奇的是佩戴华丽头饰、在索尔福德的茶室附近招摇而行的印第安人。布朗尾随其后，找他们签名。查金·桑德是黑脚族部落的一员。他的妻子约瑟芬是个枪法一流的女牛仔，身着精美的皮衣，腰间系着放左轮手枪的皮套。临近夏末时，他们的女儿贝茜染上白喉，等她出院后，他们搬到戈顿区的托马斯街，就在布朗的姑妈姑父家旁边。

每周日下午，布朗骑车出门去戈顿，努力往那户人家的窗里定睛张望，希冀看见头饰上金属圆片的闪光。但查金·桑德剪短了头发，他的妻子站着，穿着围裙，在炉子上做约克郡布丁。

飞了几个小时后，布朗听见一记轻微的咔嚓声。他戴上风镜，探出机身，望见无线发报机上的小螺旋桨徒然转了一秒钟，折断，飞脱。如今没了无线电，无法与任何人联系。不久他们的电热飞行服将停止供暖。还不止如此，一处断裂可能引发另一处。一块金属疲劳，整架飞机就会散架。

布朗能闭上眼睛，看见飞机似一张棋盘。他对开局让棋法了如指掌，一千步可以走的小棋。他喜欢把自己想成居中的兵卒，缓慢、有条不紊地向前移动。他保持冷静，那里面怀藏了一套进攻的章法。

一小时后，一阵嗒嗒声，在阿尔科克听来像是哈奇开斯机枪。他朝布朗瞥去，但心中已料到出了什么事。布朗指向右侧引擎，排气管有一大块出现开裂、剥离，先是发红，继而变白，然后近乎半透明。一片金属护套松脱，引擎上迸起大量火花。护套飞扬了片刻，速度差点超越飞机本身，接着一头扎进螺旋桨的尾流里。

这不会致命，但他们一同扫视断裂的排气管，引擎似响应般，发出双倍噪声。如今，他们将不得不在余下的旅程中忍受这个，而阿尔科克深知引擎的轰鸣会使飞行员昏昏欲睡，那节奏会催人打盹，然后撞上气流。这是险恶的作业——他能感觉到这架飞机在他的肌肉里。全身被用力拖着，心神耗尽，总在躲避云，总在寻找一条瞄准线，拟想任何可能的地平线。制造幻影的大脑发生错乱。内耳平衡角度，直到唯一真正可信的只剩抵达那儿的梦为止。

当他们进入云层时，并未出现惊慌。他们拉下带毛皮的头盔，调整好风镜，用围巾裹住嘴。冲啊。可能遭遇乳白天空的恐惧。还有面临盲飞的可能。上面是云，下面是云，他们必须设法从中间穿过。

他们想爬升脱险，可仍有云。他们下落，还是有云。浓重的湿气，无法简单地将之吹散。我吐气，我喷气。他们的头盔、脸、肩膀，被水气打湿。

布朗往后一靠，坐等天气放晴，让他可以准确地给飞机指引方向。他在翼尖觅寻太阳的闪光，或一抹突现的蓝，那样便能找到一条地平线，快速计算，用六分仪测量太阳的经度。

飞机左右晃荡，在乱流中摆尾飞行。高度骤降。座椅感觉像从他们身下脱落。他们再次上升。无休止的噪音。撞击。心跳暂停。

光线消隐，他们在云层上端偶遇另一道缝隙。太阳转为红色。底下，大海在布朗眼前倏然掠过。瞬间的优美弧线。他从地上抓起气泡水准仪，斜置，摆正，快速计算。“我们的航速约在140节，航向大致正确，略微偏南和偏东。”

二十分钟后，他们又遇上巨大的云堆。他们升向云层中间的空隙。“我们不要到云上看日落，我们应等待天黑和星辰。你能以，比如说，60度角上去吗？”阿尔科克颔首，让飞机向内侧倾斜，在空中缓慢地盘绕上升。喷出的红色火光穿透迷雾。

他们俩都知道身陷云中时头脑会玩的把戏。人会以为飞机处于水平位置，即使飞机已经侧翻。机器会冲着命定的劫数奔去，他们说不定会一路飞得兴高采烈，或在毫无预警的情况下坠机入海。他们必须时刻守望月亮、星星或地平线的出现。

该死的天气预报真行。布朗潦草地写道。阿尔科克徐缓地收回引擎，动作中略带谨慎，布朗从他的反应中看得出，他也在担忧。他们迎着湿冷空气的侵袭，拉起衣领，水珠贴着敞开的挡风玻璃向上滑动。他们之间那张座椅里的电池仍在将微弱的暖流脉冲输送到飞行服的金属丝里，可周围寒气彻骨。

布朗跪在座椅上，向外探身，看能否找到一丝空隙，可他没有找到。

视野为零。六千五百英尺。完全靠航位推算法飞行。我们必须穿过上排云层。暖气亦将很快失效！

他们耳中的骨头在鸣响。嘈杂声淤滞在他们颅内。意识里的小无菌室。噪音的冲击波从一面墙反射到另一面。好几次，布朗感觉引擎正试图从他的眼后冲出来，某些金属物露出了野性，如今无可能摆脱。

先是雨，后是雪。面临雨夹雪的可能。座舱按照设计能抵挡大部分天气状况，但冰雹可能会击碎帆布机翼。

他们提升到雪势较轻的高度。没有光，没有缓解的迹象。他们蹲坐下来，风雹咚咚落在他们周围。雪量增多，来势更猛了。他们再度下降。雪花叮蜇他们的脸颊，顺着喉颈融化。未几，他们脚边吹积起白花花的雪。假如他们可以升到上方俯看，会看见一个狭小的敞篷空间，两个戴头盔的人影，在空气中飞快地穿行。甚至比那更奇异。一个移动的房间，在黑暗中，在风的呼啸中，两名男子，他们的躯干上部正在变得越来越白，越来越白。

布朗用手电筒照向脑后的控制装置，看见汽油溢流流量计的表面已开始蒙上一层雪。不妙。他们需要靠流量计来警惕化油器故障。在座舱里转身，冒险把手伸向高高的头顶，他以前曾这么干过，但从未是在这样的天气下。然而，非干不可。在九千英尺的高空，下面是汪洋大海。这是一种怎样的疯狂?

他瞥了一眼阿尔科克，他们飞行在一小块乱流上。只要保持平稳就好。此刻告诉他无益。不会游泳，老弟。他的嘴角实难笑得出来。

布朗整了整手套，拉紧耳罩，提起围巾盖住嘴。他在座位上转动身体。挪步时伤腿抽搐了一下。右膝顶住机身边缘。接着是左膝，受伤的那条腿。他抓住木头支杆，拉起身体，吊在强大的风浪中。寒冷像麻醉剂。风浪把他往后推。雪刺痛他的脸颊。濡湿的衣衫粘着他的脖子、背脊、肩膀。鼻子里流出的鼻涕凝成枝形吊灯。血从他的躯干、手指、大脑里退去。正在放弃五种感官。小心了，此刻。他顶着剧烈的风延展身体，可不大够得到。飞行茄克过于笨重。他解开拉链，感到风在胸口嗖嗖吹过，整个人向后拉伸，用刀尖敲除玻璃流量计上的雪。

天哪，这冷的。心脏差点停止跳动。

他赶紧蹲回座位上。阿尔科克对他竖起大拇指。布朗立刻伸手去拿电池线暖身。他甚至无需写纸条给阿尔科克：暖气彻底没了。地上，他的脚边，放着地图。他用力跺脚，小心不弄脏那些航图，他的指尖刺痛。牙齿不停地打战，让他以为它们可能会碎掉。

他左肩上方的小木柜里，放着那个茶壶，里面是应急用的白兰地。

花了老半天打开壶盖，酒液击麻了他的胸腔壁。

她们留在酒店房内，桌子仍摆在窗口，以防飞机万一回来。母女俩一起，观望，等待。飞机尚无消息。失去无线电联络。临时机场里毫无动静。原野沉寂了十二小时。

洛蒂不知不觉地握紧窗框。可能出了什么情况？母亲真不该写信给科克市的那户人家，她暗想，也许害他们分了心。此刻她感到五味杂陈。布朗无需多添一件让他操心的东西，不管多么微不足道，为何要在楼梯上叫住他，为何把信给他？那么做究竟有何意义？他们可能坠机。他们想必已经坠机。他们已经坠机。我给了他一封信。他分了神。他们坠了机。她能听见他们的坠落。尖啸声穿过飞机的支杆。

她把手指贴在冰冷的窗玻璃上。她不喜欢这种时刻下的自己，她古怪的举止，尖锐的自我意识，正值青春年少。她希望可以走出自己，走出窗户，迈入空中，然后下落。哦，接着呢，仅此而已吗，也许？难道这就是一切的意义所在，真的吗？是。布朗先生，阿尔科克先生，向你们致敬，无论你们在哪里。要是能拍下那一刻的照片就好了。恍然大悟。飞行的意义，即是挣脱自我。这个飞翔的理由，足矣。

楼下，大堂里，其他记者簇拥在电报机旁。一个接一个回电，与各自的编辑联系。没有可报道的东西。十五个小时过去了，此时阿尔科克和布朗要么正在迫近爱尔兰，要么已丧命失踪，为梦想而罹难。记者们着手撰写起报道的开篇，采用两种笔调，哀婉的、欢庆的——今日，两个世界实现了伟大的连结——今日，沉痛悼念两位英雄——亟欲成为把握最新动态的第一人，更亟欲在有任何确实消息发来时头一个截获电报。

时近日出——离爱尔兰不远了——他们撞上一块云，无法脱身。没有瞄准线，没有视地平线，尽是灰茫一片。在大西洋上空近四千英尺的高度，晦暗依旧，没有月亮，看不到海。他们下降。雪势有所缓和，但他们飞入一大堆白茫茫的东西里。瞧这个，杰基。眼看它来临。浩瀚。躲不过。上下夹攻。

他们被吞没了。

阿尔科克轻敲空速表的玻璃外壳，指针不动。他调整油门杆，飞机前端抬了起来，空速表依旧没有反应。他再次变速。来得实在太突然。他妈的。

天哪，杰基，做螺旋下降。我们现在得赌一把。

四周的云越来越厚。他们俩都十分清楚，此时如果不冲破云，他们就会盘旋俯冲，飞机会越坠越快，裂成无数碎片。唯一的出路是保持速度螺旋下降，让飞机同时处于受控和失控中。

行动，杰基。

引擎喷出嘲弄的红色火焰，维梅悬停了一秒，变得沉甸甸的，翻转倾覆，仿佛遭到一记重击。起先是缓慢无比的下坠状态，里面包含了一定的叹息。收回这想飞的不支努力，让我掉落吧。

一只机翼失速，另一只还在上升。

离海面三千英尺。云中，他们的平衡感尽丧，分不出向上还是向下。两千五百。两千。雨和风打在他们脸上。机器剧烈颤动。罗盘指针跳跃。维梅摇荡不定。他们的身体被按在座椅上起不来。他们需要的是一线天空或大海，一点可见的视野。但什么也没有，只有灰白的浓云。布朗向四面八方甩头。无地平线，无中心，无边界。我的老天。某一点，任意一点。稳住，杰基老弟。

一千英尺，他们仍在下坠，九百八百七百五。他们的肩胛骨压着座椅。血液直冲脑门。脖子发沉。我们在升？我们在降？飞机仍在打转。他们说不定还没见到海就已粉身碎骨。解开安全带。说得对。说得对，泰迪。他们的身体仍钉在座椅上。布朗向下伸手，他把飞行日志塞到自己的茄克里面。阿尔科克用眼角余光瞥到他。真是壮烈的蠢举，这是飞行员最后的动作，保住每一条记录。知道是怎么回事，甜美的释然。

仪表盘仍在稳定地转动。六百，五百，四百。没有呜咽，没有悲鸣。云的尖叫。身体的流失。阿尔科克在无尽的白与灰中保持盘旋之姿。

瞥见一道新的光，一堵不同的色彩，霎时映入脑海。一掌蓝。一百英尺。奇特的蓝，旋转的蓝，我们出来了吗？近处是蓝，远处是黑。我们出来了，杰克，我们出来了！把持住，务必把持住。上帝啊，我们出来了。我们出来了吗？又一道隐约的黑线。海像立正的士兵一样站着，幽黑。光应该来自有水的地方，海应该是光最满的地方。九十英尺。八十五。那是太阳。上帝啊，是太阳，泰迪，太阳！那儿。八十了。太阳！阿尔科克一口气给飞机加足油门。就在那儿。加速，加速。引擎起来了，他努力克服震摇。大海翻转，飞机拉平。还剩五十英尺，四十英尺，三十，再无余地。阿尔科克俯首瞥了一眼大西洋，波涛在他们身下奔腾，泛起白色的浪花。海水涌溅在挡风玻璃上。两人谁都没有出声，直至飞机重新拉平，他们再度开始上升。

他们静坐，不语，吓得呆若木鸡。

哦，走开，小子
你不过屏息一分钟
和枫叶拉格相比
毫无特技含量

日后，他们会笑谈这次盘旋，这次下坠，这次在水上的表演——假如你的一生没有从你眼前闪过，老弟，那是否意味着你根本没有活过这一生？——但在向上爬升中，他们一言不发。布朗探出座舱，拍打机身的侧腹。老马。老黑脚族人。

他们把飞机转到与水面平行，高度五百英尺，晴空万里。如今有了视地平线。布朗伸手去拿定位板，校正罗盘。快到格林尼治时间八点整。布朗匆忙地四下找铅笔。棘手？他潦草地写道，后面跟了一串惊叹号。他看见阿尔科克嘴角一撇，露出笑意。这是数小时内他们第一次在既无雾也无云层的情况下顺利飞行。放眼，一团喑哑、有嚼劲的灰色物质凌驾于水上。布朗飞快记下最后的运算结果。他们朝着北方，但总体没有偏离爱尔兰太远。布朗估算航向在正北偏125度，但考虑到变差和风，他把罗盘航向设定在170。向南转舵。

他能感觉前方的景象在他体内升起，预期中的草原，地平线上一间孤零零的茅舍，也许还有一排挨挤的牛。他们必须小心，沿海耸立着悬崖。他研究过爱尔兰的地貌：山丘，圆形高塔，大片大片的石灰石，消失中的湖泊。戈尔韦海湾。战时有过描写那儿的歌曲。通往蒂珀雷里的路。爱尔兰人是多愁善感的一支民族。他们死去的人和嗜酒的人，数目庞大，其中有一些是为了英帝国。嗜酒，身亡。身亡，嗜酒。

正当他把盖子拧回装热茶的保温壶时，肩上感觉到阿尔科克的手。他在转头前就知道，到了。就是那么简单。

从海中凸耸而起，如你所愿般冷漠、无动于衷：湿漉的岩礁，幽暗的草原，石头树木光。

两座岛屿。

飞机低速飞过陆地。

底下，一头羊，背上停栖着一只喜鹊。羊昂起头，在飞机俯冲时开始奔跑，有一小会儿，喜鹊待在羊背上原地不动：这等怪事，布朗知道他会永生铭记。

现实的奇迹。

远处，群山，有被褥缝线般图案的石墙。曲曲折折的道路。生长不良的树。一座废弃的城堡。一个养猪场。一所教堂。还有那儿，朝南的无线电发射塔。两百英尺高的桅杆密匝匝排成矩形，几间仓库，一栋石屋坐落在大西洋的边缘。这么说来，那是克利夫登。克利夫登，马可尼无线电报站。无线电杆组成一张大网。他们对视了一眼，无话。降落。降落。

他们循着行进路线飞过村庄。房屋是灰色的。屋顶，是石板瓦作的。街道出奇安静。

阿尔科克向下俯冲。关闭引擎。斜入，让维梅恢复平飞。

他们的头盔鼓起掌。毛发发出咆哮。指甲吹响口哨。

草丛里飞出一群长嘴鹬，展翅翱翔。

在他们看来，那是理想的着陆场地，坚硬、平坦、葱翠。然而在下降时他们没有注意到的是附近厚厚的泥炭片，如蛋糕般叠着，棕色大地上鲜明的切痕，沿堤岸拉起的通讯线，更远处的三角土垛。他们也没有看见停在路边的受风吹日晒、被雨打出一个个坑洞的拉泥炭的木轮车。他们没有看见斜倚的泥炭铲刀，靠立在车上。他们没有看见废弃的道路上长出的长长的灯心草。

他们让维梅朝地面飞去，划出一道完美无瑕的轨迹。他们几乎仿佛可以探出身，用手掬起一抔泥土。我们到啦。飞机悬停住，离地一英尺。他们的心脏在衬衣里面怦怦直跳。他们等待触地的时刻。擦着草尖。

他们撞上又弹起。我们下来了，我们下来了，杰基老弟。

可他们立刻意识到他们减速得太突然。可能是一个轮子？轮胎爆裂？尾翼折断？没有咒骂，没有叫喊，没有惊慌。他们有一股下沉的感觉，飞机正在陷落。继而他们意识到，这是沼泽，不是草坪。苔草的活根。他们正滑行在一片绿沼泽地上。泥土短时能承载住飞机的重量，他们滑出五十英尺，六十英尺，七十，可接着轮子刨进了土壤里。

大地撑住，维梅沉陷，机头向下扎，尾巴翘了起来。

仿佛是惊诧猛地把他们往后一拉。维梅的前端栽进土里。后端翻转过来。布朗的脸重重撞在座舱前面。阿尔科克后挫碰到方向舵的控制杆，力道十足，把杆压弯了。一阵剧痛传遍他的胸口和肩膀。上帝啊，杰基，这是发生了什么？我们坠毁了吗？

静寂。他们头脑里的一个声音。此刻比以往都更响亮，不知怎的忽然加了倍。接着他们全身松弛了下来。那声音向下渗入他们身体的其余部分。是静寂吗？真的是静寂吗？喧嚷的静寂。倏然流遍他们空空的脑壳。老天哪，泰迪，是静寂，那是静寂的声音。

布朗摸摸自己的鼻子、下巴、牙齿，看自己是否完好无损。几个划破的口子，几块瘀青，没别的。我们活着。我们立了起来，可我们活着。

维梅戳在土里的样子好像某座新世界的史前支石墓。机头没入沼泽至少两英尺，尾巴翘在空中。

“哎呀。”阿尔科克说。

他能闻到什么地方有汽油。他关掉磁发电机。

“赶快，出去，下。”

布朗伸手去拿航空日志、信号弹、装信的麻布袋，站起身，翻过座舱边沿。扔下他的拐杖，它像箭一般刺中底下的泥沼，斜插在土里。落地时他的腿一阵灼痛。哈利路亚，地面竟然不是空气做的，那简直教他诧异。一座活生生的支石墓，没错。

在飞行服的口袋里，布朗放了一对小望远镜。右边的镜头蒙了雾，但透过没有蒙雾的镜头，他看见昂首阔步穿过沼泽地的人影。士兵，是的，士兵。他们活像是玩具小人一般过来，黑黝黝的，映在爱尔兰杂乱的天幕下。随着他们的走近，他能辨识出他们帽子的形状，他们胸前横挎的步枪和颠动的子弹带。有一场战争正在进行中，他明白。可在爱尔兰，总有这样那样的战争在进行中，不是吗？永远不清楚该相信谁或什么。别开枪，他在心中念道。在历经了这一切后，别朝我们开枪。劳驾。莫要。莫要。可这些和他是自己人。英国人，他确信。其中一人挂着照相机，在胸前震荡。另一人仍穿着条纹睡衣。

他们身后，远处，有马和车。一辆孤零零的汽车。一列从镇上来的人，沿马路蛇行，小小的灰色人影。瞧那个，瞧那个，一位穿着白色法衣的神父。更近了现在。男人、女人、小孩，奔跑着，穿着他们礼拜日最好的衣服。

啊，是弥撒。所以，他们一定是去做弥撒了。怪不得街上一个人也没有。

大地的气味，如此清新，令人讶异：布朗突然觉得那像是一样他可以吃下去的东西。他的耳朵在搏动。他的身体感觉仿佛依旧穿行在空气里。他是有史以来第一个在同一时间里既飞翔又伫立的人，他心想。拿掉了飞机里的战争因子。他举起那一小袋信，敬礼。他们来了，士兵，人们，灰色的蒙蒙细雨。

爱尔兰。

一个美丽的国家，在待人方面仍有几分原始的蛮风。

爱尔兰。

一八四五年至一八四六年

自由民

曙光在层迭的灰雾中开启清晨的序幕。绳子紧紧绑在了系船柱上。水拍打金斯顿码头。他步下踏板。二十七岁。穿着厚重的黑大衣，围着灰色的宽围巾。他的头发高高耸起，向两边分梳。

鹅卵石的地面是湿的。马呵出的热气汇入九月的薄雾中。道格拉斯自己把皮箱搬上等候的马车：他还不习惯让人服侍。

他被带到他的爱尔兰出版商韦布的家，一栋三层楼的房子，位于大不伦瑞克街，都柏林的上乘街道之一。他交出他的旅行箱，眼看一位男仆吃力地提着。用人在门口站成一排迎接他。

他睡了一个上午加下午。女仆在铁制的深泡浴缸里放了热水，撒满一种散发柑橘芳香的粉末。他再度睡着，惊恐地醒来，搞不清自己身在何处。他迅速从水里爬出来，冰冷的地板上留下他的湿脚印。披上浴巾，粗糙的质地触到他的颈背。他擦干雕塑般的身躯。他肩膀宽阔，肌肉发达，身高超过六尺。

他能听见远处敲响的教堂钟声。空气里有泥炭的味道。都柏林。多么奇怪，身在这儿：潮湿，土气，寒冷。

楼下传来铃盅声，晚餐时间到了。他站在洗脸盆旁，对着镜子，仔细刮干净脸，掸平外套上的皱褶，拉上领带系紧。

在楼梯底，走廊的尽头，他伫立了片刻，无所适从。不知该走哪扇门。他推开一扇。厨房里热气腾腾，一位女仆正在把盘碟放到托盘上，白皙如雪。离她这么近，让他的手臂感到一股颤意。

“这边，先生。”她低语道，从站在门口的他身旁挤过。

她领他经过走廊，开门时弯腰鞠躬。富丽堂皇的壁炉中蹿起橘红的火焰，人声鼎沸。十几个人拥过来想认识他：贵格会教徒、循道宗教徒、长老教教友。男士穿着黑色的双排扣长大衣。女士穿着曳地的礼服，优雅，高高在上，柔软的脖子上依旧留着软帽系带的印痕。他们在他走进房间时轻轻鼓掌。他青春洋溢，他镇定自若。他们凑上前，仿佛是为取得他即刻的信任。他向他们讲述他从波士顿到都柏林的漫长旅途，虽然他试图预定头等舱，可还是被迫进了“坎布里亚号”轮船的统舱。六个白人抗议他出现在餐厅甲板上，扬言要宰了他。打倒黑鬼。他们动了几下手，但仅限于此。船长站出来，威胁将把那些白人丢下船。道格拉斯获准可以在甲板上行走，甚至还对乘客发表过演说。然而，到了晚上，他仍不得不睡在底舱里。

听的人沉重地点头，二度与他握手，说他是杰出的榜样，一个优秀的基督徒。他被领进饭厅。桌上摆着精美的餐具和玻璃杯。一位教区牧师站起致谢恩祷告。菜肴精致可口——羔羊肉配薄荷酱——可他几乎吃不下。他小口抿着水杯里的水，发觉自己快昏厥过去。

人们请他发表讲话：他为奴的时光，他睡在茅屋的泥地上，爬进装玉米粉的袋子御寒，把脚伸到灰烬里取暖。他和他的祖母一起住过一段时间，后来去了一座种植园。背着法律，学会了识字和读写。他朗读《新约》给他的奴隶同胞听。在一间造船厂工作，与爱尔兰人共事。逃跑过三次，失败了两次，在二十岁时逃出马里兰。成为文人。如今，他来这儿，旨在通过和平的道德劝说，说服不列颠和爱尔兰人协助推翻奴隶制度。

他经验丰富——他在美国发表演说已有三年多——可眼前这些是地位崇高的教士和帝国人士，在一个全新的国度。远隔重洋的重任。必须准确表达出他的意思，清楚明了，不卑不亢。

紧绷的神经顺着他的脊柱逐节解开。他的手变得冰冷潮腻。他的心咚咚直跳。他不想曲意逢迎，也不想含糊其辞。他知道，他不是第一个在爱尔兰土地上演讲的黑人。在他前面有雷蒙，还有厄奎亚诺。爱尔兰的废奴主义者以他们的热忱而著称，毕竟，他们来自孕育了奥康奈尔的国度。“伟大的解放者”。他获知，这儿有一种对正义的渴求。他们会敞开胸怀接受他。

宾客凝神注目，仿佛一辆马车正疾驰而来，说不定会乍然在他们眼皮底下倾覆。他的肩胛骨之间滚下一串汗珠。他的声音不知不觉颤抖了起来。他握起拳头，捂着嘴咳嗽了几声，用手绢轻拭额头。他已为自己争取到自由，他说，可他依旧归他人所有。就像商品、动产、一件法律上的货物，他随时可能被还给他的“主人”。这个词本身就是邪恶的。他想要砸碎它，摧毁它。玛撒。他会挨鞭子，他的妻子会遭玷污，他的孩子会被拿去贩卖。在美国，依然有教会支持这种所有制：基督教思想上一个不可抹除的污点。即便在马萨诸塞，依然有人在街上追逐他，打他，朝他吐口水。

他说，他在那儿举起的只是一顶帽子，但最终那顶帽子将撑起整片天空。他将不再以奴隶的身份前行。

“说得好。”一位上了年纪的男士喊道。

响起一轮迟疑的掌声。一位年轻的神职人员冲上前和道格拉斯握手。

“听听，听听。”

屋子里迸发出赞同声。穿着黑色连衣裙的女仆垂下眼睛看地。在会客厅用过茶点后，道格拉斯与各位男士握手，礼貌地告辞。女士齐聚在书房。他敲敲门，小心翼翼地走进去，微微弯腰，向她们道晚安。他离去时听见她们在嘀嘀咕咕。

韦布持着玻璃盅装的蜡烛，领他走上弧形楼梯。他们的影子映在护墙板上，不规则地拉伸延展。洗脸盆。写字桌。便壶。一张有黄铜床架的床。他打开行李箱，拿出一幅刻着他妻子和孩子的雕版画，摆在床边。

“很荣幸，你能住在我家。”韦布的话从门口传来。

道格拉斯探过身，吹灭蜡烛。他难以成眠。海依旧在他体内晃动。

早晨，韦布驾着马车带他四处转悠。他想让他看看这座城市。道格拉斯与他并排，坐在前面的木条凳上，无遮无挡。

韦布个头矮小、瘦削、狭隘、骄傲。他把马鞭用得恰到好处。

初始，那些街道干净休闲。他们经过一座雄伟灰色的教堂，一排整洁的小店。笔直流淌的运河，不偏不倚。门扉漆成明快的颜色。他们原路折返，进入市区，路过大学、议会大厦，沿码头向海关大楼行去。驶出更远后，城市的面貌开始有所变化。街道窄了，路面的坑洞深了。未几，垃圾遍野。道格拉斯从未见过类似这样的场景，即使在波士顿也没有。一堆堆人的粪尿哗哗流下街沟，边淌边溅，落在恶臭的水坑里。男人瘫倒在寄宿公寓的栏杆旁。行走的女子衣衫褴褛，衣不裹体：和破布条无异。小孩子光着脚奔跑。古老废墟的标本从窗台上向外瞪视。窗户又脏又破。老鼠在弄堂里飞窜。一头毛驴的尸体被弃置在一个小区的庭院里，任其肿胀。狗跑上前，肩膀精瘦。街上弥漫着一股黑啤酒的酸臭味。一个年轻的乞丐疲惫地唱着小曲，警察的一只铁靴狠狠踩进她的胸口，赶她走。她倒在下一处栏杆旁，靠在上面，大笑。

爱尔兰人几乎或根本没有秩序，他心想。马车行过一个又一个街角，转弯，总是在转弯，到处灰蒙蒙的。天下起细雨。街道变得泥泞，路面上的坑洞益发深了。小提琴的琴声里划过一声刺耳的尖叫。

周围的情景让道格拉斯不安，可他热切地定睛注视，将一切收入眼中。韦布挥鞭啪的抽了一下马背。他们橐橐沿着塞克维尔街往回走，经过纳尔逊纪念柱，往桥的方向，再次渡河。

雨落在利非河上，漾起涟漪。一艘低矮的驳船从啤酒厂顺流而下。阴冷的风势不可挡地刮过码头。鱼贩推着手推车走在鹅卵石路上，车上装着发臭的贝壳。

一群衣衫褴褛的男孩跃上马车的边沿，有七八个人。他们借助车轮的转动驱使自己前进，接着用指尖攀住，危险地吊着。有几个人试图拉开车门。笑声和落入水坑的声音。有个男孩像猴子般荡过来，轻盈地落在木板上，把头挨靠着道格拉斯的肩膀。男孩的脖子上和脸上有一连串皮开肉绽的红色鞭痕。韦布曾恳请过他不要给钱，可道格拉斯还是塞给男孩半便士。那孩子的眼中泛出泪光。他继续把头贴在道格拉斯的肩上，宛如焊在了那儿似的。其他男孩从马车边上凑过来，叫嚷，推搡，满嘴甜言蜜语。

“看好你的口袋！”韦布说，“别再给钱。别再给他们了。”

“他们在说什么？”道格拉斯问。

那叽叽喳喳的声音格外特别：听起来他们仿佛在有韵律地唱诗。

“不知道。”韦布说。

韦布在一条小巷附近勒马停车，一只轮子压在人行道上，他喊住一位警察，叫他驱走这些男孩。警笛声飘散在空中。来了三名警官才把他们赶下马车。这群孩子跑过小巷。他们的喊声激荡回响。

“谢谢，先生！谢谢！”

道格拉斯掏出手绢擦拭肩头。那个孩子在他的大衣臂膀上留下了长长一道鼻涕。

他压根没有料到都柏林是这个样子。他曾展望的是圆形大厅、柱廊、街角安静的礼拜堂。门廊，壁柱，穹顶。

他们穿过一道狭窄的拱门，撞见一群乱哄哄的男女。他们被召聚到一家剧院的荫翳处集会。一名红发男子站在一个银色的小桶上，高吼“取消联合”。人群壮大起来。笑声掌声。有人高呼了一声罗马什么以响应。大家唇枪舌剑。道格拉斯听不懂，是因为口音，还是用的语言？他们说的是爱尔兰语吗？他想下车，走到他们中间去，可韦布悄声说，那是在酝酿动乱。

他们继续行进在混乱的后巷。一名妇女捧着一盘甘蓝，用细绳系着，吊在脖子上，徒劳地想兜售那些业已蔫巴的绿菜叶。

“韦布先生，您好，韦布先生，大人阁下！”

韦布打破自己立下的规矩，递给她一个小铜板。她埋首进头巾里，那样子，仿佛在对着那枚钱币祈祷，几绺毛躁的头发露出来，湿漉漉的。

顷刻间，他们被包围。韦布不得不驾着马车强行从密密麻麻伸出的手中穿过。那些穷人如此消瘦苍白，他们简直就像月牙。

一位贵妇走在乔治街，紧握雨伞，马车从她旁边经过。一名碰巧瞥见他的新闻记者事后写道：那位来访的黑人看上去风流倜傥。一个放肆的妓女在托马斯街的街角嚷道：就算他拿出最佳表现也满足不了她，只会遭到她的嘲笑。他在一家商店的橱窗里瞅见自己的模样，把那幅画面凝固在脑中，对有机会抛头露面感到震惊不已。

暴风雨使马车东倒西歪。道格拉斯想在云里寻找一线光。没有光射出来。此时雨势平稳了下来。灰蒙蒙，连绵不止。似乎没有人去注意。雨落在水坑里。落在高高的砖砌建筑上。落在石板瓦屋顶上。落在雨上。

韦布竭力求他坐到下面去，可以把身上擦干。道格拉斯下去了。里面的座位是软皮做的。拉丝青铜把手。他觉得自己愚蠢、懦弱，觉得温暖。他真应该坐在外面，承受风吹雨打，和韦布一样。他跺跺脚，解开外套的领口。他的身体冒着热气。脚下积了一潭水。

快到大教堂时，雨暂时停了。午后的阳光让城市变得开阔起来。他爬到车外，站在人行道上。小孩子在一边跳绳，一边唱着歌谣。一只眼的帕特里克·沃克，遇到一位姑娘，喜得一个千金，那位姑娘，变成脏水，独眼不是你的错，先生。他们簇拥着他，抚摸他的衣服，摘他的帽子，把手指伸进他的头发里。喜鹊喜鹊，停在猪栏上，谁啊谁眼珠贪婪又肮脏？他们取笑他头发的手感：高耸，浓密，如金属丝一般，参差不齐。一个小男孩把一根细树枝插进那一大团鬈发中，跑开，欢叫。一个女孩拽拉他的外套衣角。

“先生！嗨，先生！您是非洲来的吗？”

他迟疑了一下。以前从未有人问过他这个问题。他的笑容凝住了。

“美国。”他说。

“克里斯多夫·哥伦布，漂过蓝蓝海与洋，无论是你还是我，他都没有挑选上！”

他们中最小的不满三岁。那个男孩的胸膛瘦骨嶙峋。树叶缠在他污浊的头发里。他的眼下有一道新伤口。

“来和我们一起跳绳吧，先生！”

绳子甩了起来，划过空中，啪啪打着水洼，又再升起，转动时扬起水珠。

“请给我们六便士，好吗？”

他提防着已点点溅到他大衣上的泥浆。他低头瞥了一眼自己的鞋子：鞋子得要清洗了。

“求求你了，先生！”

“哦，拜托。”

一个男孩朝地上啐了一口，跑开。那个女孩卷起绳子，把其他小孩召集拢，让他们立正，命令他们挥手道别。几个离群的小家伙追着马车，直至追不上为止，他们饥饿，乏力，浑身湿淋淋的。

离韦布家越近，街道变得越发安静。一个戴蓝色鸭嘴帽的男子走过，点亮街灯，灯发出赤红的火光，小小一排晕圈。这些房子看上去温暖舒适。

寒意渗入他体内，还有湿气。他用靴子敲击座椅，暖和脚趾。道格拉斯急盼进屋。

坐在车前的韦布按了按喇叭。不一会儿，管家打开门，撑着伞跑下台阶。管家踩着一汪水洼，朝韦布走去，可韦布说：“不，不，客人先，请先顾客人。”空气里有股怪味道。道格拉斯依旧没弄清那是什么。甜甜的，好像泥土。

他在管家的陪护下快步走上台阶，被带到客厅的壁炉旁。前一晚他见过那火，却没留意是什么：燃烧的是土块。

他爬下床给安娜写信。他需要审慎明智。安娜既不识字也不会写，所以要由他们的朋友哈里耶特念信给她听。无论如何他不想令安娜尴尬。我最亲爱的。我受到礼貌而周到的照拂。接待我的人风趣、快活、开朗。这儿的空气潮湿，不过里面却有某些东西似乎让我的头脑清明。

他的思绪正在慢慢放松。就因为没有人追捕他，他不必回头，不会被轻易赶走。

有时我不得不发愣，惊异于我不再是个逃犯。我的心灵除去了镣铐。他们不能把我，甚至想象把我，放在拍卖台上。我不用害怕铁锁的丁当声、鞭子的噼啪作响，或是门把手的转动。

道格拉斯搁下笔歇了片刻，拉开窗帘，外面依旧漆黑一片。没有一点声响。街上，一个衣衫褴褛的男子独自匆匆走过，弓身迎着风。当下，他想他找到了形容都柏林的词：一座蜷拢的城市。他，也曾在那么多年里，将自己蜷作一团。

他遥想在自己家客厅里可能的场景：哈里耶特朗声念着信，安娜穿着棉布裙，包着红头巾，双手交叠在腿上，他的几个孩子坐在她的椅子边沿，镇定，热切又困惑。向你寄去我永不停息的爱，弗雷德里克。

他拉拢窗帘，回到床上，伸直的脚长出床垫末端。他的脚趾露到了床外。这真有些滑稽，他想，可以写在下一封信里。

桌上，整齐地摆着的，是他的书，簇新的爱尔兰版。韦布站在他身后，投下影子，双手交叠在背后。他专注地望着道格拉斯，后者一边翻阅，一边呼吸书的味道。道格拉斯在首页的雕版画前停住，用手指抚过他的画像。他思忖，韦布力图使他看上去有个笔挺的鹰钩鼻，下颌线条分明。他们想要抹去他黑人的特征。但也许那不是韦布的过失。可能是画家搞错了。某个想象的失误。

他合上书。颔首。转向韦布，微笑。他又用手指抚了一遍书脊。他没有讲一句话。对他的期望如此之高。每一次转身。每一个手势。

他顿了一下，从口袋里掏出钢笔，让笔在空中悬停了片刻，然后签下第一本书。赠予理查德·韦布，我敬爱的朋友，弗雷德里克·道格拉斯。

适度的谦卑体现在一个人的签名里：切记不可大笔一挥。

我出生在一个叫茯苓的地方，离希尔斯堡不远，和马里兰州塔尔伯特县的伊斯顿相距约十二英里。我不晓得自己的确切年龄，从未见过任何可靠的记录里有这一项。显然，大部分奴隶不知道自己几岁，就和马不知道它们的岁数一样，就我所知，这是大多数奴隶主的愿望，让他们的奴隶停留在这般蒙昧无知的状态。

在旅行箱的箱底，他藏着两个铁哑铃。是新罕布什尔州的一位铁匠为他铸造的：一位废奴主义者，一位朋友，一位白人。每个哑铃重十二磅半。铁匠告诉他，熔铸这对哑铃用的是奴隶身上的铁链，曾被贩售男女和儿童的拍卖行里用过。那位铁匠走遍各地，买下所有铁链，将之熔化，制成物品。为的是，他说，不要忘记。

道格拉斯把那对哑铃秘密收好。只有安娜知道。她第一次见到这对哑铃时，垂下眼睛看地，可不久她渐渐习惯了：每天早晨的第一件事，晚上的最后一件事。有一部分的他依旧怀念做木工和捻缝的时光：疲惫，欲求，饥饿。

他锁上卧室的门，拉上窗帘，把都柏林煤气灯的光关在窗外。他点燃蜡烛，站着，身上只穿了衬衫。

他一个接一个提起哑铃——先是让它们脱离地面，然后高举到空中，直至汗水滴落到木地板上为止。他对着椭圆形的镜子，凝望镜中的自己。他不会变得优柔。他要把体力耗尽——那有助于他写作。他需要让自己的每一个词体会到其所承担的分量。他觉得自己好像在举起这些单词，然后让它们落到手指末端，拖动他的肌肉工作，用思想切开他的头脑。

工作令他心潮澎湃。他想让人们知道被打上烙印会意味着什么：意味着把另一人的姓名首字母烧在你的皮肤里；脖子上被套上轭；嘴上戴着铁制的钳口；乘船渡海，船上热病肆虐；在另一人的地里醒来；听见集市的鼓噪声；尝受牛皮鞭的抽打；耳尖像畜生一样被剪短；意味着接受，屈服，消失。

通过他的笔尖将那记录在案，这是他的工作。他飞扬的白衬衣上满是墨水污渍。有时，在搜肠刮肚找词时，他会把吸墨纸贴在前额上。晚些时候，当他穿戴上晚宴所需的装束时——领巾，吸烟衫，袖扣，擦亮的鞋子，他会照一照镜子，发现脸上的蓝墨点给弄糊了。他从韦布那儿得知，爱尔兰语里把黑人称作fear gorm，蓝人。他擦干净脸、手和指甲。他再度望着镜中的自己，挥拳，戛然停住，指节贴着玻璃颤抖。

他走下弧线形的楼梯，停步，弯下身，用手绢濡湿的边缘再次把鞋尖擦亮。

管家在走廊迎接他。他怎么也记不住这个人的名字，查尔斯，克莱德，还是詹姆斯。忘记一个人的名字真糟糕。他朝管家点点头，穿过走廊，步入幽影中。

韦布雇了一位钢琴师为夜晚助兴。道格拉斯走近时能听见音符在空中碰撞。他喜爱的是公认的大家——贝多芬、莫扎特、巴赫，不过他听闻有位新人，一个名叫爱德华·巴蒂斯的法国人，据说要来都柏林演奏。他得询问一下：这些日子，他常常面临必须询问打听，却又不能显出孤陋寡闻的处境。他不能让人觉得他愚昧无知，但也不想显得尖锐刺耳：一条微妙的界线。他不确定自己在什么情况下可以露短。

智慧的本质在于知晓何时，或是否，可以暴露哪怕是心中迫切需要指导的渴求。

假如他露出一道裂缝，他们会把光照进来，让他晕厥，也许甚至失明。他不容出一个差错。那不是借口要傲慢自大。那是捍卫的问题。韦布，当然不能指望他会理解。他怎么会懂？他是爱尔兰的贵格会教徒。热心肠，的确。可他把自己的一切努力看作单纯的行善。关键不是韦布的自由。而是韦伯获得自由的能力。韦布本人对谁是奴隶、谁不是、以及什么是夹在两者间的，有他自己的见解。

小事情，道格拉斯想。他不会让这妨害到他。这位爱尔兰人曾如此友善。他是客人。他必须谨记这一点。

管家为他推开门。道格拉斯走进会客厅，背着手，两手紧扣。他觉得以这种姿势走进房间最合适。包含同等分量的尊重和清高。不倨傲。决不倨傲。只是昂然、饱满、稳重。

他心头一惊，全然不敢相信自己竟身在这儿。一个木匠，一个捻船缝的工人，一个种地的。这么千里迢迢，撇下妻子和心爱的孩子。听见自己的鞋踩在地板上的声音。一屋子人里唯一在移动的一双鞋。如今他的声音已变成他的手：他明白了拥有肉身的含义。一股能量流遍他体内。他清了清喉咙，沉吟了片刻。他记起，这些是皇家都柏林协会的成员。衣领高竖、胡髭经过悉心修剪的家伙。他们身上透着古风。他目不转睛地注视他们。这类已把他们的剑悬挂在他们意识的壁炉上方的人。他将等待释放他的盛怒。

他走上前与他们握手。留心他们的名字。阿奇博尔德牧师大人。哈林顿兄友。今晚晚些时候，他会把这些名字写在他的日记里。这是他必须谨记的关乎礼节的小事。发音。拼写。

“很高兴见到你们，各位先生。”

“幸会，道格拉斯先生。我们读了您的书。真是了不起的成就。”

“谢谢。”

“从里面可以学到很多东西。文体上有很多令人激赏之处，甚至超过了内容本身。”

“您过奖了。”

“都柏林称您的心吗？”

“这儿比波士顿更有生气，真的。”

四周围发出笑声，他为此感到宽慰，在这份礼遇中他僵硬的身体得以松弛。韦布领他走向屋子中央一张深厚的椅子。他的目光扫到莉莉，那位女仆，正在为他倒茶。他喜欢在茶里加特别多的糖。他的坏毛病：爱吃甜食。莉莉的脸，在倒茶时有一半被灯光映照，棱角分明，标致，白皙。她从房间另一头朝他款款走来。她冰凉雪白的手腕。瓷杯很薄。据说这使茶的口味更佳。他能感觉到杯子在他手中颤抖。瓷越薄，咯咯声越响。

他希望自己端茶的动作不会显得粗俗。他在座位上微微挪了下身子。他能感觉他的手又变得湿黏起来。

韦布向大家介绍他。即便在美国，道格拉斯也极少谛听别人所致的介绍词。那让他感到尴尬。有时，他们把他画成漫画：黑裔的西班牙征服者，绅士形象的奴隶，美国的奥菲士。在介绍过程中，他们都会无一例外地提到他的父亲是白人。仿佛事实只能如此。他被从母亲身旁夺走，手足分离，被扫地出门，有一段时间受到好心的白人的指导。道格拉斯觉得这些描述单调乏味。那些词溶解在他脑中。他不去听。他扫视那些人的脸。他能察觉出他们的摇摆不定，当他望着他们，他们也望着他时，他们眼睛周围布满一丝困惑。一个奴隶。在都柏林的一间会客厅里。受到如此不一般的精心招待。

他抬头看见韦布已经讲完。一片沉默。茶杯在他手中摇晃。他任凭这份静谧徐徐蔓延，蔓延到让人感觉不自在。他发现，紧张使他益发吝惜言词、益发坚定谨慎。

道格拉斯拿起茶碟，垫在杯子底下。

我宁可真实地面对自己，纵然有招来他人嘲弄的风险，也不愿虚言妄语，让我觉得自己面目可憎。自我有记忆以来，我就抱持深刻的信念，奴隶制不能够永远把我圈禁在它无耻的怀抱里。如今，在这段漫长而曲折的旅途中，我不知不觉理出一条新思路，我恳请您们，诸位先生，奋起反抗独裁、偏见、暴政，与那些可能拒绝让我踏进这个房间的人作斗争。

第二个周末，他写信告诉安娜，在爱尔兰的土地上，没有人喊过他“黑鬼”，一次也没有，总之至今还没有。他无论走到哪儿，几乎都受到人们的欢呼。他仍搞不清这是怎么回事，这让他一头雾水。有某些东西在他体内结晶。他感到，可能是有史以来第一次，他可以安身在他的皮囊内。有一种可能是，在他们眼里他只是一件有趣的玩物，但有一部分，他觉得自己和那些他所遇见的人是同一阵线的，在他二十七年的人生中，他从未见过这样的场面。他想，要是她能在那儿亲眼目睹就好了。

这是一个寒冷、灰沉沉的国家，顶着雨的帽子，可他能走在步道中间，或坐上公共马车，或招呼一辆双轮双座马车而无需道歉。这儿到处民不聊生，确实，可他依旧愿意当一个贫穷的自由人。没有鞭笞，没有铁链，没有烙印的标记。

当然陪同他的是上流人士，可即使在最粗野的街上，他也不曾听见刻毒的恶言。他引来过一两次凶狠的瞪视，但那可能也是因为他外套背后的开叉过高：韦布已告诉过他，他大概能购置得起一件开叉略微适中些的外套。

门上响起的铃声悠长慵懒。裁缝抬起头，但店里的生意并未中断。这是最令道格拉斯惊讶的地方：看不到惊慌的信号，没有震惊，没有飞跑。他沿着挂外套的衣架往里走。裁缝终于从柜台后面出来，与他握手：“欢迎您光临敝店，先生。”

“谢谢。”

“镇上的人都在谈论您，先生。”

“我想做一件新外套。”

“没问题。”

“还要一件款式长一点的大衣。”韦布说。

“穿衣服的事，我完全有能力自己做主。”道格拉斯说。

两人分立在屋子两端，怒目对视，仿佛隔着鸿沟。

“两位先生，”裁缝说，“这边请。”

韦布走过来，可道格拉斯把手放在胸口。气氛冷到了冰点。韦布垂下眼睛，露出一丝隐微的笑意。他掏出仿摩洛哥革质地的皮夹子，从头到尾摩挲了一遍，又塞回他的外套口袋里。

“随你的便。”

道格拉斯迈出宽大、响亮的步子，跟随裁缝往里屋走去。剪刀，针，剪下的图样。一匹匹一卷卷沾满灰尘的布料展开摊在桌子上。这些布产自哪个种植园？是谁的手指纺织出来的？

裁缝从屋子另一端迅速移来一面穿衣镜。镜子立在架子上，下面装有轮子。

以前从未有白人给他量过身。那位裁缝站在他后面。卷尺绕过他的脖颈时道格拉斯畏缩了一下。

“对不起，先生，是卷尺太凉了吗？”

他闭上眼睛。听任裁缝给他量身。他的胸廓，他的胸围，他的腰。手臂抬到空中，看看马甲的腋窝可以裁多深。吸气，呼气。任凭破烂的黄卷尺贴着他的衣袖内缝。裁缝疾笔记下尺寸。他的字迹纤细严谨。

量完后，裁缝伸出手指，握着道格拉斯的肩膀，用力捏了捏。

“恕我冒昧，先生，您的身材真是健美魁梧。”

“说实话……”

他瞥了一眼站在店堂前面的韦布。这位贵格会教徒正凭窗而立，向外张望，像个监工。利菲河似乎想用其绵延不断的灰色水袖将其裹挟而去。

“我将感激不尽。”道格拉斯说。

“什么，先生？”

他又向外望了一眼韦布。

“假如您能再为我做一件驼毛背心的话。”

“背心，先生？”

“对，我猜你们大概叫马甲。”

“正是，先生。”

裁缝又一次让道格拉斯转身，忙着量起他胸廓的尺寸，拉住卷尺的两头交碰在他的肚脐处。

“您可以把这记在韦布先生的账上。”

“好的，先生。”

“他一直喜爱惊喜。”

人们蜂拥而来，头戴帽子，热切诚挚。他们身上散发浓浓的香水味。在循道宗教堂的正门前、在贵格会教徒的聚会所、在豪华宅第的前会客厅里排起长龙。他挺身，踮起脚趾，把拇指插在新做的马甲的口袋里。

下午，他参加各种茶会，和都柏林反奴隶制协会、爱尔兰人联合会、辉格党、废奴运动公谊会的成员们一起。他们博闻广识，聪颖，出言大胆，在捐助时慷慨解囊。在他们眼里，他如此年轻、英俊、温文有礼。他能听见衣裙的窸窣声，在等着见他的队伍里。韦布说他从未见过这么多窈窕淑女出席活动。甚至还有一两位出身显赫世家的天主教徒。

在陈设精良的屋宅的花园里，女士们拉开裙摆坐在木长椅上，摆好姿势同他合影。

道格拉斯谨言慎行，确保提到他在林恩市家中的妻子和孩子。奇怪的是，有时谈到安娜反而把那些女士招引得更近。她们流连不去。咯咯的笑声，阳伞，手绢。他们想知道美国自由的黑人妇女流行穿什么。他说他一无所知，不同的裙子在他看来差不多。她们一起快乐地鼓掌，他不解。

他获邀和市长大人共进晚餐。市长府邸的枝形吊灯熠熠生辉。天花板很高。油画庄严肃穆。房间彼此相通，像连珠的妙语。

他和马太神父会面，合力倡导禁酒运动。都柏林的街道上到处是酒鬼。他宣誓戒酒。他思忖，这兴许可以为他迷倒一整批新的拥护者。而且，他从不喝酒。他不想失去自制。那太像奴隶主：意欲把人制服。他走路时把宣誓戒酒的徽章醒目地别在新外套的翻领上。他觉得自己不知怎的更高大了。他将都柏林的阴霾吸入肺里。他难得有独自待着的机会。总是有一两个人自愿陪他。他在抑扬顿挫、循环反复的爱尔兰口音里找到了节律。他爱好模仿。真是美好的一天，**我的**大人。看在博爱的上帝分上，**您**能不能**给**我们六便士啊，先生？他的学话逗乐了作东招待他的人。这里面还有更深一层意图：他明白这类如此简单的事能掳获众人。我很高兴来到**古老**的爱尔兰。

他在都柏林待了五个星期。他的面孔印在海报上，满城皆是。新闻记者与他在格雷沙姆酒店见面喝下午茶。他像雄狮，他们写道，充满野性，一头优雅的黑豹。有份报纸给他冠上“翩翩黑公子”的称号。他大笑，把报纸撕了——难道他们期望他穿着破烂的美国棉布衫吗？他被带去法院大楼，带进富丽堂皇的餐室，受邀坐在枝形吊灯下，让大家可以清楚地看见他。当他被领入一个房间，准备讲话时，掌声经常长达整整一分钟。他摘下帽子，鞠躬。

结束后他们排队请他签书。他抬起停在钢笔上的目光，看见等候的那列裙衫，大感惊异。

某些日子，他生出倦意，觉得自己是一条拴着皮带、受人精心摆布的鬈毛狗。他躲进他的房间，拿出哑铃，让自己练到发狂。

有一晚，他发现马甲的账单整齐地折放在他的床头柜上。他只能笑笑。他们最终会给他有过的每一个念头都开出账单。他穿着驼毛背心出席那晚的晚宴，等待甜品时悠闲地把拇指插进口袋。

他每天接触一个新单词：他把这些词记在一本随身带在内口袋里的小笔记本上。掠夺成性。敌意。腓尼基人。这些都是他从《哥伦比亚演说家》一书里识认的词。孜孜不倦。陈述性的。有倾向的。

当他第一次接触到文字时，在他的童年时代，对他而言那感觉像划开一棵树。如今他必须更加细心谨慎，他不想出错。毕竟，他受到韦布和其他人的瞩视：根，花朵，茎干。他必须临危不乱。借助文字神奇的炼金术召唤事物显形。大西洋。大张绘图纸。飞翔。他在维持他本族人的形象：有时这份担子足以压得他步履蹒跚。

在罗斯法汉姆，他大声疾呼。他说到鞭打女人之徒、绑架男子之徒、奸污幼女之徒。奴隶贩子和像赶猪一样赶奴隶的人。未喝醉的酒鬼，偷壮丁的窃贼。无尽的冷漠，狂热的仇恨，饥渴的邪恶。他来爱尔兰，他说，是为了推动全人类的解放，敦促确立公共道德的准则，让他三百万受奴役的兄弟早日获得自由。三百万，他说。他举起双手，仿佛将他们每一个人托于掌中。我们饱受轻视和污蔑的时间已经够久。待遇比最最低等的动物还不如。被架上枷锁，烫上烙印。这桩草菅人命的血肉贸易已经够了。听听奴隶市场上的哀号恸哭吧。听一听当啷当啷的镣铐。听听这些声音吧，他说。走近来。听一听。三百万个声音啊！

演说完毕后，英国总督府都柏林堡的引见官一把抓住他的手臂，在他耳边诉说惊叹，夹着一股威士忌酒的味道。他从未听过这样的演说，把如此优美的词句组织起来。无论谁，有这样的演说水平，真了不起！深邃，他说，富有洞见，比他以前听过的任何演说都更具分量。

“您为您的民族增了光，先生。无尚的光荣。”

“真的吗？”

“您没上过学吗，先生？”

“没，我没有。”

“您没接受过正规的训练吗？”

“没有。”

“那恕我直言……”

“嗯？”

“您倒是怎么解释您有这样的口才呢？”

道格拉斯的胸口感到一阵剧烈的绞痛。

“这样的口才？”

“嗯？是怎么……”

“您不见怪的话？”

“怎么，先生？”

“我得赶紧走了。”

道格拉斯穿过房间，鞋子咔哒咔哒响亮地踩着木地板，他一边走一边绽出笑容。

下午，他瞥见在楼上打扫房间的莉莉。她才十七岁，浅棕色的头发，眼睛下有一排雀斑。

他阖上门，坐下写东西。她的身影依旧在他眼前浮动。他在楼梯上给她让路。从她身上飘出一股烟草味。世界又复归寻常。他快步下楼去客厅，坐在那儿阅读韦布订阅的文学杂志，卷帙浩繁的图书、杂志。他可以忘我地沉浸其中。

莉莉的脚步声在他头顶响动。脚步声消失时他很高兴。他回楼上继续写东西。他的房间给清理得一尘不染，哑铃摆在原处，未曾动过。

在学院绿地广场的银行里，他们发信回波士顿，指示将二百二十五英镑存放在美国反奴隶制协会的账户里。那相当于一千八百五十美元。道格拉斯和韦布穿着笔挺的羊毛大衣和雪白的亚麻衬衫走出银行。外面有鸥鸟飞过都柏林上空：和乞丐一样不计其数。在高喊口号的人群后面，他看见那个小男孩，脖子和脸上有皮开肉绽的红色鞭痕。“嗨，道格拉斯先生！”男孩尖叫道，“道格拉斯先生，先生！”

他确信，当马车转过大学旁的街角时，那个男孩连珠炮似的喊出了他的名字。

他从报上听说奥康奈尔预定在都柏林码头沿岸向广大民众发表演讲。人民讲坛。最忠诚的爱尔兰之子。他倾其一生提倡天主教徒解禁和议会制度的确立，也写过关于废奴运动的文章。睿智的散文，炽热，激昂。奥康奈尔冒着生命危险争取正当的自由，以他的演说、书信还有法制思想而闻名。

道格拉斯取消了在桑迪芒特酒店的下午茶，准时抵达现场。他来到熙熙攘攘的码头边。他无法相信人群的规模：仿佛都柏林这整块海绵给硬挤到了一个水池里。攒动的人头如同乱七八糟堆在水池里的刀叉餐具。警察把大家往一个方向赶。他找不见韦布，挤着穿过人群，朝奥康奈尔现身的讲台走去。这位伟大的解放者看上去胖墩墩的，有些疲倦，身体微恙：从狱中获释以来他显然一直如此。不过，依然是一声高亢的呼喊*爱尔兰的男女同胞们*！喧哗声非比寻常。奥康奈尔手持大喇叭，当他对着里面说话时，单词从他身上发射出来，庞大，慑人，充盈。那种逻辑，修辞和幽默，令道格拉斯惊骇。

奥康奈尔张开手臂，像把人群揽入怀中。他向前摇摆，放慢速度，踮着脚跟旋转。他在台上踱步，整理自己的假发，让大家有沉默的时间。演讲的内容由其他站在高高梯子上的人转述，将话沿着码头向下传。

“取消联合是爱尔兰的权利，是上帝的旨意！”

“无论我们转向何方，英格兰已把我们民族变成奴隶！”

“使用武力不是我们的目的！”

“联合，鼓动，和我并肩战斗吧！”

帽子抛到臭气熏天的空中。欢呼声有节奏地沿着人群传递。道格拉斯站着，目瞪口呆。

结束后，一大群暴乱的民众围住这位爱尔兰人。道格拉斯勉强从中间挤过，擦着数十对肩膀连声抱歉。奥康奈尔抬起目光，立刻认出了他是谁。他们互相握手。

“幸会。”奥康奈尔说。

道格拉斯大吃一惊。

“荣幸的完全是我。”他说。

奥康奈尔的手被人牵走。道格拉斯想谈的话题如此之多：取消联合，和平主义，爱尔兰神职人员在美国的地位，鼓动的哲学。他迈上前，再次抓住这位爱尔兰人的手，可他们中间已隔了太多人。他感觉自己被往后推了一下，被挤开了。一名男子对着他的耳朵大喊禁酒。另一人要他在请愿书上签名。一名妇女在他面前行屈膝礼：一股污浊的气味从她身上散发出来。他转开。突然四面八方响起他的名字。他感觉自己仿佛在漩涡里打转。奥康奈尔正被人领着走下台去。

当道格拉斯再度转身时，韦布握住了他的手臂，说他们在修道院街有个约好的会面。

“只要一小会儿。”

“我们恐怕得走了，弗雷德里克。”

“可我必须和他聊一聊。”

“有的是机会，我向你保证。”

“可——”

道格拉斯与奥康奈尔四目相视。他们朝彼此点了点头。他望着这位爱尔兰人离去。弯腰埋头在他鲜绿的外套里。拿手绢擦拭额头。他的假发在头上略微移了位。他身上透出淡淡的哀伤。可要有那种统帅风范，道格拉斯心想。那份魅力。那股能量。能够如此非凡地镇住舞台。不用暴力而唤起正义。那些话似乎能够深入到依旧盘桓在码头人群的骨髓里，几片垃圾漂浮在水上。

两天后，在调解厅，奥康奈尔带他上台，他一把抓起道格拉斯的手举到空中：“这位，”他说，“是黑人奥康奈尔！”道格拉斯望见帽子飞起在椽木间。

“爱尔兰的先生们女士们……”

他的目光越过层层人群向外眺望。全是废话和谄媚。谢谢你们，他说，让我有这样的荣幸和你们交谈。他伸开双手，请大家安静，向他们谈起奴隶制、贸易、伪善和废奴运动的必要性。

一股能量注入他体内。一团火。他听见自己的话如水波一般在人群中漾开去。

“当你的目光扫视到一个人时，”他说，“你就该扫视到全人类。加诸在一个人身上的不公等于加诸在全人类身上的不公。没有任何势力可以禁锢善良和正当的行为。废奴运动应成为全世界自然的思潮！”

他在台上踱步，拉紧外套。这是一群不同于他此前见过的听众。他们中间发出低沉的咕哝声。他给大家沉默的时间，然后掷地有声地投出他的话。把身体伸向他们，搜寻他们的眼睛。然而，他依旧感到一种距离。这令他苦恼。一粒水珠积在他的喉头底部。

大厅后方传来一个喊声。那么英格兰呢？他不谴责英格兰吗？难道英格兰不就是奴隶主吗？这儿没有雇佣式的奴隶制度吗？没有经济压迫的锁链吗？还有每个爱尔兰人都乐于踏上的以逃离英格兰暴政的地下铁道网呢？

一名警察走进后面的人群，尖尖的头盔没入其中。诘问的人很快安静了下来。

道格拉斯让大家静默了良久。“我相信爱尔兰应该争取自己的利益。”他说。底下点头的浪潮达到高峰。他必须审慎明智，他知道。有报纸记者会记下他说的每一个词。那会流回不列颠和美国。他停顿。他举起手，微微在空中转了一下。

“该如何看待一个夸耀它的自由、却将人民用枷锁铐起来的国家？”他说，“命运之书上镌刻着自由应当传递到地球的每个角落。为人类而奋斗是全世界统一的事业。”

当众人拍手鼓掌时，他如释重负。奥康奈尔走上讲台，再次把他的手举到空中。黑人奥康奈尔！他又说了一遍。道格拉斯弯腰鞠躬，低头瞥见韦布在前排附近，咬着他眼镜的镜脚。

在道森街的晚宴上，他坐在市长大人旁边，却把椅子向后摇，为了能和奥康奈尔说话。

那天晚上，他们一同在市长府邸的花园里散步，肃穆地走在冬日修剪过的蔷薇丛间。奥康奈尔微微弓着身，双手交扣在背后。他说，自己如能给道格拉斯和他的族人提供更直接的帮助就好了。听闻南部的奴隶主中有许多爱尔兰人，让他倍感沉重。懦夫。叛徒。给他们自己的祖先抹黑。他不会让自己蒙受他们的影响。他们携带有毒害的思想，是他们民族的耻辱。人们应规避他们的教会。他们跟随最高权威是错误的。

他抓着道格拉斯的双肩。奥康奈尔说自己杀过一个人：在基尔代尔的一场决斗中，为天主教自尊的问题，开枪打中那人的腹部，留下孤儿寡母。这件事依旧令他寝食难安。他不会再杀人，但他仍愿意为他真正的信仰而献身：一个人，只有活在为自由而奋斗的事业中才是自由的。

他们凝重地讨论美国的形势，谈到加里逊、查普曼、波尔克的总统任期、南方十一州脱离联邦的可能。

奥康奈尔有点像百科全书，不过道格拉斯能察觉出这位伟人身上隐藏的疲惫。仿佛他无法肩负所怀的疑问，这些问题已逐渐潜入他的肌理，寄宿在他体内，将他束缚住。

他感觉到奥康奈尔的手臂搭在他的手臂上，在两步之间的寂静中他能听见费力的喘息。一名清瘦的男子悄然走过花园另一边，轻轻敲着一块从马甲上挂下来的表。

奥康奈尔把那人打发走，可道格拉斯暗忖，有史以来他第一次见识了名望的小小不敌。

据说历史站在理性的一边，可这个结果决不是有保障的。显然，普世幸福的未来永远不可能完全弥补过去的苦难，即使这样的事真能实现。奴隶制的罪恶是一个恒久的、不可根除的事实，但奴隶制本身应当被消灭！真相不容延搁。真相的时刻就是现在！

马车准备就绪。十月，到了去南方巡回演讲的时候。他的衣服掸干净了。稿纸用油布包好。韦布让仆人给马喂了饲料和水。道格拉斯弯下腰，想自己提旅行箱。新的书，新的衣服，他的哑铃。

“你这里面到底装了什么呀？”韦布问。

“书。”

“让我来吧。”韦布说。

道格拉斯抓过箱子。

“看上去挺沉的，老弟。”

他试图假作轻松。他能感觉背部肌肉受到一股猛烈的拉力。他看见韦布露出一丝得意的笑容。韦布叫来马车夫约翰·克里利。他是个小个子，身形瘦瘠，带着一张重度酗酒者的憔悴面孔。三个男人一同抬起箱子，把它放在马车后面的横档上，用绳子绑住。

道格拉斯想，要是没有带他的哑铃就好了。一个鲁莽的决定。他担心韦布会认为他爱慕虚荣。

他们在熟稔中互生反感。道格拉斯认为韦布喜欢夸大其词。他不容异见，容易被触犯，执著于公义。他曾在收到裁缝的账单时感到恼怒。他把马甲的费用从道格拉斯因书所得的收入里扣除了。他吝啬。他感觉到很多时候韦布在注视他，等着他出糗犯错。他唯恐自己会变成一个标本，被钉起来，供人观察，解剖。道格拉斯讨厌别人喊他“老弟”。那会把他带回田间，使他回想起鞭子的抽打、长钉钉住的脚镣、谷仓的斗殴。还有钱——韦布在募集款项，回捐给美国的废奴运动。每天晚上，他都会问道格拉斯是否有收到任何私人捐款。这令他恼怒。他一本正经地掏空口袋，用力拉出内里的布片，抖一抖。

“瞧，”他说，“就是个一贫如洗的奴隶。”

然而，道格拉斯不是没有意识到自己的缺点。他觉得自己有时唐突草率，急于下判断，不够慎重。他需要学会宽容。他明白韦布无意图财，而且确实，韦布似乎为他偶或对这位黑人所使用的略带怨嫌的语气而感歉疚。

他们系紧箱子上的绳索。用人出来向他道别。他走过去和莉莉握手时，她脸上泛起浅浅的红晕。她呢喃道，遇见他真是荣幸之至。她希望有一天能再见到他。

他听见身后有人咳嗽了一声。

“天光不早了，老弟。”韦布说。

他再次同他们一一握手。这些用人以前从未见过哪个客人有这样的举动。他们留在原地，望着马车驶经大不伦瑞克街，绕过三一学院，消失不见。

据传爆发了马铃薯晚疫病，可城外的土地似乎健康、葱绿、茁壮。快到格雷斯顿时，他们停在一座山冈上，眺望都柏林湾最后一抹光线的壮丽变幻。远处有彩虹，璀璨地横亘在撒满红皮藻的海滩上空。

韦布和他轮流坐到木条凳上，与车前的克里利并排。那片土地震撼人心。树篱茂盛。溪流湍急。遇到下雨时，他们坐在车厢里，面对面看着书。偶尔他们探身，轻拍一下对方的膝盖，朗读一段文章。道格拉斯在重读奥康奈尔的演讲。他惊异于那灵敏的头脑，对普世价值的首肯。他不知道自己是否还能有机会见到这个人，适当地和他共处一段时间，拿自己的观点向这位伟大的解放者请教。

马车沿布满车辙的路颠簸前行。那仅比公共马车或双轮敞篷轻马车快了一点点。道格拉斯惊讶地获悉，在威克洛南部至今尚未通铁路。

下午的时光绵延在山丘之间一大片流泻的金黄中。天空像装了活动遮板，骤然打开又阖上。一阵晃动的光亮，继而又是幽暗不明。这片土地具有几分原始的纯真。

当他端坐在前面的木条凳上时，人们纷纷从家里出来，只为看他一眼。他们拍拍他的肩膀，与他握手，拿着十字架为他祈福。他们试图向他讲述地主、在外业主、英国的暴行、远方挚爱之人的种种故事，可韦布不耐烦地催着赶路，他们有日程安排要遵守，有演讲要做。

小孩子追在马车后面，经常一路跑出一英里，直至远去，化成碎片，仿佛融进了周围的风景里。

威克洛，阿克洛，恩尼斯科西：他在日记里记上这些地名。他猛然发觉这片土地上真的隐隐有饥荒的迹象。晚上在家庭旅馆，主人为没有马铃薯而表示歉意。

在韦克斯福德，他站在礼堂的阶梯顶。虽然人们看不见他，但他的目光可以顺着楼梯投到下一层，那儿摆了一张桌子；他的海报贴在墙上，在徐徐的微风中漾动。

前来会见他的是当地的贵族。他们衣着华丽，好奇、耐心。他们安静地坐在椅子上，摘下围巾，等待他。他的话振奋了他们——“听听！”他们嚷道，“说得太好了！”——演讲结束后，他们开出本票，说他们会组织义卖市场、募款游乐会、售卖蛋糕活动，把钱汇到大西洋彼岸。

可当道格拉斯步出门外走到街上时，他感到一阵刺痛蔓过他的皮肤。街上挤满了贫苦的爱尔兰人，天主教徒们。厄运的力量附在他们身上。传闻有专门的阅览室，陈列主张取消联合的报刊，还有秘密进行的辩论。屋子被烧毁。每当走在他们中间时，他既忐忑又激动。那些教皇至上主义者性喜大笑、闹饮、呼天抢地，动不动就搬出他们自己的老一套说辞。一位街头艺人穿着小丑服跳舞，帽子的垂片末端挂着铃铛。儿童沿街兜售民谣歌词纸。妇女点燃陶土烟斗。他想在街上停步，即兴发表演讲，可接待他的人拥着他前行。当他回头张望时，他感觉自己正将目光投入一条才挖了一半的沟渠里。

马车载着他沿一条悠长的乡间小路朝一栋巨大的宅邸驶去，路两边是雄伟的橡树。窗户里映出烛光。仆人戴着白手套。他已开始注意到，围绕在他身边的大部分是带英国口音的人。长官。地主。他们说话的音调优美，博闻广识，可当他问起他在街上见到的饥荒场景时，他们说爱尔兰天天闹饥荒。这是一个喜欢受伤的国家。爱尔兰人把炭火堆到自己头上。他们没能力灭火。他们依赖于别人，始终如此。他们没有自力更生的观念。他们着了火，然后把空的水桶往自己身上倾倒。历来都是这样。

话锋一转，他们请他就民主、所有权、自然法则、基督教规训等问题阐述看法。葡萄酒端上来，放在银色的大托盘里。他礼貌地推却。他想了解更多关于地下武装的谣传。他周围的面孔里有几张露出痛心的表情。兴许他可以多获知一些天主教解禁的事？他们有没有读过奥康奈尔激越的控诉？爱尔兰的竖琴师们是不是真的曾一度拔掉他们的手指甲，让自己可以不用演奏？为什么爱尔兰人被剥夺了说他们自己语言的权力？为穷人说话的人在哪里？

韦布捉着他的臂肘，把他拉到外面的阳台上，说：弗雷德里克，你可不能忘恩负义啊。

繁星使韦克斯福德的夜空像个滤锅。他知道韦布是对的。不管怎样总得站一边。每个地平面有那么多条边。他只能选一条。没有一个单一的头脑可以同时容纳全部。真理，正义，现实，矛盾。可能产生误解。他只有一个目标。他必须对此矢志不渝。

他在阳台上踱步。一阵冷风急速拂过水面。

“他们正等着你呢。”韦布说。

他伸手，抓起韦布的手，握了握，然后返回屋里。一股寒意从打开的门钻进去，传遍房间。他们喝着小瓷杯里的咖啡。女士们围聚在钢琴旁。他已学会怎么用小提琴演奏舒伯特。他可以忘我地沉浸在那柔板里：虽然动作缓慢，可她们依旧因他灵巧的双手而雀跃不已。

他们继续南下。刚过了巴罗河后，他们拐错了弯，驶入荒芜的乡间。残破的篱笆。倾毁的古堡。一片片沼泽地。树木茂盛的源地。烧泥炭的烟从小木屋里升起，稀薄而寒酸。在泥泞的小径上，他们瞥见移动的破布条。那些褴褛的衣衫似乎比包裹在里面的躯体更富生气。他们经过时，那些人家打量他们。小孩子因饥饿而显得困顿无助。

路边的一间茅舍着了火。浓烟看似像是从地面窜出来的。旷野里，生长不良的矮树旁，男人瞪着远方，目露凶光。一名男子的嘴上沾着褐色的糊状物：他大概一直在吃树皮。这名男子漠然地望着马车驶过，然后举起他手中的枝条，仿佛在向自己道别。他步履蹒跚地穿过那块地，一条狗轻轻地紧随其后。他们看见他跪下，又再起身，继续朝远方走去。一个黝黑的姑娘采撷灌木丛里的浆果，她衣裙的胸口上淌满了红色的汁液，仿佛她正在把果子一个接一个呕出来。她露出狰狞的笑容。她的牙全掉光了。她用爱尔兰话重复着一个短语：那听上去像一种祈祷。

道格拉斯抓紧韦布的臂膀。韦布面色难看，喉头发白。他不想谈。车外有一股味道飘在土地上空。地都被翻过了。疫病已将其腐烂的恶臭散发到空气里。种的马铃薯受损惨重。

“这是他们唯一的食粮。”韦布说。

“可为什么会这样？”

“这是他们唯一有的东西。”他说。

“不可能。”

“其余一切，他们都依赖我们。”

英国士兵策马飞奔而过，马蹄把烂泥踢到灌木树篱上。绿帽子红徽章，好像血滴溅在大地上。那些士兵年轻而惶恐。乡下弥漫着暴动的气氛：连鸟儿似乎也从树里发出凄厉的惨叫。他们以为他们听见的是狼嚎，可韦布说乡间的最后一匹狼已经在半个世纪前被打死了。克里利，那位马车夫，开始哭丧道，那可能是女鬼。

“哦，收起你的蠢话，”韦布说，“继续赶路！”

“可，先生。”

“继续往前走，克里利。”

到了一座庄园，他们停下看能不能喂马。三个警卫站在大门口。石雕的鹰隼和他们齐肩。警卫手里拿着铁铲，可铲子的把手已削成尖头。地主都不在。发生过一场火灾。房子里有烟。任何人不得入内。他们遵奉严格的指令。几个警卫望着道格拉斯，竭力扼制心中看到黑人的讶异。

“出去出去，”警卫说，“赶紧走。”

克里利推着马车前行。道路曲折，四周树篱高耸。夜幕逼近。马儿放慢脚步。它们的样子垂头不振。一道唾液和白沫从它们长长的颌部挂下来。

“哦，走啊，求求你了。”韦布从马车里向外喊道，他和道格拉斯促膝坐着。

在一片树荫的华盖下，马车嘎吱一声停了下来。死寂将他们围拢。他们在马蹄低柔的曳步中听见一个女人的声音。听上去她好像在祈求赐福。

“怎么回事？”韦布大声问道。

克里利没有回答。

“走啊，嘿，快天黑了。”

可马车依旧纹丝不动。韦布用脚啪的叩开门的底部，走下内车厢。道格拉斯跟在后面。他们站着，置身树木的黑影下。他们看见路中间有一个女子冰冷、粗糙的身影。她披着一条灰色的羊毛披肩，绿裙已破烂不堪。她的身后拖着很小一捆细树枝，连着一条布带，套在她的肩膀上，她一边走一边拉着那个奇怪的装置。

细树枝上放着一个白色的小包袱。那名女子抬头盯着他们。她的眼中射出光芒。一阵剧烈的痛楚让她的声音发紧。

“你可以救救我的孩子吗，先生？”她对韦布说。

“对不起，你说什么？”

“上帝保佑你，先生。你救救我的孩子吧。”

她从细树枝扎的木筏里抱起婴儿。

“我的天哪。”韦布说。

一条手臂忽的从襁褓里掉出来。那名女子把手臂塞回破布包里。

“看在上帝的分上，这孩子饿了。”她说。

风势增强了。他们能听见周围树枝互相拍打的声音。

“给。”韦布说着，递给那名女子一个铜板。

她没接，而是低下头。她似乎在地上认出她自己的廉耻心。

“她没有吃的。”道格拉斯说。

韦布在他的皮革小钱袋里又摸索了一阵，掏出一枚六便士的硬币。然而，那名女子还是没有接。婴儿被紧紧搂在她的胸口。两个男人站着，像在原地生了根。刹那间他们感到浑身瘫软。克里利把目光移开。道格拉斯觉得自己和路上的夜色融成了一体。

那名女子把婴儿硬塞过来。死亡的气味浓烈呛人。

“收下她吧。”她说。

“我们不能收她，太太。”

“求求您了，阁下大人。收下她吧。”

“可我们不能。”

“我求您了，求您一千遍，上帝保佑您。”

那名女子本人的臂膀看上去和两条细绳无异，向上延伸在脖子处交汇。她又翻出孩子的手臂，按揉死婴的手指。那手腕内侧已经开始发黑。

“收下她吧，求求您，先生，她饿了。”

她把死婴硬塞上前。

韦布任那枚银币掉在她的脚旁，转身，双手颤抖。他爬到马车的木条凳上，坐在克里利旁边。

“上路啦。”他朝下面的道格拉斯喊道。

道格拉斯伸手捡起那枚沾了泥的硬币，把它放在女子的手里。她看也不看。硬币从她指间滑落。她嘴唇翕动，却没有说一句话。

韦布挥动缰绳，狠狠打在光亮黝黑的马背上，接着猛然勒住，仿佛同一时间里他既在赶马车又没在赶。

“快点，弗雷德里克，”他喊道，“上车，上车。赶紧啊。”

他们加快行程。行过沼泽地，海滨，一片片绵延、教人难以置信的绿地。寒冷伸开了手臂。他们停下，多买了几床毯子。就这样，他们继续赶路，沿着海岸默默地穿越夜色。他们雇了一个人在前面打灯笼，直至他们找到一间客栈为止。小小的光球照出树影的轮廓。那人在走了八英里后跌了一跤：路上没有营业的客栈。他们一同蜷缩在马车里。没有人提到那个死去的小孩。

下起了雨。天空似乎没有一点诧异。他们路过一座兵营，穿着红制服的士兵正在看守一船要出货的玉米。他们获准可以给两匹马喂些饲料和水。一位老人站在约耳镇附近的路上，朝树上一只黑翼秃鼻乌鸦丢石头。

对于饥荒，他们无能为力，韦布说。一个人能做的只有那么多：田地的健康不是他们能给予的。这样的事在爱尔兰时常发生。那是大地的规律，不成文，不可避免，可怕的规律。

他们在秋日的寒意中抵达科克市的码头沿岸。明净的傍晚。没有一丝微风。极度潮湿的凝滞感。鹅卵石铺的路黑油油的。

他们把马车停在布朗街九号，詹宁斯家所在的地方。一栋漂亮的石头房子，玫瑰园分布在局促的甬道旁。

道格拉斯推开车厢门。他精疲力竭，移动时仿佛体内的某根轴心断了。他一心只想上床。他睡不着。

黑人女孩。潜逃。名叫阿黛拉。眼睛上有细小的疤痕。多颗牙齿缺失。脸颊和前额上打了字母A的烙印。背部有几道疤痕，缺两个脚趾。

出售。会干活的黑人男子约瑟夫。可以转行做木工。另出售：厨房用具，神学类藏书。

当即可取：七个黑仔。孤儿。举止良好。仪容端正。牙齿极佳。

他下楼，用一只带花纹的碟子托着点燃的蜡烛。蜡烛头斜照出他的影子。他看见自己有好几种体形：高的，矮的，长的，若隐若现。他蹑手蹑脚地走在楼梯上。从正门口上方的半圆彩绘玻璃窗里，他能看见星星。

他思忖去外面走一走，可他仍穿着睡衣。他转而继续光着脚沿有木板镶饰的走廊进入书房。那里面全是书，长长的一排排旨在引发论争的著作。他用手拂过这些书。漂亮的皮革封面。一排绿的，一排红的，一排棕的。烫金烫银的字压印在坚硬的书脊上。他举高蜡烛，缓缓转身，凝视摇曳的烛光在书架间移动的情景。摩尔，斯威夫特，斯宾塞。他把蜡烛放在一张圆桌上，朝梯子走去。谢雷登，拜伦，菲尔丁。冷冷的木头贴着他的脚掌。梯子架在轮子上，连着一段黄铜扶手。他爬到第二档。他发现假如他伸手抓住书架，便可以推着自己滑动。起先他动作很慢，来回来回。加快一点，更放肆一些，接着他松开了手。

他必须小声才行。不久整间屋子就会开始有动静。

道格拉斯又推移起来，沿着那排书，与书架相隔一定距离。

再往上爬一档。更高了现在。屋里飘过一阵油脂的味道。蜡烛自行熄灭了。他的思绪蓦地转到他年幼的孩子身上。他们会允许这样的行为，他想。他们不会妄下判断，他们非常严肃的父亲站在梯子上推着自己经过窗前，太阳升起在科克市的码头上空，星辰此时已几乎隐没，黎明在窗帘上划出一道缺口。他试图幻想他们身在此处，在这栋有高高书架的房子里。

他从梯子上下来，取回蜡烛头，准备举步上楼，这时门吱的一声开了。

“道格拉斯先生。”

是伊莎贝尔，主人的一个女儿，二十出头。她穿着一条纯白的连衣裙，头发用发夹高高盘起。

“早上好。”

“嗯，真是一个美好的早晨。”她说。

“我刚才在看看书。”

她快速扫了一眼书房的梯子，仿佛已心知肚明。

“需要我为您准备早餐吗，道格拉斯先生？”

“谢谢，”他说，“可我想我现在需要回去睡觉。从都柏林这一路赶来把我累垮了，恐怕。”

“请自便，道格拉斯先生。您应该知道吧，这栋屋子里没有用人？”

“对不起，您说什么？”

“我们一切亲力亲为。”她说。

“听到这，我很高兴。”

他已能瞧出韦布的这几个朋友与众不同。拥有一家酿醋厂。爱尔兰的教会。他们不炫耀自己的财富。这栋屋子有种谦卑的色彩。向所有客人敞开。每一处的天花板都不高，除了书房以外，仿佛是为了迫使人无论在哪儿都要弯腰屈身，唯独在书的旁边例外。

伊莎贝尔把目光投向窗户。太阳正变得清晰起来，挂在花园尽头那一小排树的上方。

“那您觉得我们的国家怎么样，道格拉斯先生？”

道格拉斯惊讶于她这单刀直入的问题。他不知道她是否有兴趣谛听勇敢诚实的回答——乡下的情形令他震惊，他很少见过如此的赤贫，即使在美国南方也很少，他觉得难以理解，即便此刻亦然。

“我很荣幸来到这儿。”他说。

“接待您是我们的荣幸。您的旅途愉快吗？”

“我们走的是乡间小道。风景多姿。好几处美丽的地方。”

她默默朝窗口走去。她眺望花园，阳光敏捷地攀着树，继续爬升。

道格拉斯看得出她还有话想说。她用手指捻弄窗帘的边缘，把一股线头绕在手指上。

“人们在挨饿。”她终于说道。

“途中有些地方很荒凉，我必须承认。”

“传闻有一场大饥荒。”

他再度望着伊莎贝尔。她纤瘦苗条，样貌普通，肯定算不上漂亮。她有一双碧绿的眼睛，脸部轮廓清晰，举止自然，不戴首饰，不大惊小怪。她的口音富有教养。她不是那种会打开男人心灵窗户的女子，但她的身上仍有某种东西，给他们之间的气氛涂上了亮色。

他向她讲述了他在路上见到的那个死去的小孩。他注意到那些话渗进她的脸部，占据她的身心：那条路，那个细树枝扎的筏子，那枚掉落的硬币，那片头顶的树荫，他们离去时阳光洒落在他们周围的情景。这个故事令她心情沉重。她把那股流苏线头缠绕得很紧，紧得使指端肿了起来。

“我会派人去看看能否找到她。在那条路上。”

“您那么做会让我感激不尽，詹宁斯小姐。”

“说不定他们可以帮她安葬那个孩子。”

“嗯。”

“同时，您该休息一下，道格拉斯先生。”她说。

“谢谢。”

“晚些时候，您务必让我们姐妹带您四处转转。科克市有许多值得自豪的地方，您会发现。”

他能听见屋里其余地方的动静，头顶地板在嘎吱作响。他微微弯腰，告辞，转入走廊。他累了，可有工作要做：信，文章，要再试图写一篇序言。他的书即将二次印刷。那是一次平衡练习。他需要掌握准确的张力。一个走绷索的演员。他不愿再曲意迎合。他登上楼梯，走进自己的房间，翻开稿纸准备修改。取出哑铃。把头靠在桌沿。提起哑铃。开始，同时，一边举哑铃一边阅读，一边举一边读。

没过多久，他听见窗外马蹄的哒哒声。伊莎贝尔正骑马行过砾石路。他从他高高的窗户注视她远去，直至她品蓝的外套变成一个小点。

地毯柔软厚实。他的枕头干净清新。主人剪了鲜花，放在窗口，花儿在微风中摇动颔首。床头柜上摆了《圣经》、《克雷斯—布恩菲尔德鸟类及野生动植物指南》、《夏洛特：一个真实的故事》、《威克菲尔德的牧师》、《圣经诗篇全集：附福音派赞美诗和灵歌》。在卷盖式的书桌前，他看到一个嵌在桌上的墨水池，吸墨纸，空白的记事本。

重享优待是一种纾解：穿越乡间的旅程搅得他心神不宁。

大饥荒。他以前没有想到过这个词。他在美国见过挨饿的情景，可从来没有一处乡下地方受过疫病的威胁。那股味道仍沾附在他身上。他给自己放了一大缸洗澡水。全身涂满肥皂。把头浸入水中，屏住呼吸，继续下沉。连整栋房子本身的杂音也成了一剂慰藉：他能听见回荡的笑声穿过一个个房间。他从水里爬出来，擦去窗上的雾气。每次看见爱尔兰的屋顶依旧不可置信。那外面还有什么东西？什么别的废墟？

树叶飘落的声音。

比雨更加阒寂。

他写完东西，把哑铃放好，躺到床上，手臂垫在脑后，想打个盹，可做不到。

楼下传来用餐的铃声。他在脸盆里洗干净手，穿上他无比整洁的亚麻衬衫。

这户人家的上菜风格是乡村式的：一排排盘子、碗、汤、蔬菜和面包摆在一张巨大的原木桌上，用餐者沿着桌子一边走一边挑选自己想吃的。詹宁斯家似乎有很多人不吃肉。他在面包上涂上一层厚厚的沙丁鱼酱，用长柄勺舀取沙拉。餐桌旁，客人们互相挨挤，谈笑风生。韦林家族。莱特家族。还来了其他客人：一位教区牧师，一位动物标本制作师，一位养鹰人，一位年轻的天主教神父。他们很高兴见到道格拉斯。他们读了他的书，热切地想与他交谈。这栋房子似乎对任何教派任何思想都敞开怀抱。演讲时格外流畅。美国的情况，废奴运动的形势，战争的可能性，一味迎合南方贸易法规的做法，对印第安切诺基人犯下的滔天恶行。

道格拉斯发现自己愉快地沉浸在人们的包围中。全无韦布家的正襟危坐。话题兜来转去，扯得奇远。以前难得有所有话锋的焦点全集中在他一个人身上的情况。韦布在桌子另一端观望。

道格拉斯将信将疑，不知道他们是否在设计陷害他，不过，随着时间的流逝，他变得益发轻松自在。

他惊讶地发现女士和男士一同留在桌旁。伊莎贝尔大多时候安静不语。她吃得很少。她濡湿手指，沾起盘子上的面包屑。她虽然有种害羞的个性，可每当她加入谈话时，似乎都一针见血。她快速切中要害，然后撤退。道格拉斯以前从未见过谁同她一样。在谈到查尔斯·格兰迪森·芬尼[1]时，她转向道格拉斯，询问他太太究竟如何看待公开祈祷的问题。他发现自己一时语塞，无所适从。

① 查尔斯·格兰迪森·芬尼（1792—1875），美国传道人士、教育家、社会改革家，被认为是美国近代“第二次大觉醒”运动的领导者。

他感到一股暖意涌向领口。

“道格拉斯太太吗？”

“是的。”她说。

“在这类问题上，她的立场都十分明确。”

他看见韦布在椅子上微微动了一下。这个爱尔兰人正咬着他餐巾的边缘。

“她肯定会站在我们这一边。”道格拉斯说。

他确信伊莎贝尔无意使他难堪，可那团热火炙烤着他。额头渗出汗珠。他把茶杯稳稳放在茶碟上，没有发出叮当的响声，然后向大家表示晚餐美味可口，致歉离席，朝楼梯走去，经过韦布身旁时轻按了一下他的肩膀。

他已经几天没有给安娜和孩子写信了。他得立刻动笔。

在楼上，他瞥见镜中的自己。他的头发长得更高了，更加浓密，更加黑。他会随它去。

门上没有锁。他用一把椅子抵住门把手。他拿出用衬衣包好藏起来的哑铃。有几次他还是会走进茯苓镇的教堂。木头横梁。晨祷期间唯一的一面光从东面斜照进来。瞥见一只红尾鹰隼横掠过窗前。管风琴高亢的音调。青草的味道从宽敞洁白的门口飘进来。

兴许有一两个晚上，安娜会如获至宝地听人给她念信，可未几，这些信便会烧毁。那令他感到高兴，其实，这些信将化作烟尘：一个人自身的历史，其命运也就是如此。

这座城市很晦暗，但它不大像都柏林那样让他觉得压抑。他开始觉察到，天方微明，万物就已苏醒。教堂的钟声嘹亮雄浑。圣巴特里克街上的市场嘈杂。天鹅在城市纵横交错的人行桥下拂水而过。 山顿尖塔高耸入云。连贫民窟似乎都显得更加包容。这是一座乐善好施的城市。穷人依旧众多，但他可以和詹宁斯姐妹走在码头边，乞丐不会纠缠他们。男人手里拿着点燃的陶土烟斗。他们递给道格拉斯，请他吸一口，拍拍他的肩膀。

在那悠扬的口音里有某些道格拉斯喜欢的韵味：科克市的人仿佛在他们说的句子里挂了长长、松垮的吊床。

过了六天漫长的日子后，他欣喜地听见韦布宣布他有急务要离开科克市。这两个男人都乐于摆脱对方。道格拉斯望着马车远去，顿觉获得了自由。那是许久以来第一次他真正感到孑然一身。华美的镜子里映出舒畅的心情。

不得不说，在爱尔兰度过的时光里，我的心无法平静。有别于美国明朗蔚蓝的天空，我被这座翡翠岛上灰色的迷雾所覆罩。我呼吸，哦，瞧啊！奴隶变成了人！尽管见到了很多会让我自己的族人战栗的事，但我受到鼓舞，要发出我真实而正派的声音。我自由地呼吸着海的空气。虽然有很多我观察到的现象令人心情沉重，但至少我暂时除去了枷锁。

他走在利河边，双手交扣在背后。他养成的新的走路方式。豪迈公开。一个思想者的仪态。他喜欢这个姿势，觉得那有助于培养他的自我意识。他听见身后鹅卵石路上哒哒的马蹄声，鞍鞯轻柔地嘎吱作响。伊莎贝尔下马，走在他旁边，她的手细心地搭着马脖子。那家畜的身上闪现汗水的光泽。

沿河排满了驳船。运玉米的。运大麦的。运牛的。运盐的。运猪的。送去下游更远处屠宰场的羊。小木桶装的黄油。燕麦。一袋袋面粉。一盒盒鸡蛋。一篮篮火鸡。水果罐头。瓶装的苏打水和气泡饮料。

他们望着满河的食物，沉默不语。鸥鸟忙不迭地跟在船后，不时俯冲，见什么抢什么。

他们经过一家商船队的店铺，一家书店，一家裁缝店。沿码头走出更远后，她把马拉近她的身旁。仿佛那样可以提供保护似的。

“我找不到她。”

“对不起，你说什么？”

“你在路上遇到的那名女子。”

有一瞬间，他搞不清伊莎贝尔在说什么，偶然拂过白昼表面的一席话。可接着他回过神来，说那真是太遗憾了，可他相信那个孩子如今已得到安葬。

“你做了你能做的事。”伊莎贝尔说。

他明白事实并非如此：他根本什么也没有做。他眼睁睁地看着，保持沉默。

“没有什么比夭折的小孩更令人难过的。”她说。

他在脑海里掂量了这些话片刻。他点头。他喜欢她。在过去的几日里，他越来越把她当作妹妹。有这样的想法说来奇怪——她绿色的眼眸，笨拙的步态，朴素衣裙的窸窣声——可，那就是她：像妹妹似的。围着他。好奇。闯入他的生活。她同他探讨新思想。几乎无话不谈。他对成立利比里亚持何看法？复仇和正义之间的鸿沟是什么？他是不是和加里逊合议，计划把从接受奴隶主的教会中所募来的钱退还回去？

当话题转回他们身边正在发生的事时，她变得安静起来。她欲言又止。反复拨弄左臂上的手镯。凝视远方。声音哽咽。

地里有足够养活爱尔兰三四倍人口的粮食，她说。这些粮食正漂洋过海被运往印度、中国、西印度群岛。帝国的空竭。她希望能有一点她可以做的事。沉默不可能维护真相。他们家有满满好几仓食物，在下游稍远的地方。一瓶瓶醋。大批酵母。麦芽大麦。乃至成筐的果酱。可那不能就这样分发出去。有法律、海关和所有权的问题。还有别的复杂事宜。商业联盟。延长的合约。课税。穷人的需求。创造道德上的错觉。

他猛然发觉，伊莎贝尔背负着特权阶级的伤痛。也许，那么，他也亦然呢？他翻阅《新约》。得到多的人，被索取的也多。可假如他本人为穷苦的爱尔兰人说话，那会怎样？他可以为此创造什么措辞和说法？他说话的对象将是谁？

政治依旧令他困惑：谁是爱尔兰人，谁是英国人，谁是天主教徒，谁是新教徒，谁拥有土地，谁的孩子泪汪汪地站着，饥肠辘辘，谁的房子烧成了平地，谁的领土属于谁，又是为什么？简单的区分法是，英国人是新教徒，爱尔兰人是天主教徒。一方是统治者，另一方臣服在脚下。可是韦布该放在哪里？伊莎贝尔该放在哪里？他原本庆幸可以让自己站在渴望自由和正义的一边，可正是为了他自己广为人知的事业，他不得不完全忠于一方。三百万个声音。他不能出言抨击那些促成他到这儿来访问的人。他能承担的只有这么多。他必须把目光投向要紧的事。超出容忍限度的是将男女占为己有的奴隶所有制。爱尔兰人虽然贫困，但不受奴役。他来这儿是为了斩断维系美国奴隶制度的纽带。有时，仅仅为保持头脑镇定就令他心力交瘁。他领悟到，合宜的智慧，其本质是接纳矛盾。对事物复杂性的认识，注定要由对简化的需求来平衡。他仍是一个奴隶。在逃亡中。假如他返回波士顿，他随时可能遭绑架，被送往南方，绑在树上，挨鞭子。他的“主人们”，他们会让他身败名裂。很多年来他们试图堵上他的嘴。不会再有了。他已获得机会，大声向那曾经给他戴上枷锁的东西发出控诉，他将继续这么做，直到那锁链粉碎，落在他脚旁。

他想，如今他知道是什么把他带到了这儿——是那种体察同时既自由又受制的感觉的机会。那是连最苦难深重的爱尔兰人也无法理解的事。受到一切事物的约束，甚至包括一个人自己的和平理念。

他的身体，他的头脑，他的灵魂，多年来只服务于他人的利益。他有他发过誓要效忠的他自己的族人。三百万。是他们换来了他的自由。倘若他还想试图支持爱尔兰人，那将是怎样的重荷？他们的创痛，他们模棱两可的身份。他自己那一份就够了。

驳船行过。

河上满载着食物。

太阳落到了科克市栉比鳞次的石板瓦屋顶的另一边。

有一个故事，他而或讲给他的听众听。美国的奴隶主会使用木桶。多半是装波旁威士忌的酒桶，也有装橄榄油的，装葡萄酒的。任何一种可以找得到的木桶。他们在木头里钉入六英寸长的大钉。有时他们还在桶内放上碎玻璃，或者带刺的灌木。接着，他说，他们会把他们的“奴隶”——他每次都用更为低沉的声调道出这个词——带到山顶。为了极微小的过错：可能是她忘了锁马厩的门，也可能是她失手掉了一件陶器，或可能她斜睨了女主人一眼，或可能她留下一块脏的洗碗布没洗。那都无关紧要。她注定要受惩罚。那是天经地义的。

故事讲到一半时，他会给那个奴隶起一个名字：玛丽。他会细听沉默在那些听他说话的爱尔兰人中间蔓延。玛丽，他重复了一遍。

接着“主人们”——这个词从他嘴里愤怒地迸出来——逼迫玛丽从谷仓搬出木桶。灰尘仆仆的，沿着土路，滚到附近一座小山丘的顶上。他们召集其他奴隶，把他们也带到山顶，去亲眼目睹。主人通常会高喊圣书里的诗文。他们逼玛丽跨入木桶。按下她的头，把她的肩膀硬塞进去。戳出来的钉子划破她的身体。玻璃扎入她的脚。荆棘环绕她的肩膀。然后主人把盖子盖上，钉死。他们把桶子来回摇晃几分钟。再次诵读《圣经》。

接着，木桶跌跌撞撞，滚下山。

人山人海。他和马太神父一同讲了话。他成了禁酒运动的代言人。报纸依旧称他为黑人奥康奈尔。满城都贴着他的海报。他的名声远播。他和二十四位来自科克市妇女反奴隶制协会的女士一同野餐：她们喜滋滋看着魁梧的他斜躺在葱茏的橡树底下，颈前挂着一块精致的蓝色餐巾，身后是流水潺潺的小溪。那些女士解开系在脖上的软帽，迎着太阳仰起脸。她们不放过他说的一字一句。随后，大家提着野餐篮，打着小阳伞，相偕穿过长长的草地，折返朝一座木桥走去。道格拉斯大胆地脱去鞋袜，在冰冷的水里蹚了一小段。那些女士背过身，咯咯直笑。水染深了他裤脚的颜色。

报纸记者嚷嚷着要见他。他的演讲以整版篇幅刊登出来。他募集了好几百英镑，准备随船带回波士顿。他卖出了两千多本书。下一站他将去利默里克，然后是贝尔法斯特。再从那儿去英国，他将在英国协商他的自由问题，给自己赎身，返回美国，成为一个自由民。

他的体内涌动着丰富的源泉。他的声音总是来自于别人，可在他站起讲话的那一刻，那感觉更分明是他自己的声音。好几次他希望自己要是能有一千个声音就好了，就可以把这些声音投往许许多多方向，但他只有一个，那服务于一个单一的目标：消灭奴隶制。一日下午，他遇到一件几乎令他欣喜的事，在经过保罗街的一家酒馆时，他听见有人说一个“老黑”刚刚走过，一个肮脏的黑小子，他难道无家可归吗？朝那个方向可找不到香蕉，他莫非不知道科克市没有树可以荡秋千，克伦威尔早把树全砍走了，快滚吧，黑鬼。

他停下，鼓起胸脯，站稳脚，近乎装出愤怒的样子，然后继续往前走，身上穿着那件驼毛背心。老黑。肮脏的老黑。这个词第一次奇怪的让人觉得悦耳。一件未来他必须穿着的旧衬衫。一而再再而三，解开扣子，扯掉，又再重新扣上。

在他离开科克市的几天前——一个将悄悄留在他心中的日子，一面旗帜，一只风筝，一缕余音——他听见有人在布朗街敲门。当时他正在写东西。他的前臂上溅了墨水。他的背因为伏在书桌上而生疼。他把椅子往后一推，探听楼下飘来的说话声，然后再度投身到写作的工作中。

后来到了晚上，他沐浴更衣，下楼用晚餐。一个姑娘坐在餐桌尽头，挨着伊莎贝尔。她似乎不像应该被安排坐在那个位置。她驼着背，举止粗笨，但很漂亮。金色的头发。皮肤白皙如雪。他觉得自己认识她，可想不出是在哪里见过。她站起，叫出他的名字。

“晚上好。”他回道，依旧一头雾水。

桌上一片肃静。他明显觉出有必要再多做一点回应。他用拳头捂着嘴咳嗽了一声。

“真高兴见到您，女士。”他说。

他能感到尴尬的气氛在屋里膨胀。

“莉莉打算去美国。”伊莎贝尔说。

他到这时才认出她。她似乎与穿制服时判若两人，甚至更加年轻。他记得她在楼梯上的身影。看来，她是离开了雇主韦布先生，从都柏林过来。

“她将于几天后从科夫出发。”伊莎贝尔说。

“那太好了。”道格拉斯说。

“她是走到这儿来的。”

“我的天哪。”

“莉莉是受了你的鼓舞。对不对，莉莉？”

“我的？”

他有点惊慌失措。他能看见那个姑娘的脸上泛起红晕。她似乎想要隐身消失。他不知道她是不是毫无怨恨地离开韦布家。他当然不曾有意引发恐慌。他礼貌地点点头，竭力避开她的目光。他心头一揪，猝然回想起她轻声道别时的情形。他庆幸自己在都柏林的活动没有造出更多事端。

“你的讲演，”伊莎贝尔说，“那给人巨大的鼓舞。对不对，莉莉？”

那位女仆依旧低眉垂目。

“波士顿？”道格拉斯说，“你是想去那儿吗？”

她颔首，缓缓抬起头：眼中闪出令人惊异的光芒。

“也许我会试试纽约。”她说。

屋里响起赞同的嘀咕声。道格拉斯飞快、安静地用餐。他一味盯着自己的盘子，但不时抬眼，瞥见伊莎贝尔和她的妹妹倾心关照那位年轻的女仆。她们给她夹菜，从水罐里为她倒了一杯姜汁汽水。

那位女仆似乎在平衡眼睛上的一杆秤——她仿佛随时会轻易吐出一堆话，或只是轻易地泫然泪下。

道格拉斯站起，准备致歉离席——他说，他有很多东西要写。他朝莉莉举杯，祝她一切顺利，她的历险将马到成功，同时他也希望可以很快回到自己的祖国，回到妻子和家人的身边。

全桌人开始敬酒。玻璃杯叮当的碰撞。那位女仆倏地瞟了他一眼：他搞不清那目光是害怕还是忿怒。他动身上楼。她的出现令他不知所措。人们到底期许他做什么？他本该如何反应？他真心祝愿她一切顺利，可他本还可以多说点什么呢？也许明天他可以介绍一户显赫的人家，让她去打工？说不定加里逊或查普曼会有认识的人？或者，他可以推荐城中会让她感到舒适自在的一片区域？他不知道，她为什么千里迢迢徒步走到科克市来？而且还是在这样的天气里？

他坐在书桌前，把钢笔的笔尖浸没在墨水池里。他有很多事要做，可他写不出东西来。他盖着被子，辗转反侧。

鸟儿伴着黎明的到来而聒噪不已。笼罩布朗街的夜幕已揭去。他听见楼下有人喊他的名字。他拉开窗帘。伊莎贝尔站在屋后坑坑洼洼的庭院里。

“莉莉半夜走了。”她说。

他能感觉到玻璃窗上的寒意。一只公鸡在庭院里啼叫，一只小母鸡飞到空中，惶惶离去。

“你能和我们一道去吗，道格拉斯先生？”她说。

她的声音里透出担忧。

“请稍等一下。”

有信要写。有函件要签署。有会面要安排。有一场与该市北部大教堂神职人员的辩论要准备。

他拉拢窗帘，把脸盆放到窗台上。他脱下睡衣，浸湿毛巾。水冰凉冰凉的，让他的皮肤紧绷。他再度听见下面在喊他的名字。接着从马厩传来尖利的马嘶声。马蹄橐橐，溅起水花。詹宁斯家的两姐妹夏洛特和海伦从拱门下走来。她们戴着宽大的帽子，穿着绿雨衣。又过了一小会儿，伊莎贝尔出现了，抓着缰绳，牵着一匹健壮的矮小马。

道格拉斯探出窗口。一时间忘了自己没穿衬衣。他看见两个妹妹背过身，咯咯直笑。

伊莎贝尔给马安上一套皮马具：她把最高的那匹留给了道格拉斯。

他咒骂自己。一个女仆。一个普通的女仆。所以说，她提前走了。那又如何？几乎不是他的错。可他亟欲讨好人。无法说不。他从窗口退回来，头撞到窗框。为那位姑娘的利益着想，这也许是愚蠢的欲念。这不像是——不像——不，绝对不是。他没有做出任何不得体的举动。完全没有。肯定没有。

他走到书桌旁，一把聚拢稿纸，掂了掂分量，把它们叠好，然后转身穿上衬衫和靴子。詹宁斯先生给了他一件油布雨衣，一件渔夫外套。除此之外，还有一顶黑帽子，帽檐宽阔，扁沓沓走了样。来到这儿后他还没有戴过。他在可以旋动的镜子里瞥见自己的模样，荒唐可笑。但他没有失去自嘲的能力。他咚咚走下楼，抻头进厨房。詹宁斯先生啪的放下茶杯，茶水泼在厚实的木桌上。道格拉斯夸张地鞠了一躬，说他将出门几个小时，他被扣作了人质，她们似乎期望追上那位从都柏林来的年轻女仆，倘若他在入夜后还没回来的话，可否请他们派一支搜索队，或许再加一条圣伯纳犬？老詹宁斯靠坐在柔软的椅子上，哈哈大笑。

道格拉斯打开后门上的门闩，步出屋外，经过拱门朝房子的正门走去，几位女士坐在马上，在那儿等他。她们见到他时露出微笑：那外套，那宽大的帽子。

他很久没有骑过马了。翻身上马那一刻他感到发窘。马镫紧紧咬住他的脚。那牲畜皮毛黝黑，肌肉发达。他能用自己的身体感受到马儿的胸廓。伊莎贝尔从她自己的马上下来，娴熟地为他重新调整马腹下的皮带，这教他吃惊。这个姑娘身上有一种他以前没有见过的力量。她走上前，拍拍那匹马的脖子。

“我们走科夫路。”她说。

他们沿着码头南行，过了监狱，途经救济院。她的两个妹妹骑马时身姿优雅，背脊挺拔。伊莎贝尔的风格比较粗犷。她策马飞奔，赶到公共马车后面，向内张望，勒住缰绳让马抬起前蹄，又继续前行。她一边骑马一边环视四周，呼喊莉莉的名字。

街道笼罩在十月阴沉的天色下。风沿河送来一波波冬日的寒意，卷来阵阵小雨。伤寒医院外，一名男子饥饿地呻吟。他朝他们张开双臂。迈着猿猴似的大步，略带奔跑的姿态。他们骑马从旁经过。他开始捶打自己，像一个遭到蜜蜂围攻的疯子。他们加快速度。从小巷里走出一个女子，想讨一便士。她的脸上有胡须，因患伤寒带着点点斑疹。他们再度加紧赶路。假如停下布施的话，他们将永远都出不了城。

此时道格拉斯庆幸自己穿了绿雨衣，戴了帽子。行出几英里后，他意识到帽子几乎完全遮住了他的脸，路旁没有人能看出帽子底下是谁。

那座城市的地界似乎到一间砖砌的仓库为止，接着蓦的出现了树林。道路弯曲，忽而转入一块块绿地。他们经过一辆公共马车，朝排列在边上的乘客挥手。马车上各种箱子和手提箱堆得很高。看上去仿佛摇摇欲坠。他们打听那位女仆的下落，可没有人见过她。

道格拉斯继续隐身在帽檐下，没有露脸。

“天气很好。”他的声音穿过蒙蒙细雨。

他改不掉他的美国口音。

“确实是，先生，对美国人来说。”

詹宁斯家的姐妹笑眯眯的，他们从公共马车旁骑开。他奋力策马奔驰，想赶到她们前头，可这几个姐妹的骑术更佳：她们交错出现在他左右，驱他前进。

到了乡间，一缕缕纤细的炊烟在空中缭绕升腾。他惊愕地发现穷苦的爱尔兰人竟是住在地下。他能从路上看见他们的茅舍，用泥炭、树枝和草垛搭建而成。他们的田地少之又少。繁多的树篱。偶尔一段石墙。小孩子看起来油尽灯枯，鬼影憧憧。有几个光着上半身。许多小孩的脸上长了疮。没有一个有鞋子。他能透过他们的皮肤看出身体的结构。他们的生命瘦得只剩骨头。

他的思绪回到都柏林和那个贴在他肩头的小男孩身上。那似乎是许久以前的事了。这里的人不再令他害怕。不是因为他变得免疫了，更多是因为他明白自己不会受到伤害。他不知道假如这条路转成巴尔的摩、费城或波士顿的一条路，那会发生什么，人们会如何互相融合。

现在他希望找到莉莉，想要祝愿她的旅途真正平安。他踢了马一下，驱马前进。一路上他们见到模糊的人影，影子，可没有一个是那位女仆。

在小村庄，雨浇灭了好奇心。他们驰入湿淋淋、风景优美的原野。

马蹄声好像手枪开火，一道彩虹悬在天边。他们在一棵榛子树下勒马休息，有人在那儿造了一张低矮的长椅。伊莎贝尔打开包好的三明治，从鞍囊里取出一壶茶。她甚至带了茶杯。她的两个妹妹坐在长椅上。她们和伊莎贝尔水乳交融。她们比较漂亮文静，仿佛是在某条奇特法则的规定下与她保持平衡。姐妹俩一致认为，这是一次大胆的冒险，可他们不该再往前骑出太远。已近午餐时分。现在他们无论如何都不可能找到莉莉了。

“我们有充足的时间，”伊莎贝尔说，“还早呢。”

“我姐姐有她自己的主见。可惜几年前她失去了这独立思考的能力。

“这儿距离科夫有十英里。回来又是十英里。”海伦说。

“在天黑前我们会赶不回来。”

“哦，求求你们，走吧。拜托了。”

路上，满载箱子的公共马车和双轮敞篷轻马车多了起来。家家户户的人把目光定格在远方。他们的孩子身上包着丑陋的、长条状的毯子。马车的木制辕杆发出低沉的呻吟。车厢摇摇摆摆，行进在车辙里。那些马看起来像是在前往调车场。保持走在路上这项活计压得它们直不起身。

詹宁斯家的姐妹骑马向西飞奔，然后往南。夏洛特说，这段路风景比较好，而且也更清静。道路蜿蜒曲折。不过，依旧有人家在他们前面，全都往南走着，从四面八方聚拢，汇成小小的人流。

他们向人打听有谁见过那位年轻的女仆，一无所获。离海越近，路上益发挤满离去的人。摊贩靠着树篱搭起货摊。各家各户正在兜售他们最后的家什。道格拉斯和三个姐妹不得不放慢马步，在人潮中穿行。各式各样待售的物品。小提琴，墨水瓶，盆盆罐罐，帽子，衬衫。系在树篱上的油画。从树枝上挂下的窗帘。印有半月图案的布料，一度俗艳的色彩因时光而褪淡。一条美丽的真丝连衣裙，绣着金色的细条纹，黯然地搭在一辆双轮敞篷马车的座位上。

他们催马穿行，朝俯瞰港口的悬崖奔去。

一名男子朝他们走来。他的胸前和背后各挂着一块木板，用绳子串起吊在肩头。上面写着去波士顿、纽约、纽芬兰的价格。他用平板的声调喊着那些价格。几个小孩拽拉他的口袋。他粗暴地动手把他们赶走。

人潮越来越挤，他们只能下来牵着马走。

一位年轻的神父走在人群中，在寻找病患，主持临终圣礼。他一边走一边用手指拨弄玫瑰念珠。他看了一眼道格拉斯。他们以前从未见过彼此，可有一刹那，他们俩都以为互相认识，他们停下想寒暄几句，可什么也说不上来，他们没有交谈。

那位牧师移步走开，到一棵树下，碧绿的树枝弯成拱形，上面无精打采地挂着一件小孩的衣服。

“神父，”伊莎贝尔说，“对不起，神父。”

那位神父转过身，朝他们走来。他的眼睛大而疲惫。他拽着玫瑰念珠，紧紧缠于他的手指上。他的神情变得犀利，语气尖刻。没有，神父说，他没见过任何符合莉莉样貌的人。他把足尖钻进泥土里，仿佛他可能会在那儿找到她。接着他转身，朝双手里啐了一口。没有，他重复了一遍，斩钉截铁的。

那位神父继续往前走，用爱尔兰语把人们召集到他周围。

伊莎贝尔哆嗦了一下，抚摸马的脖子。道格拉斯把帽子拉得更低，抓着缰绳，牵马走开。两个妹妹也恭敬地陷入沉默。风从海上吹来，升起，与他们迎面相遇。弯曲的港口像一个问号。十多条木船如小圆点般散布在底下的水面上。桅杆和绷紧的船帆组成一支哀伤的小型舰队。浪涛擦去了这些船的名字。

他们牵马走到离悬崖边不足十码的地方。他们脚下的那座小镇，仿佛正一掀一掀地抽动着。屋顶上的茅草、弯折的树、马车像小昆虫般沿水边往广场移动。道格拉斯知道下面是怎样混乱的场景，怎样的热望，怎样的躁动。然而那画面美不胜收。科夫镇朝水面屈膝下跪。鸟儿贪婪地绕着悬崖飞翔捕食，乘着上升的气流，身姿轻盈。

他把缰绳绑在一棵树上，走到悬崖边。他摘下帽子。风雨声狂烈地将他包围。他过了片刻方意识到伊莎贝尔在他旁边。两个妹妹留在后面，此时正端坐于马上。苍白的浪花打着底下的海岸。

伊莎贝尔伸出手挽住他的胳膊。脸靠着他的肩膀。他察觉到两个妹妹在注视。他想要是他能轻柔地把她拨开就好了，可她站着不动，低头俯看那座小镇。

不久太阳将下山，海面转暗，他们周围的陆地都将变冷。

直到近傍晚时他们才找到莉莉。她全身被雨淋湿，哆哆嗦嗦的在码头上。她用披肩包着头，身体像木乃伊似的干缩在一件外套里。她买了票，正在等早晨的船。她不愿朝他们看，脸因某些隐秘的苦楚而绷着。

道格拉斯和两个妹妹分立两边。他们望着伊莎贝尔在莉莉面前俯下身，发出某种恳求。她们的样子仿佛在一同做祷告。

伊莎贝尔带了几天的干粮，包在一块蓝色的茶巾里，扎好系紧。她把干粮温柔地放到那个少女的怀里。她伸手进外套，掏出数张折好的钞票，快速塞到莉莉的掌中。道格拉斯打了一个寒战。他望着莉莉，翕动嘴唇，却什么也没说。她们之间交换的是什么样的语言？什么样的沉默？从附近一家商店传来一声咆哮。一个女子的尖叫。拳头的重击声。酒馆里传出的哄然大笑。从远方某处飘来曼陀林的琴声。

伊莎贝尔又摘下手套，塞到莉莉怀里。接着她伸手进自己的外套，在脖子上摸索了一阵。她将一个类似胸针的东西递给莉莉。女孩露出了笑容。伊莎贝尔俯向前，拥抱那位女仆，在她耳边低语了几句话。莉莉颔首，向下拉紧包在头上的披肩。那里面颤动着什么样的念头？是什么样的狂热把她带到了这儿？

道格拉斯觉得自己在地上生了根，仿佛连脚都提不起来。他渴望火的暖意。他拉起衣领捂着嘴咳嗽了几声。他感觉自己的呼吸朝他反弹回来。黑人女孩。潜逃。名叫阿黛拉。

伊莎贝尔回头张望，呼唤她的妹妹。她们把她的马牵上前。她长长的衣摆布满泥污。她在鹅卵石地面上擦了擦脚，端庄地爬上马鞍，策马穿行在人潮拥挤的街道上。他们穿过小镇，路过一家拍卖行，离去。

那位神父望着他们登上小山顶。顺着他黑色法衣的衣边有一道长长的、结块的深色污泥，是他之前滑倒着地的地方。他依旧用拳头攥着那串玫瑰念珠，不过此时珠串已松垂下来，在他腰间发出丁零当啷的响声。伊莎贝尔举手挥别，可神父没有回应。他机械地跟随他们，头转动着，身体的其余部分则固定在原地。然后他大踏步地离开，穿过湿漉漉的草地，朝火堆走去。

马儿累得汗水涔涔。他们心惊胆战地奔驰在夜色中。到家时已远过了午夜时分。詹宁斯先生在庭院里等候。他准备了食物、热饮和毛毯。庭院里一阵忙乱。

当道格拉斯踩上鹅卵石地时，他的膝盖在身体下半弯着。有人给了他一支蜡烛和一条毛毯，他疲惫地走入屋内。楼梯上映出他的重重影子。

那一晚，他无法成眠。快天亮时，他下楼去寂静的书房。他的膝盖发疼。肩膀感觉和脖子焊在了一起。他悄悄走进那个房间。伊莎贝尔正坐在角落，在幽暗中。她抬起头看着他进来：用梯子推着自己沿书架滑动成了他的习惯。他在门口稍候了片刻，然后走过去，将她搂入怀中。仅此而已。他把手放在她的脑后。他犹豫了一下。她低声啜泣。当他松开怀抱时，他衬衣的肩头湿了。

在科克市的最后一个上午，弗雷德里克·道格拉斯驾着一辆双轮敞篷马车独自一人出行。那匹马似乎对他服服帖帖，手里的缰绳感觉柔软。他去了城市的西南面，在海滨漫步。这里很安静。没有出境的船只。潮水退去，在海滩上绘出一组沙子的温柔的涟漪。完美的回响，一波接一波，向着地平线起伏的阴影延伸而去。再也看不到海。只有云。他涌起一股剧烈的思乡之情：那令他深切怀念巴尔的摩。

当他把脚放下时，靴子的鞋底踩着水，发出嘎吱的声响。一个转瞬即逝的印记：感觉大地在他身下移动。他提起脚，望着水渗漏出去，沙子重新聚拢。那是一件可以一而再再而三重复做的事，一个足印接一个足印。

沙滩显然绵延数英里，可伊莎贝尔嘱咐过他要小心，那片区域以湍急的暗流而闻名。海水会偷偷滋长，涌进来，绕圈，将他包围，他会被困住。他觉得那难以想象。在道格拉斯看来，这儿的海水是如此平静。

他弯下腰，在漾起的层层水波中发现许多极小的螃蟹，在沙子里蹬腿。他拾起一只放在手掌上。那家伙几乎是半透明的，它的眼睛暴突，目光呆滞。大概是一只招潮蟹。它飞快地爬到他的手指边缘，犹疑，又折返。他凌空动了一下手臂，螃蟹急速逃到他手腕高起的地方。道格拉斯放下螃蟹，让它重新回到沙子里，螃蟹钻进了洞，隐匿不见，消失得可真快。

他注意到在海滨远处有好多妇女在俯拾贝壳。她们包着长长的头巾，背着麦秸筐在寻找食物。他已从报上读到，疫病更趋恶化，面粉价格在几天内就翻了倍，玉米的库存量比以往都低。唯一的希望是明年庄稼不会歉收。

道格拉斯走在海边。一艘高桅船贴着地平线，他望着船远去。当他再次回头把目光投向海滨时，那些妇女似乎消失进土里。只有她们灰暗的外套依稀可见。她们不时弯下腰，有节奏地俯拾但凡可以找得到的东西。

一九九八年

须备战争

他从亮堂的电梯里出来，穿过大理石装潢的大堂，走向旋转门。六十四岁，个子瘦长，华发渐生，身体因昨日打网球而轻微劳损。

一件深蓝色的西装外套，略有点皱。里面是一件浅蓝色的毛衣。便裤烫出折缝。没有一丝张扬，没有一点炫耀。连他走路的方式也是静悄悄的。他的鞋子踩着地，发出清脆而尖锐的声响。他提着一个小皮箱。他朝俯身接过箱子的门卫侧过头。皮箱里只有一套西装，一件衬衫，一套刮脸用具，一双额外备用的鞋。他另一边的腋下紧紧夹着公事包。

他快步穿过大堂。他听见自己的名字从好几个角落传来。管理员，大堂沙发上一位上了年纪的邻居，正在清洗大玻璃窗的勤杂工。旋转门仿佛捕捉到了那些话，开始让它们转动起来。米切尔先生。参议员。乔治。先生。

黑色的豪华轿车停在公寓楼外，发动机空转着，车身因排放尾气而轻微颤抖。他全身放松了下来。没有媒体，没有摄影师。一场纽约的豪雨，与爱尔兰的迥然不同：急匆匆，不耐烦，闪避雨伞。

他走到午后的屋外。出了雨篷，有人为他高高撑起一把伞，车门已开。

“谢谢你，罗蒙。”

每次总有顷刻的恐惧，害怕也许有某个人等在车里。某条新闻。某篇报道。某个爆炸事件。拒绝投降。

他侧身坐入后座，把头靠在冰冷的皮面上。永远有一瞬间，他觉得自己可以转身，重新来过。换一种生活。上楼。等待。近来他一直是许多报纸专栏的焦点人物：他美丽年轻的妻子，他新生的孩子，和平进程。他震惊于自己在这么多年后仍能有新闻价值。记录在镜头里。从电子打字机里拉出来。特约专栏版上他的漫画，表情严肃，戴着眼镜。他想要长长的静默。就坐在这儿，在这个座位上，闭上眼睛。让自己可以打个小盹。

前门打开，罗蒙坐入车内，探出身，抖了抖雨伞，回头瞥视。

“一切照常，参议员先生？”

过去的三年里，近二百次的飞行，每三天一次。纽约到伦敦，伦敦到贝尔法斯特，贝尔法斯特到都柏林，都柏林到华盛顿，华盛顿到纽约。喷气客机，私人飞机，政府包机。火车，豪华轿车，出租车。他过着双重生活，两个身体，两个衣橱，两个房间，两个时钟。

“是的，肯尼迪国际机场。谢谢，罗蒙。”

车子在他身下微微一颤，驶出拐上百老汇大街。一阵熟悉而陡然的失落，悲伤，一辆关闭的交通工具的哀叹，离去。

“等一下，罗蒙。”他说。

“怎么了，先生？”

“我马上回来。”

车缓缓停下。他把手伸向门把，钻出车，门卫一脸茫然地看着他疾步匆匆地穿过大理石装潢的大堂，进电梯，他锃亮的鞋子咔哒咔哒，夹带着雨水。

十九楼。玻璃窗和高高的天花板。窗户微开。一排排雪白的长书架。优雅的波斯地毯。角落点着一盏晨灯。他悄悄走在巴西木的地板上。光线的碰撞，甚至还加上和外面落下的雨。哥伦布圆环广场以南，中央公园以东，哈德逊河以西。他能听见下面传来星期天街头艺人的表演，音乐飘上来。爵士。

希瑟站在他们儿子的卧室里，弯腰对着换尿布的台子，头发高高扎在颈后。她没有听见他进屋。他立在门口不动，望着她拉起尿布的尼龙搭扣粘好。她俯身亲了一下儿子的肚皮。她解开她深色的头发，再度朝小孩俯下身。呵他的痒。婴儿发出咯咯的笑声。

这位参议员仍停在卧室门口，直至她察觉到他站在她身后为止。她唤他的名字，解开插闩，把小孩从换尿布的台子上抱起来，用毯子裹好男婴。她笑着，踩着精美的地毯走过房间，手里依旧提着那块脏尿布。

“你忘了什么东西吗？”

“没有。”

他吻了她，然后吻了他的儿子。他捏玩男孩的脚趾。圆鼓鼓，柔软的肌肤在他指间。

他接过尿布——摸上去仍是暖的——丢进尿布桶。他心想，人生依旧能够发出最异乎寻常的讽刺。一块温热的尿布。在六十四岁时。

希瑟陪他走回到电梯口，抓着他西装外套的衣角，将他拉近。儿子的气味留在他们俩的手上。电梯缆索的声音道出他们的哀愁。

她最担忧的是他会变成刺客子弹头上的猎物。

那么多突如其来的谋杀案。年轻的天主教女子和英国士兵一同扑倒护住她的孩子，士兵背部中弹的伤口里冒出嘶嘶白汽。出租车里的男子脖颈上架着冰冷的钢刀。放在纽敦纳兹镇兵营外的炸弹。被抛到二十英尺高的空中的曼彻斯特女孩，飞起时她的双腿与身体分离。遭受私刑浑身涂满柏油并粘上羽毛的四十七岁妇人，被奔绑在奥缪路的一根灯柱上。因炸弹邮件而失明的邮递员。身上有六个弹孔的少年，整齐地分布在两个膝盖、两个脚踝和两个臂肘上。

去年七月，她陪他在北爱尔兰，看见他们出发之前，装着轮子的反光镜钻到车子下面检查，希瑟感到不寒而栗。乔治说那只是例行公事。她什么都无需担忧。他气定神闲，一种属于世纪中叶的尊严体面，不把莫大的危险放在眼里。

她喜欢看他置身于人群中。他如何有办法忘掉自己、隐身、让其余每个人感受到自己是重要的一员。他相信人，耐心倾听。这里面没有虚假或算计，那只是他行事的方式，他消失在他们中间。他高高隆起的背，他的眼镜。连他西装精良的剪裁也会化为乌有。有时，她会不知不觉寻觅起他的身影，他会被挤到角落里，在和最不可能同他讲话的人交谈。人们乍然凑到他面前。手臂的触碰，不意的大笑，让他的保镖无限紧张。是谁无关紧要。当然，这亦是他的短处：无法说不。要他拒绝别人是如此困难。一种老派的礼貌。他新英格兰人的风度。她会望着宴会漂移：小小的一汪水，在不自知的情况下，流向旁边。越来越多的人聚集在他周围。晚宴结束时，她会望着他试图从人海中摇桨出来：那个陷入重重包围、无望泅水的泳手，此时面带羞涩，疲累地准备告辞试图把自己从深渊尽头拉上来，一心不想令人失望。

她的脚在电梯门里停了片刻，超过她本该驻足的时间。可接着门合上，他走了，她能听见的只有他在大厦内芯降落时电子滑轮的声音。他将于两周后返家，在周日的复活节之前。他已做了许诺。

她听见隐约叮的一下，底下电梯的铃声。

林肯中心堵车。几条大街的并道。熙攘繁忙。舞蹈演员匆匆穿过广场。街头艺人在雨篷下，长号声盖过了雨点。

他喜欢西区这儿的氛围，虽然有时他希望他们能住得更靠东一点，仅为了去机场更方便。简单鲜明地讲求实际：省下路上的半个小时，只为能多陪她和安德鲁一两刻。

出门上百老汇大街。到六十七街左拐。他们转上阿姆斯特丹大街，朝上城驶去。假如罗蒙准确掌握红绿灯的变换，他们可以一路畅通无阻，将之转化成一条黄色遮篷组成的大道。经过大教堂。往东，穿过黑人区。飞速掠过的面孔和雨伞。上一百二十四街。警察局附近墙上博比·桑兹的壁画，他是一九八一年发起绝食抗议的爱尔兰共和军成员。他一直想要查出那是谁画的，出于什么原因。在纽约城里有壁画是件稀奇的事。爱尔兰语里的“自由”（**Saoirse**）一词用鲜艳的字体绘在绝食抗议者的面孔上方。一个他过去几年里学会的单词。贝尔法斯特的街道上也布满壁画：马丁·路德·金，肯尼迪，克伦威尔，切·格瓦拉，英国女王，巨型的人像画在山墙和墙壁上。

快速的并道和转弯，驶上三区大桥。水面一瞥而过。远处，在河流上游的某个地方，是扬基球场。他蓦然回到了芬威球场，十三岁：他走进最上排的座位，巨大的草地往两旁扩展，肃静无声，他对棒球场的第一眼印象，小鸟特贝茨，鲁迪·约克，在游击手位置的强尼·佩斯基。一个乡下男孩，第一次进城，望着泰德·威廉斯举步踏上投手板。绰号小子，大力打手，闪亮的瘦皮猴。他能听见第一个球啪然划破探照灯灯光的瞬间。美好的时光，可不是嘛。很久以前，并不遥远。

他靠在凉凉的座位上。这些年来他经历过各种各样的出行方式，正式的车队，列队行进，阅兵游行，可他最喜欢的却是这样的静默。躲过别人的目光出行，即便只有一两个小时也好。

他打开公事包。他们一眨眼便过了桥。罗蒙拿出一块徽章，朝收费站亮了亮。有时警察试图向内窥望，隔着茶色玻璃，仿佛在探视河面下方的东西。估量捕到的鱼有多大。只有我而已，恐怕。他的工作班子早已到达贝尔法斯特和都柏林。在美国境内，在纽约、华盛顿、缅因州，他拒绝配备保安。没有必要。反正他们在他的割草机下面绑一颗炸弹的可能微乎其微。

有许多新情况要跟进：一份来自斯托蒙特的报告，一份关于解除武装的内部备忘录，一份从军情五处得来的关于释放狱犯的卷宗。形形色色的秘史，古老的夙愿，软弱之徒的暴行。他厌倦了这一切，受够了调整变更。他想要的是一条清晰、精确的天际线。他把文件暂搁一旁，透过雨水敲打的窗户，望着外面纽约市哗哗的流水。满目全是灰与黄。皇后区四方的水泥楼。破碎的霓虹灯标牌。倾斜的水塔，木头已经腐烂。交汇成纺锤形的高架铁路网。这是一座原始的城市，清楚其自身的缺点，衬衣沾了污渍，牙齿长了菌斑，拉链敞开。可这是属于希瑟的城市。她喜欢这里，想住在这里。他不得不承认这里有某种教人既爱又恨的魅力。和缅因州不大一样，可从来没有一个地方是和缅因州一样的。

他曾听过一个说法，当一个人知道自己想葬在哪里时也就知道了他来自哪里。如今他已知道他的归宿，在悬崖上，面向大海，荒漠山岛，浓绿的草木，弯曲的地平线，嶙嶒的岩礁，翻涌的海浪飞沫。给他一小方俯瞰小海湾的草地，围上一圈低矮的白栅栏，几块锋利的岩石插入他的背脊。把我的灵魂播种在崎岖的红土地里，让我在那儿幸福地安歇，眺望吊起的龙虾笼，慢悠悠移动的海景，盘绕的鸥鸟。可请耐心一些，上帝，至少再多给二十年，甚至三十年。何不三十五年呢？尚留有许多个早晨。他不妨苟延残喘活满一个世纪吧。

雨水在轮胎底下嘶嘶作响。转上普通公路后，罗蒙把油门踩得很重。驶上大中央公路，换道。经过高架桥底下时，轮胎因路面干燥而噌的一声。出来后朝范威克快速干道驶去。没有回头路。阳光穿过午后纤薄的雨幕逐渐隐淡。

离复活节两个星期。

最后的机会。

想求和平，须备战争。①

昨天，在中央公园泛黄的阳光下，她伸手反抽，时机抓得完美无缺，削出的球拍使球在空中悬浮了片刻，然后正好翻过网落下，他踉跄地冲上前，一头栽进网里，为这大胆的一击而笑起来，完美的后旋球。四周围是城市的鼓掌声，在叶片和树和建筑里，一只红尾鹰倏的飞过球场上空，几片云驾轻就熟地停在头顶蔚蓝的天际，背景里还有摇着婴儿车的保姆，他闪过一念，想打电话到斯托蒙特，任一切处于胶着状态。

在人行道旁，他悄悄塞给罗蒙一件礼物，三张开赛日的票。纽约大都会棒球队，二层，离本垒不远。带上你的儿子，罗蒙。好好教他们。告诉博比·瓦伦蒂诺，让球飞出去吧。

---

① 拉丁谚语，Sivis pacem， para bellum。

肯尼迪国际机场的人对他十分熟悉，熟悉到几乎令人感觉他仿佛应是站在柜台旁，从那儿与人谈判。你的空间所有权。你的偿还金额。你的延期时间。

空中小姐对他颇有好感，喜欢他的沉静和谦和。从远处看，他像一个可能永远默默无闻的过客。可近看，他从容又犀利。他的腼腆里带有一种挑逗。

在英国航空的柜台旁，有人捉着他的手臂，带他离开登机牌办理点，前往一个他们称之为特殊贵宾区的地方。没有金属探测器。完全不用搜查。他希望自己可以走常规通道，像普通旅客一样，可航空公司坚持，他们总是一挥手让他通过。这边，参议员先生，这边。通往特殊贵宾区的走廊，地上有车轮的辙迹，污迹斑斑。说来奇怪，那儿的墙壁粉刷得差极了，病恹恹的淡紫色。护壁板已经开裂磨损。

他被引着穿过后门，走入金碧辉煌的光亮下。前台两张亲切可爱、光彩照人的笑脸。女孩子围着红白蓝三色丝巾，她们完美的英国口音，仿佛用一组精美的钳子夹起每个元音。

“真高兴再次见到您，米切尔参议员先生。”

“下午好，女士们。”

他希望她们不要那么大声地喊他的名字就好了，可他还是朝她们点头致意，扫了一眼她们的名牌。直呼其名始终是个好主意。克莱拉。亚历桑德拉。他向她们俩道谢，几乎能听见她们刷然脸红的声音。他回首一瞥，出于骨子里的一丝淘气，有人领他朝休息室里面走去。他在这儿遇见过电影明星、外交官、部长、实业巨头、几个橄榄球运动员，耷着宽阔的肩膀，喝得醉醺醺的。顶着公众光环的小人物，袖口底下露出他们的劳力士表。对此他没有太多兴趣，出风头。他找的是一个无人打扰的座位，如果需要的话还能站起身，舒展一下筋骨和腿脚。最近他上了几堂瑜伽课，在希瑟的坚持下。起初觉得很傻。下犬式，海豚平板式，鹤式。但那让他得到了极大的放松，纾解了全身各个螺栓。他年轻时身体远没有现在这么柔韧。这种锻炼里面亦包含了某种心智上的机敏。他可以坐着，闭上眼睛，找到一个良好的冥想点。

他觅得一个合适的座位，在休息室远远的角落里，雨像珠帘般顺着昏暗的天色滚落下来，他作势欲朝窗口走去，让那位小姐一路护送他。仿佛选中那个座位的人是她。她的手放在他的腰背上。

他始终用公事包将两人隔开，为了距离和体统。

“您需要饮料吗，参议员先生？”

他已变成一个习惯喝茶的人。他原本怎么都不会相信。这种不请自来的生活方式，总是令人意外。那始于在北爱尔兰的时候。他躲不开这些，早餐喝茶，午餐喝茶，下午喝茶，就寝前喝茶，茶与茶中间也喝茶。他学会了沏茶的艺术。选择合适的水壶。打开自来水，直到放出冷水为止。水煮沸后还继续烧一会儿。嗖一下烫热茶壶。放上茶叶。定好冲泡时间。润茶，爱尔兰人的叫法。他不爱喝酒，是茶让他熬过了数个深夜。配上曲奇，或他们所称的饼干。每个人都有自己特殊的不良嗜好。他的那个几乎不会撼动天国或地狱。麦维他消化饼干。

“牛奶加三颗糖，谢谢。”

她转开，朝大堂另一端走去，他注意不去盯着她窸窣的身影。他往后靠在座位上。天哪，他累了。公事包里有一位医生友人开给他的几片安眠药，可他不喜欢那样做。也许应急时用。一位爱开玩笑的记者说：

风暴门里的些许平静[①]。他已然能感觉到未来几日的压力，想法的转变，语义上的含糊其辞，紧张地寻找平衡。他和他的团队给他们下达了最后期限。他们不能再逾期。他们已向自己做了保证，一条终点线，否则整个过程将无限制地拖延下去。又一个三十年的长河。条款和脚注。系统和子系统。制订又修订。林林总总反复重写了多少遍？他和他的团队已穷尽了语言。日复一日，一周复一周，一个月又一个月。任他们自己不厌其烦地搅和，用尖刻的字句把对话引向某种混沌，让人困惑竟会存在这样的感觉。

有时，那好像一直在和自己玩捉迷藏。打开门，你就在那儿。重新数到二十。准备好没有。快跑，躲起来。假装你不知道自己在哪儿。

小时候他常和几个哥哥玩那个游戏，在沃特维尔镇的小房子里。他躲在楼梯底下的壁橱中，那是母亲存放一瓶瓶无花果的地方。一股熟悉的味道。罐子高高排列在架子上：属于他自己的小黎巴嫩，逼仄而整洁。闪过一丝来自走廊里的光，漏进来，使黑暗变得明晰。他蜷缩在角落里，在木头架子的底部，等着被找到。他的哥哥习惯了他总是藏在同一个地方，所以有一次，他们任由他躲了好几个小时，就是为了激怒他，而反过来为了激怒他们，他就是一动不动，待在楼梯下面，直到晚饭过后，他们终于来把他找出来，全身发麻，酸痛，隐隐的胜利感。

昔日的时光以最稀奇古怪的方式重现，猛然绷紧，表面破裂，犹如一个鱼跃。沃特维尔的那栋房子背靠宽阔的肯纳贝克河从磨坊升起的烟往下游飘去。巨大的圆木运抵，被绞盘从灰暗的河里拉起，湿答答的。木锯嘎嘎作响，锯屑在风中翻飞。铁道上的汽笛声刺破长空。对此

① 北爱尔兰议会大厦又名斯托蒙特(Stormont)，这里将这一别称与英语中的“风暴”一词Storm玩了一个文字游戏。

小镇有一种灵敏的警觉。他骑着一辆手把上带穗的自行车挨家挨户送报纸。颠跃过铁路栈桥，认识了偏僻的小路和旁道。硬币在他口袋里丁零当啷。他喜欢河水结冰的日子，想知道那底下裹挟的是什么，水下面的水。他望着男人在辛苦卖力了一天后从工厂下班回家。早晨，刚落的雪晶莹剔透。一天下来，雪和了沙砾，变得黑乎乎。

他穿哥哥的衣服长大。看着那些衬衫从一个人的肩膀换到另一人的肩上，那常让他的母亲露出笑颜，仿佛青春就是一样会沿着家族谱系一直传递下去的东西。在他穿完以后，她会把那些衣服装上车，送到吉尔曼街的救世军二手商店去。引导我们的真主啊，她会说，请保佑我们。

他意识到他的身上萦绕着霍雷肖·阿尔杰[①]作品里所体现的特质，靠艰苦奋斗而出人头地。他的母亲是黎巴嫩人，在纺织厂工作。他的父亲是孤儿，在一所学院当校工。一个美国式的童年，报纸有时拿这来打趣。他走出校园，过上动荡的生活。侵权行为，合同，契约，法官的小木槌。他本可以十分轻松地当个打着蝴蝶结领结的律师，或是住在郊区的小城法官。他的事业有成仰赖前人韦伯斯特和达罗。《呼吁和睦与和平》，《勿抗恶》：谜团化解在事实里。作为律师，他不愿意输。第二名毫无用处。他听凭命运的安排。州检察官，州长候选人，联邦法官。在华盛顿十五年，当了六年多数党领袖，美国第二最有权力的人。

他知道如何把一枚硬币抛到空中，谛听使它落地时的表达：令他惊异的是有好几次硬币会侧边着地。越南，格林纳达，萨尔瓦多，科威特，波斯尼亚，墨西哥。在那几次里，道理皆被置于边缘。医疗保健。北美自由贸易协定。洁净空气法案。变革带来的偶然回报。

---

① 霍雷肖·阿尔杰（1832—1899），美国作家，以描写家境贫寒的青少年刻苦勤劳追求中产生活著称。

当时他已退休，准备追求自己的道路，做律师，轻松地呼吸，将闪光灯弃之身后。甚至推掉了最高法院的任命。可后来总统再度来电，克林顿随和的魅力，雄心勃勃下的从容淡定。帮一个忙，乔治，他说。去北爱尔兰两个星期。只是一项贸易协约而已。去大洋彼岸透透气。这位参议员被卷了进去。他将离开十四天，仅此而已。不知不觉中，一年过去了，接着两年，接着三年。哈兰德—沃尔夫造船厂的影子笼罩着贝尔法斯特。那儿曾经造出过泰坦尼克号。茫然希望能协助翻动绵长幽蓝的冰山，爱尔兰历史底下的深水。

这时他向窗外瞟了一眼成排的飞机，移动的推车，跑道上挥舞荧光棒的人。全世界，人们总在东奔西走。大家都行色匆匆。我们自尊自大的致命法则。就在此刻，有多少人在天上？俯视着底下置身于空蒙而混乱景象中的我们自己。瞥见自己映在窗户中的影子，那是多么奇特，仿佛他同时既在里面又在外面。那个少年望着暮年的他，又当了父亲，对竟然在这儿感到惊讶。人生分配意外的方式，如此般永无终结。

他被记者追问过许多遍，问他是否可以解释一下北爱尔兰的情况，仿佛他可以信手拈来一组词，一举囊括几百年的历史。他喜爱希尼。两个桶比一个更易提。无论你说什么，什么都别说。短暂的突破性进展。间歇的平静。全景中的巨大裂口。他甚至尚未能够把所有政治党派集合到同一个屋子里，更别提仅用一个短语来概括全局。这是他们，爱尔兰人的一种美，他们一边压榨同时一边扩充语言的做法。他们捣毁、又敬畏语言。他们连沉默也要文饰。他曾连续数小时坐在一个房间里，听人们讨论用词，却怎么也不提到那个他们想用的词。疯狂的兜圈子。偏离摇摆。接着，突然间，他听见他们说，不，不，不，仿佛语言里唯独只有一个词是有一点实际含义的。

佩斯林。亚当斯。特林布尔。麦吉尼斯。丢一个词到他们中间，看他们点燃导火索。埃亨。布莱尔。克林顿。莫勒姆。休姆。罗宾逊。欧文。梅杰。肯尼迪。麦迈克尔。杰出的阵容，近乎莎士比亚级的。而他坐在侧厅，同德·沙特兰[1]和霍尔克里[2]一起，等待全体演员拔出长矛的那一刻。或不拔。

他必须承认，在北爱尔兰度过的时光有种兴奋感，紧张刺激，一种令他享受其中的义无反顾。另一个童年，在楼梯下，准备现身，穿西装打领带，双手高举，做出假意投降的样子。第一部分，第二部分，第三部分。他不喜欢夸赞，热情的握手，虚伪的拍背，对他的耐心、他的克制所做出的表示。他想投身对抗的是狂热分子的顽固。他知道，那与他自己想要坚持斗争到底的那股子猛劲有某些相似之处。就像恐怖分子会彻夜藏身在有水的沟渠里。寒冷和湿气向下渗进枪手的靴子中，向上直钻入他的腰背部，沿着他的脊柱穿过他的头颅，从他的毛孔出来，如此寒冷，冷极了，守候，等待，直到星辰消失，黎明伴着熹微的曙光鸣啭。他希望比沟渠里的那个人坚持得更久，等过寒冷、雨水、污秽和中弹的概率，继续躲在芦苇丛里，在水下，暗中，用一根空心草秆呼吸。待到无所谓寒冷为止。疲惫战胜沉闷。与他的呼吸保持一致。让那个枪手冻得无法扣动扳机，继而任那个剪影拖着沉重的步子，沮丧地翻过山冈。阻挠这个狗娘养的，然后望着他爬出沟渠，向他道谢，与他握手，用元老的匕首抵着他的背，护送他走下长了高高荆棘的小径。

“您的茶，先生。”

---

① 约翰·德·沙特兰（1937— ），负责监督爱尔兰共和国解除武装、进程的加拿大将军。

② 哈里·霍尔克里（1937—2011），芬兰政治家，1987年至1991年间担任芬兰首相。

他搓了搓手掌，深表感谢。她正端着一个银色托盘：小巧匀整的三明治，饼干，腰果。

“来点坚果吗，参议员先生？”

“啊，好的。”

他竭力忍住，没有明目张胆地笑出来，即便不是开怀大笑。他想告诉她，最近几次他已经吃了太多坚果[①]，可她也许会误解，或将那当作无礼的笑话，所以他只是莞尔一笑，接过茶，让她把腰果放在桌上。的确，他们一直人数众多，浩浩荡荡，那些疯子。准军事部队成员，政客，外交官，还有公务员。一个多边形的北爱尔兰。他能看出共有六条、七条、八条边，甚至更多。一只有规律闪烁前行的萤火虫。背景交错。北爱尔兰那块土地上无利可图：没有石油，没有地盘，再没有德罗宁跑车。他做这份工作连一分报酬也没有：除了他的开销，仅此而已。没有薪水，有几分政绩，当然，给他，给总统，也给后人，可能甚至包括历史本身，不过有更轻松的实现途径，更简单的虚荣，更易达成的空想。

他十分清楚外面有些人认为他们把他拴在一根首尾相连成圆环的绳子上。主持审判的木偶。潘和平和朱迪[②]。可他丝毫不将那放在心上，即便他们把他画成愁眉苦脸、悬荡摆动的样子，在一幅粗俗的报纸卡通画里。或是他们转弯抹角的嘲笑。他自有某些厉害之处：他已赢得微微拨开黑暗的权利，和他们一同走入没有退路的绝境。

爱尔兰一方所担心的是他们会以某种方式一直拖延，可他不会容

---

① 坚果（nut），在英语中又有“疯子”之意。

② 英国有一出著名的木偶剧名为《潘趣和朱迪》（*Punch and Judy*），此处将Punch换成Peace，玩了一个文字游戏。

许那样，无止境奔流的河水，奔流的河水，奔流的河水。待安德鲁上大学时他将年逾八十。父亲，被误当作祖父。遥远的祖先，所有那些古老的魂灵。安德鲁出世那一天，北爱尔兰有六十一个孩子降生。六十一条将要开启的人生之路。想到这儿，悔恨的利刃滑过他的脊髓。现在他的儿子才五个月大，而他可以用四只手算出他陪他度过的天数。曾有多少个小时，他坐在空荡荡的会议厅里，听人们仅仅为了一个逗号而争执，或是一个句号的摆放，而当时他想要的只是回家，给他的幼子以惊喜？有时，他会在他们讲话时打量他们，极少开口或一言不发。风筝般的语言，云一样的逻辑，流进淌出。被他们话音本身所形成的移动声波所吸引。他听到某些短语，任这些短语带着他离开房间，飞过树梢，进入北爱尔兰人所说的“那一边”。沉浸在文字里。出席全体会议，等待。屋里剑拔弩张的气氛，促狭的男子气。他们身上有种持续不减的焦虑，他们会举起一只手，告诉人们他们不值得受到尊敬，可显而易见他们需要人们的敬意。

有些日子，他希望自己要是能把会议室里的男人清空，换上女人填满议事厅就好了：三千二百位母亲带来的短促而剧烈的冲击。她们在超市的废墟里捡拾丈夫的尸首碎块，她们依旧亲手给死去的儿子洗涤床单，她们坚持在餐桌一端多摆一个茶杯，万一奇迹出现。优雅的女人，愤怒的女人，聪慧的女人，头戴发网的女人，因各种伤亡而心力交瘁的女人。她们背负着她们的伤痛——不是用她们腋下的照片，或公开的恸哭，或捶胸顿足，而是用眼圈里的疲倦。母亲、女儿、孩子，还有祖母。她们从未打过仗，可她们承受着战争的苦难，切肤彻骨。那样的话他曾听过多少遍？用两种方式讲述同一件事，那多久出现一次？我的儿子死了，他的名字叫谢默斯。我的儿子死了，他的名字叫詹姆斯。我的儿子死了，他的名字叫彼得。我的儿子死了，他的名字叫皮特。我的儿子死了，他的名字叫比利。我的儿子死了，他的名字叫利亚姆。我的儿子死了，他的名字叫查尔斯。我的儿子死了，他的名字叫凯赫尔。[1]我的儿子名字叫安德鲁。

屋外的雨依旧滂沱。行李车匆忙地来回往复。他拿起一块饼干，吹凉茶。每个星期日晚飞爱尔兰。周三晚飞伦敦。周四飞华盛顿，到他自己的律师事务所。周五晚飞纽约。周日返回英国，再去爱尔兰。

有时感觉好像就在原地，根本没有动：在减压舱里飞过数千英里，一样的茶，一样的茶杯，一样的机场休息室，一样的城市，一样的顶级轿车。

他不知道假如航班延误会怎么样，回家将是多么容易，乘电梯上去，转动钥匙，打开灯，变成那个他同样一心想成为的人。

他在工作人员的引领下最后一个登机，一项特殊优待，仿佛可以不让人们看见他。一个好主意：真正让人看不见他。做一个有影响力的无名氏。

在华盛顿他总会被人认出来。推耸，挤搡，拍背。权力的走廊。他不喜欢的是那些庆典，露天宴会，红地毯。闪光灯，新闻发布会，电视镜头。令人厌烦却非做不可。在纽约也有人认出他，可似乎无人在意。那座城市轻狂得眼里只有自己。在缅因州，他感觉回到了家，周围都是

---

① 谢默斯(Seamus)是一个源自爱尔兰语的人名，对应于英语里的詹姆斯(James)，后面几组名字同理，源自爱尔兰语的彼得(Peader)对应皮特(Pete)，利亚姆(Liam)对应比利(Billy)，凯赫尔(Cathal)对应查尔斯(Charles)。

自己人。

来到这里，在这片由云和空气组成的国度里，他们也全都认识他。他们迅速挂好他的西装外套，把小手提包放在头顶的行李舱里。他瞟了一眼，很高兴看见他旁边的座位是空的。无需友好的点头致意，或带着歉意的似笑非笑。如今他有一套固守的惯例。靠窗的座位。公事包塞在身旁。鞋子稍稍提起，但不完全脱掉，还没有。起飞前就脱下鞋子的做法略微有些不礼貌。

空中小姐沿过道走来。一个托盘，一把钳子。他伸手接过白毛巾，按在额头上，然后擦了擦指缝深处。毛巾转眼就凉了。一度他希望自己要是能有一台那种恼人的便携式电话就好了。他们把那叫作什么来着？蜂窝电话？移动电话？手提电话？只是为了打回家。可他拒配电话的事，如今成了一个攸关名誉的问题。他坚持己见，一种老派的昂首挺胸。他过了六十多载没有那种电话的日子：现在启用毫无意义。真是荒唐。他的助手人人都有，他的谈判小组，每个记者。甚至有几次，在即将起飞前，他向同机的乘客借手机，只为打个简短的电话给希瑟。他用手捂着话筒，以免显得失礼。

一张菜单悄悄放到他腿上，可他对这个月的几种餐点了然于心：龙虾浓汤，田园沙拉，蓝带鸡排，亚洲风味的面条，牛里脊，意式蘑菇炖饭。英国人似乎在致力改善他们饮食文化的声誉，千方百计，绞尽脑汁。他们是一个坚韧不拔、誓不妥协的族群，不过在过去的约莫一年里他们软化了不少，为几个世纪以来他们在爱尔兰干过的事感到害臊。准备离去，迅速撤出那儿。他们想即刻洗手不干，只消不用在全世界面前这么做就行。他们似乎震惊于北爱尔兰竟然会存在。他们怎么可能竟然相信那个国家会对他们有好处？一切归结于内心的骄傲。骄傲的崛起和衰落。他们想要能够带着一定的尊严而离去。呔啃，再会。刺探自身经历的隐秘，顺应历史转折关头的潮流。而南方的爱尔兰人，处在几乎截然相反的进退两难中，为那片土地被夺去而感到害臊。几个世纪的夙愿。宛如渴念一位已婚的妇人，如今她突然间就在那儿，在你能把握的范围内，而你，不确定自己到底想不想要她。重新斟酌，别的嫁妆。储存过去的那间屋里所长的霉。联合派，民族派，亲英派，共和派，殖民者派，盖尔人派。他们展示自我的无止境的陈列室，一个房间接一个房间，一幅画像接一幅画像。男人骑在高大的马上。挥旗宣战。围攻和河堤。姓氏从A排到Z的恐怖分子。

起初他无法理解那种口音，尖利的辅音，生硬锋利。对他来说那似乎完全是另一种语言。他们走向麦克风。他必须倾身向前，努力破解他们说的话。悲伤的小停顿。啊呀，哎呀。当然。不是我们的错，主席先生。六个郡除以二十六个郡除不尽。他们恶狠狠地踢门进来，他们真是如此。他们把爱尔兰小男孩推下直升机。恕我直言，参议员先生，我们不和杀人犯对话。倘若主席先生想要了解是怎样一回事，何不破例到山杀路①，亲英派聚居的地方走一趟?

他们正在拉出无底的抽屉，把里面的东西倾倒在地上。可很快他能听懂了。他开始分辨出贝尔法斯特口音和都柏林口音之间的区别，科克郡和费马纳郡之间，甚至德里和伦敦德里之间的。各种地理分布均融进了语言里，历史藏于每个音节背后。伯宁河战役。恩尼斯吉林镇。流血星期日。每一个细枝末节里都包含线索。加里是新教分子。谢默斯是天主教之流。莉兹住在忠英派的山杀路。博比住在共和派的多秋路。肖恩

① 山杀路（Skankill）是贝尔法斯特的一条主要街道，曾是北爱尔兰最动荡的区域。

上的是天主教学校。杰瑞米上的是新教学校。布什米尔斯是新教徒喝的威士忌。詹姆森是给天主教徒喝的。没有人开共和绿的车。你的领带决不能是新教橘。你去爱尔兰的班多伦度假，或去英国的波特拉什。悬挂你的旗帜，挑拣你的毒药，选择你的刽子手。

上帝啊，这是一张盘根错结的网，一张他可以安睡其上的网，一张需要永久安息的网。

然而，他渐渐喜欢上他们：那些政客，外交官，舆论导向专家，公务员，保安人员，甚至连大门外叽里呱啦的人。他们全都带有自己独特的旋律。他们身上的某种雅量。所有肮脏的丑事不知怎的都被讲得天花乱坠。有一次，他听人说，任何一个道地的爱尔兰人会不惜多绕五十英里远路，只为去听取一番辱骂——如果骂得够好的话，多开一百英里也愿意。自我贬抑，妄自菲薄，自知之明。围绕这场无休止的争吵，有某些东西把他引到那口熬胶锅里，让他滞留其中。那混乱不明又错综复杂的局面。行动的边缘。对不可能之事的迷恋。他想要保持警觉，留意可能获悉的情况。不起眼的时刻里总藏着关键。食堂里的妇人朝他点头，与他对视，哀伤的笑容给人宽厚的错觉。凑上前。愿上帝保佑您，参议员先生，可这是一项傻子干的差使。嗯，话虽如此，可我仍会尽责到底。

他不是不知道他们认为他——在他第一次到来时——是个寡言少语的软柿子，阿拉伯裔，扬基佬，法官，女王殿下，穆罕默德，圣贤，亚哈，愚公。出于某些原因，他们甚至称他是塞尔维亚人。他没兴趣把自己扮成爱尔兰人或黎巴嫩人，不适合他那颗简单的祖传之心：他想让自己所代表的大陆尽可能越小越好。

然而，他确信他们中有一些人想从他身上索要一瓢怒火，犯些错，讲出错的话，那样他们就可以推卸掉自己身上的责任。可他想办法隐退到背景里，三缄其口，目光越过眼镜框向外张看。他不喜欢把自己视为和谈过程里的重要角色。是其他人促成了眼前的可能：克林顿，雷诺兹，休姆，梅杰。他只是想要将此落实下来，让它从现在的悬空状态平稳地着陆，好像世纪初那种庞大而笨重的飞艇，那由空气、木头和金属丝组成的板条箱，在他们的驾驶下，以某种方式飞过水面。

窗外一轮眼睑状的红日，云朵依稀散落。底下是伦敦。嗡嗡的轰鸣和机身上泻下的灯光。一路飞行导致他的脚肿了。他伸手到头顶的储物箱里拿毛衣。

如今他穿的衣服都由希瑟打点，这让他略感窘促。希瑟认识一位波斯裁缝，把他的西装做成双排扣。需要花一点时间才能钻进那些轮廓和折痕。即便是对“定做”那个词本身亦然。毛衣是在先驰或类似的店里买的，那给人某些慰藉，一次对记忆的小小让步。说来奇怪，距离使欲望变得真切。他可以套上毛衣，几乎如同回到六十七街。说来奇怪的还有，人生竟可以如此轻易地重塑。也许最令他恼恨的失败是原先的婚姻。就是合不来。他们努力过，他和他的第一任太太，他们坚持不懈，但失败了，破碎的东西就是破碎了。灰烬变不成木头。刚开始他忧虑的是，想到他已长大成人的女儿也许会看见他穿着新西装打着新领带，女儿会什么都不说，那份沉默会直指失败的核心。

他提起外套，搭在肩膀上，向前走去离开。他是第六个下飞机的。他让其他人走在前面。他的身体仍隐约属于机舱，他小腿肚里的空气。

在走道中途，他吃惊地感到有一只手搭上他的臂肘。爆炸？杀人？

停火协议破裂了？不过是个蓝眼睛的小伙子，戴着一个鼻环。想必是坐在飞机前舱的，隐约有点面熟，可能是不太知名的流行歌手，或是演电影的。祝您好运，参议员先生，我们为您祈祷。英国口音。想到这位年轻人竟会祈祷，令人觉得不可思议。大部分时候，对他说这番话的是北爱尔兰年纪较大的妇人，一边整一整她们的发网，用念珠把手指缠得发白。

他和那位青年握了手，沿着走道大步向前。哦，天哪，他讨厌走这段路。谁会在那一头迎接和招呼他？哪种具体的保安措施？大西洋这边总是变得比较森严。只是陪他走到另一个航站楼而已。他可以辨识出走道尽头他们的身影。一个金色短发的姑娘举手打招呼。他记起她的名字，虽然他只见过她两次：罗琳。还有两名新的保安人员，健步如飞地朝他走来。他们的脸上没有新闻，没有卒然的崩塌，没有明显的悲痛。谢天谢地。

“一路顺利吗，先生？”

“很好，谢谢。”

是个小小的谎言，固然，可为何要抱怨呢？她几乎不可能忽然拿出一个枕头给他。他们快速走下楼梯，出门坐进等候的车里，朝二号航站楼驶去。

“对不起，先生，您的下一班飞机将推迟三十五分钟起飞。”她说。

罗琳的腰带上别着三个电话，她气派优雅地摆弄它们，把手指钩在腰带里：无线电通讯时代的西部牛仔。

在英国中部航空公司的休息室，他们预留了一方区域给他。茶，糕点，酸奶。她递给他一份备忘录，他飞快扫了一眼。一份有关埃亨和布莱尔的报告，对提议的北南执行机构的认可，从三年前开始制订的框架文件里的一项条款，北南部长理事会的法律地位及其权力的来源。他们似乎即将在第二部分达成暂时的协议。

一时间他让自己露出舒畅的笑容。纽约时间两点。希瑟和安德鲁在睡觉。

身下是北爱尔兰，晕眩于晨光中。淤泥滩上金黄的亮斑，原野如此开阔，绿草茵茵。湖泊和浸水的草甸。一湾银色的河口和一座巨大的湖。一小朵云，在牧群的追逐下，悠悠向西飘远。飞机侧身转弯，贝尔法斯特现身，这座城市总是比他的预期中要小。造船厂高高的起重机，曲曲弯弯的小街，足球场，公寓楼。令人焦躁的荒凉。出了城又是原野，绿意浓郁得难以置信。他以前从未实际见过这片土地如此明亮：从朝霞里透出晴朗的一天。他见惯了这片土地灰色的边缘，小路，高墙。他们飞过内伊湖，准备降落。触地时一阵隐约的哀伤，喉咙一紧。

下面的草地上，飞机的影子逐渐压缩到与其本身一样大小，接着消失不见。欢迎来到贝尔法斯特国际机场。头顶行李舱中的物品在飞行途中可能移动了位置。空中小姐殷勤地为他穿上外套。他再次被领着快速穿过安检，在经过外面的小咖啡馆和报摊时，他飞快扫了一眼小型金属报架上的新闻头条。一切安然无恙，是个好兆头。

外面，空气中飘浮着淡淡的农田里粪肥的气味，三辆轿车等着。他的司机杰拉德向他点头致意，并提起行李箱。

坐进车里，杰拉德回头递来一张写满数字的纸。他的胸口一阵小小的惊悸，莫非是坏消息，可原来是棒球赛的比分，从路透社的新闻里手抄下来的。他飞速浏览，开赛日，啊，对。欢呼，哈利路亚。波士顿红袜队赢了。

“良好的开端。”他说。

“是啊，参议员先生。奥克兰？那在什么地方？”

“远着呢，远在西边。在加利福尼亚。”

“远在明媚的阳光下。”

“让好消息源源不断地到来吧，杰拉德。”

“我们会看看我们能做什么，参议员先生。”

车队开出机场，朝二号干道驶去，一条宽阔的高速公路。原野，树篱，零星的农场。在接近城区前车流不多。若不是眺望车外，看见旗帜飘扬在住宅区上空，绘出天际线，将其归于自己名下，给其涂上色彩，他完全可能置身于任何一座美国的大城镇。联合派选择大卫之星，共和派挂着巴勒斯坦人的旗帜。小战争，大地盘。

在小石镇外附近，路边的一面墙上有一幅新涂鸦，斗大雪白的字母，灰色的背景，写着：我们永远不会忘记你，杰米·桑兹。

他们驶过时，连杰拉德的脸上都因而闪过一丝苦笑，因为他们永远不会忘记的当然是博比。

早期——在和谈刚开始时——他会驾车沿拉甘河岸去斯特兰米尔斯网球俱乐部。

大概十个室外球场，全是人工草皮，撒了粗粝的沙子。让他的脚踝受罪。可他喜欢到室外，来回击球：他和年纪较轻的公务员一块儿打球。起先他们小心谨慎，努力不击败他，后来他们发现他身上有一种打不败的劲儿。他残酷无情，百折不挠，一个后场选手，他在端线上左右移动，一次又一次安全地将球回过网。照片掩盖了这一点，其实他矍铄矫健。

上了岁数，可以畅快地放下虚荣心：他能在爱尔兰的细雨中连续打上好几个小时。他穿着白短裤，无根圆筒长袜，一件蓝色的运动上装。打完后，他会借机嘲笑更衣室镜中的自己。

一日清晨，他走出最北端的球场，惊讶地看见一群妇女聚集在俱乐部前面的场地上。他从她们中间悄然走过。观众席后方挂着横幅：全爱尔兰女子联赛。他喜欢那个叫法。至少在网球上，他们可以一起比赛。一位上了年纪的妇人跃入他的眼帘，她坐着轮椅，在球场后方来回移动。身形魁梧，花白的头发格外醒目。她想必已九十高龄，可却能灵活自如地自己推着轮椅。她散发一种宽厚的风范。她在每个球场后方停下，用铅笔在写字夹板上记录比分，然后朝选手和裁判员大喊。她说话的声调像唱歌。他觉得自己听见了一个美国口音，但不确定。

那天晚些时候他又回来，在结束了斯托蒙特的一系列全体会议后。一如既往的吵嘴，那一天让他元气大伤。联赛还在进行中。他松开领带，脱下外套，混入人群中，观看决赛。

那位轮椅上的妇人驻留在球场后方，她的腿上盖着一块格子图案的羊毛毯。每得一分她都点一下头，并在每局结束时拍手鼓掌：动作很大，响亮又欢快。他看不出她支持哪一方，倘若有的话。她时不时发出长时间的大笑，把头靠在身旁一位年纪较轻的女子的肩上。喝彩声像一小圈一小圈涟漪，在夜色中漾开。

这是他最喜欢的时刻。无名氏的避难所。平凡的点点滴滴。未被战争污染的爱尔兰。

比赛在一轮礼貌的掌声中结束，那位年迈的女士由人推着离开球场后方。他看见她伸手去拿倒在小塑料杯里的香槟。

有一刻，她身边没有人，他发现她的轮椅边缘卡在了人工草皮里。

“洛蒂·塔特尔。”她一边说，一边伸出手。

“乔治·米切尔。”

“哦，我们知道您是谁，参议员先生，今早我们看见了您那可怕的反手抽击。”

他向后一仰，哈哈大笑。

“您是美国人吗？”他问。

“哦，不是。”

她喝完了一小杯香槟。

“加拿大人。有几分是。”

“有几分？”

“纽芬兰。”

“美丽的地方。”

“我的本名叫洛蒂·欧利希。曾经。很久以前。”

“原来如此。”

“我的祖先是德鲁伊特成员①，真的。”

她笑了笑，推着轮椅右侧，椅子优美地转了起来。他能听出她的口音里有爱尔兰人的韵味。

“我住在城外的半岛旁边，斯特兰福德。”

“啊，他说。我听说过那个地方。那座湖。”

“没错。那座湖。”她用了爱尔兰英语里的“湖”一词。“您应该来游览一番，参议员先生。您会受到最热情的欢迎。我们有一间水上

① 德鲁伊特（Draid），一种凯尔特人原始宗教的名称，也是人们对爱尔兰、苏格兰和威尔士的古西欧人的称呼。

小屋。”

“喔，我现在实在走不开，洛蒂。”

“我们期望您将为我们理清这团乱麻，参议员先生。”

“我也期望如此。”

“之后您可以重拾您的反手抽击。”

洛蒂莞尔一笑，然后绕过球场后方，去和联赛冠军说话。她全凭一己之力推着轮椅前行，但转而，她回身，带着咧嘴的笑容。

“说真的，参议员先生，您的问题是后脚位置站得不对。”

在那以后，他又见过她几次，她是俱乐部的常客。据大家说，她曾是一位网球高手。多年前，她在北爱的暴乱中失去了她的外孙。这位参议员从未打听过那孩子是怎么死的。他不想让自己涉入必须站队的事务中，谁的错，谁是凶手，谁的炸弹，谁的橡皮子弹，谁的官僚政治。

他喜欢洛蒂·塔特尔的一点是她仍坚持自己推着轮椅前行的习惯。

一日清晨，他看见她推着轮椅，往一个球场中央行去。她穿了一条宽松的白色短裙，一件白上衣，连她的球拍也是最老式的，厚重的木头边框，红白相间的肠线。一位年纪较轻的女子立在球网另一边，开出几个挑高球给她。她们打了半小时。洛蒂只击中三四个球，之后她坐在球场后方，精疲力竭，肿胀的手臂上包了冰，最后她沉入梦乡，盖着毯子打起盹。

他在斯托蒙特那些办公楼的夹峙中飞驰，一排排低矮敦实的建筑，几乎看不出宏伟的气势。他们称之为古拉格。好名字，很贴切。

他的车缓缓停下。成堆的人聚集在大门外。一边是蜡烛，另有一边是旗帜。他始终埋首在后座里。可在人群后方，他窥见一名男子，举着一块标语牌，浑身散发出一股雀跃之情：奇迹出现。

那可要高呼哈利路亚了，他心想，这时大门打开，刚好可容车驶入，无数闪光灯扑到窗玻璃上。

他从停车场走来，一步两阶：纵然有时差，可他希望给楼里带去一份活力。

如今他们全都在这儿：北部的，南部的，东部的，西部的。联合派在走廊的一端，共和派在另一端。爱尔兰政府在楼下，英国政府在楼上。年轻的外交官使用中间地带，温和派四散于各处，来自欧盟的年轻漂亮的观察员拿着写字夹板走过。复印机嗡嗡的鸣响，键盘的啪嗒声，咖啡煮焦的味道。

他走路时小心谨慎，但精神抖擞：握手，瞥眼，点头，微笑。蒂姆，大卫，莫里斯，斯图尔特，克莱尔，谢默斯，查尔斯，奥拉，罗里，弗朗索瓦丝。早上好。很高兴见到您。我们会在中午把那份报告准备好，参议员先生。

他的步伐跳跃。沿着单调昏暗的走廊，转进小小的洗手间，快速更换衬衫。他麻利地把手臂伸进袖子里。他不愿让人撞见光着膀子的模样。他倾身凑向镜子。头发比预想中他这个年纪的人花白得更厉害，多添的几绺分散在头顶。

他用梳子快速捋了几下头发，将之往两边分开，朝脸上泼了点冷水。他回想起一条河，他不知道为什么：肯纳贝克河。在都柏林的一次晚宴上，他曾听过首歌：在可爱的河上漂流，轻轻地漂流而过，在属于你的水畔，百灵鸟欢乐的歌声，听来如此清澈。爱尔兰人精通音律，可他们的情歌都悲伤哀婉，战歌却欢快喜悦。他曾经常听见他们深夜时分在酒店的酒吧间唱歌，音符飘至楼上他的房间。

他的工作班子正在外围的办公室里等待。玛莎，大卫，凯莉。他们一样因睡眠不足而眼圈发黑。

他们打电话到楼下议事厅，把德·沙特兰和霍尔克里请进来。身后跟着他们自己的工作班子，既有爱尔兰人也有英国人。一队长长的疲惫之师。

“路可好，参议员先生？”

“好极了。”他说。

他们咧嘴一笑，点点头：当然不是。他们自己的战争经历。延误的航班。遗忘的周年纪念日。乔伊街爆破的水管。错过在泰恩河畔纽卡斯尔的一场婚礼。在从德罗赫达来的路上爆胎。芬兰一个生病的侄女。在他们的分离中，有某些东西将他们绑在了一起。他们全都彻底腻烦了和谈的过程，但最后期限已把他们震醒。

“好吧，请告诉我，他说，我们现在到了哪一步？”

他们有的是一份六十页的草稿，两大政府，十个政党，剩下不足两星期。第一部分。第二部分。第三部分。尚没有一部分是板上钉钉的，语言织出的不可思议的蓝图，各个琐碎的流苏仍垂挂着，最微小的原子，打得拙劣的结。有添加附件的可能，要重新起草的传言，推迟的提议。伦敦的情况怎么样？都柏林的情况怎么样？梅兹监狱里的情况怎么样？抑或，照北爱尔兰人的叫法那儿是不是又名长基？曾有人要求阅览全体会议的文字记录。“实质性谈判”的确切含义是什么？保安小组有没有核查过食堂员工的政治背景？据闻在泰隆边境有一座农场，那儿藏着整箱整箱的火箭榴弹。有人把军情五处的报告泄漏给了伦敦的《泰晤士报》。请问谁可以把《星期日世界报》赶走？佩斯林正在大门外策划一场抗议行动。您有没有听说莫·莫勒姆又摘掉了她的假发？您能相信吗，他们试图把录音机藏在沙发里，偷带进斯托蒙特？从监狱的墙内传出有人企图密谋暗杀。阿马郡拆除了一颗四百四十磅的炸弹。有人往一间天主教幼儿园的操场里扔了一个燃烧瓶。妇女联盟呼吁大家冷静，不要作出不当之举。大卫·特林布尔办公室的灯一直亮到早晨四点半。应派人确保将小石镇的桑兹涂鸦擦掉。有一样必须运转无恙、不能出岔子的东西是复印机。确保“草稿”一词清楚地盖在每一页上。关于北南部长理事会，是否已完全阐释清楚？

每个人跳下各自的平台，飘坠到半空中，在下落时制定航线。

那天上午的晚些时候，边远的办公室里剩下他一人，他打开台灯。光像一口小小倾斜的瓮。他的办公桌已打扫过，照片掸了尘，一堆文件叠得很高。他私人答录机上的红灯在闪。他匆匆听了一遍留言：总共七条。第二条到最后一条是希瑟留的。她必定是在半夜时打的电话。听，她说。他儿子睡觉的声音。听，安德鲁短促的吸气声。他播了两遍，接着又播了第三遍。

六十一个孩子。

他飞速解开衣袖上的扣子，卷起袖口，打电话到楼下，看他们能不能再给他送一壶茶。

有一年夏天在阿卡迪亚，他学会了国际象棋。一步接一步的移子，换子，剩子，停子。不可思议的王车易位令他大为惊异。必须先碰到王，然后把车跳过去。他对棋盘边缘情有独钟。俗话说：马靠边，情势险。

他学会把马安全的留在边上，直到棋局末了，他可以杀进去，这时，整个棋盘上突现八个可以走的格子。

他和他的工作班子在欧罗巴住三天，酒店位于贝尔法斯特市中心，他们称之为硬纸板酒店。碎片宫殿。在过去几年里，那儿的多处地方被炸飞了二十七次，欧洲遭炸弹袭击最多的酒店。然而，由于某种原因，那仍是记者的首选酒店，他们中的大部分人他都叫得出名字。他们泡在钢琴吧，白天的任何时候。他曾经常看见他们，面前放着第一杯酒，故作姿态，他们的满不在乎，他们的难以捉摸。他们坐在后面，仿佛喝酒这个行为是强加在他们身上的，是义务。接着，突然间，第一杯酒不见了，他们有半打人在走向湮没无闻。萨拉热窝的故事，公认无疑。斯雷布雷尼察，科索沃。仿佛北爱尔兰是一次略感惆怅的降职。和平进程这个概念本身对他们中的许多人而言太温情脉脉。他们心中有一个隐秘难解的角落，渴望看到空前的惨败。大部分晚上，他们外出寻找燃烧的油桶和被恐怖分子用枪击穿膝盖骨的少女。不然，他们就在寻找走漏的消息，只字片语的丑闻，某种性别宗派主义。当他走进大堂时，他们努力想讨一句可以引述的话。他明白这份心情，挖掘故事核心的基本愿望。把发生的事，用他们自己的描述呈现给世界。他最想避开的是小道报纸：《太阳报》、《镜报》、《世界新闻报》。他特别小心自己被看见同谁一起走进电梯，谨防他们在乘人不备时拍下他的照片。

他们把他看作是从另一个世纪里走出来的人，礼貌，含蓄，公正，老派的美国人，不过那亦是一种伪装：在那下面，他们凭直觉感知到他是为二十世纪末而造就的，这样的人一直在付出他的时间，等待他的机会。一直以来，没有人能完全把他摸透，究竟他是迫于对邪恶的惧怕，还是受到美好前景的激励，抑或是夹在复杂的两者之间。像一团谜，缄默，沉睡。

楼上的套房又小又暗，床很窄，床罩已用得发亮。不过至少桌上有一碗水果，柜子上有花。复活节用的百合：一记轻微的促动。

包放在地上。外套，衬衫，皮带，长裤。没有希瑟为他整理。他躺下，筋疲力尽，一天的工作依旧在他体内发出颤动的声响。他为两位必须守在他门口的警卫感到难过。他想请他们进屋，让他们搁起脚歇一歇，从迷你吧里倒一杯汽水。他们是好人，个个都是，可那是一份怎样的工作，通宵站在门外，与之做伴的只是一个已学会随时随地都能睡着的人的静默之声。

酒店房间加剧了他的寂寞。之前在这儿住过的其他人留下嗡嗡的低吟。

他的一位助手曾把隐形眼镜掉在楼下餐厅窗户附近的地上。她跪下，在护壁板旁四处搜寻。一团团灰尘，地毯脱线的边缘。她发现那枚隐形眼镜粘在一片墙纸上，可当她用手指拨下镜片时，她头一次注意到，那块墙纸比周围的要新。一个完美的正方形，可墙纸贴得不好。有一角已开始剥落。她发现底下有一块烧焦的痕迹，黑色褪成了红色。极有可能多年前落过一颗汽油弹，暴力留下的古老的象形文字。

他曾听说贝尔法斯特的妇女以前总在门旁放着湿毯子，以防万一。

他拉开他自己的毯子，准备上床睡觉。他有一个陪伴他四处奔波的移动衣橱，一组鬼魅般潜藏着的衣服。他找出睡衣，胡乱套到身上。那样会容易入睡，就算只是睡几个小时而已。

休姆，特林布尔，亚当斯，莫勒姆，麦迈克尔，库尼，希尔，多诺霍，麦威廉斯，扎格。他们一个接一个走进他的办公室。男的女的，面带忧色。每个人都有某些失去的东西。他已发现，这是他们雅量的一部分。能够欣然接受失败，这是为他们可以留下什么而付出的代价。

如今他们在他面前毫无拘束，他们了解他的行事作风。他不再喜欢坐在办公桌后面。他突破了那块活动范围。他转而走出来，坐到他摆在靠近窗户、配有四张木椅的小桌旁。

每进来一个访客，就新准备一份饼干和一壶热茶。他亲自倒茶。他的一个小小表示。他不确定那是不是一个花招，可他喜欢这个仪式。托盘堆叠在他的办公桌上。那亦是他仪式的一部分。他不想会议受到干扰是表演还是得体：他不确定是哪一种。

他把托盘拿到楼下食堂，那些头戴发网的女士赶紧跑上前迎接他，手忙脚乱，连声道歉。

“您好吗，参议员先生？”

“不用管那些盘子，参议员先生。”

“哎呀，别别别。您需要点什么？”

“假如您没有结婚的话，我真想亲您一下。”

“您不会回家，打扫我的厨房吧，是不是，参议员先生？让我告诉您，那可将是一次了不得的和平进程。”

倘若食堂里没有人，他会找个角落的位置坐下来，观察她们片刻。他喜欢她们富有节奏感的声调，她们的奔忙，令他想起缅因州那些淑雅的女子。小餐馆里的女侍者，收费站的妇女，从被烟熏黑的窗口探出身。

其中一位端茶的女士克莱尔·柯顿，她的前额左侧有一道疤痕，和马掌的形状一模一样。一天下午，她发现他在看那道疤痕，她不以为意地告诉他那是一次爆炸留下的——在去一场露天音乐会的途中，附近站着一支马队，炸弹炸开时她正走在一条林荫道上，她被击中头部，前额留下了一块几乎完美的蹄铁印，她记忆最深的是醒来，脑部受到震荡，看见马蹄悬荡在树间，困惑不解。

走廊里喊喊喳喳，从楼外聚众的人群中传来隐约的诵唱。直升机在头顶紧张地盘旋。他爬上后楼梯，去他的办公室，西装外套的衣襟下藏着一包麦维他消化饼干。

去年夏天，杰拉德开车载他去了一座农场，在德里的种植园路上。他参加完在科尔雷恩的一个会议，时间尚早：照预期，他要到午夜才回到贝尔法斯特。

起先他思量兴许可以让杰拉德开车去海边，沿滨海公路绕岬角一圈，可结果他们转而南行，驶入一片纷乱荒僻的乡村，那是杰拉德长大的地方。

道路两旁的栗树交织成浓荫。牛羊列队行进在旷野上。光线拖曳，拉伸了树篱和树木的影子。那令他想起缅因州南部：那繁茂、苍翠欲滴的感觉。

他们驶过一长片精心栽种的林区。杰拉德指认出他昔时的学校、田野、拳击俱乐部。已是晚上九十点钟，可天依旧是亮的，鸟儿飞过干草堆。

“您来过这儿吗，参议员先生？”

他摇头，没有。他们来到一座小山冈的顶上，杰拉德将车停在一扇蓝色的大门前。山下，在峡谷的半腰处，有宽阔的棕褐色踏脚石，可供人过河。巨大无比的橡树弯向水面，一排灌木组成的篱墙倒向远处一间农舍，拖拉机粗野的辙印沿着河岸远去。

杰拉德走下车，靠在大门上，双手托着下巴。一股夏日的白烟袅袅升起：木柴生的火，在这样温暖的夜晚是件稀奇事。

“我小时候就住在那边。”杰拉德说。

他指向那间掩映在高大的橡树丛里的小农舍。

“现在我的姐姐住在那儿。”

他明白杰拉德在请求什么。不碍事，这位参议员心想。虽然夜已深，但他可以放行一个小时。

“你该打个电话给她，杰拉德。”

“唉。她和她的几个孩子住在那儿。肯定，她会被吓得心脏病发。”

司机在沉默中挪了挪身子，仿佛在等待新的回应。没有人再说话。原野上的天光逐渐暗淡下去。这位参议员把手伸向蓝色的大门。他推了一把门闩，大门咕哝了一声又合上。搭扣生了锈。几片剥落的蓝油漆落在草地里。

“只是舒展一下腿脚。”他说。

说来奇怪，那片田野竟如此高低不平：从门口看时完全是平坦光滑的。结块的泥土，以前的粪肥堆，粗硬多刺的杂草。他迈步朝万籁俱寂的树林走去。他上好的鞋子在他脚下咯吱作响。

杰拉德在他身后喊他，接着他听见车门关上的沉闷声响，引擎轻微的嗡鸣。他回首瞥见车子在龟速般行进，隔着灌木篱墙只能见到车顶。

车子又发出喇叭声。他举起双手致意，但脚步未停，继续穿行在田野中。他的影子在夜晚的光线下倾斜。北方的天空此时五彩斑斓，远处是北极光。深浅不同的红、绿、紫。他能感觉到自己的裤脚擦着草坪，溅起的小块淤泥打在他的脚后跟上。

在河边，他思忖了片刻，心想他也许应该就此转身，原路折返。一记响亮的喇叭声。没有车。他在别人看不见的地方。他解开领带。踏脚石光溜溜的。他朝水中俯视，傍晚的太阳在水面投出一轮轮光圈。他觉得自己看见了快速游过的小鲤鱼。他抓住一根树枝，微微弓身，做好掉下去的准备，结果却安然地落在中间的河石上。

树叶在他周围摇曳。苔藓的气味，芦苇，鳟鱼。想到仍然有这样的时刻，他一阵悸动。他抬头，目光穿过那些参天大树，看到一线天空。他抓着河堤另一边高高的草，把自己拉起来。双脚拖在身后，啪嗒踩进水里。寒意涌上来，没过他的脚踝。他跑上陡峭的堤岸。鞋后跟磨得脚跟发疼。远处又传来一记响亮的喇叭声。

在离农舍五十码处，他看见后院里的她，站在晾衣绳旁。周围是灰色的石头房子和几辆废弃的小汽车。她很年轻，穿着围裙，头发梳成一个深色的发髻，贴在颈后。庭院里拉着三十码长的晾衣绳，白色的绳索系在两根高耸的支杆之间。一只偌大的草编洗衣篮夹在腰间。她正从绳子上收下巨幅白床单。杰拉德的姐姐。

她沿着晾衣绳一边走，一边摘下木夹子，一个接一个，然后把它们夹在头发里。

此时，太阳在西面的地平线上显得格外硕大：床单呈品红色。

他听见远远传来座机电话的铃响：经过空气的传递。杰拉德的姐姐弯下腰，把洗衣篮放在鹅卵石地上。她疲惫地朝屋子走去，在进门时似乎叹了口气。铃声止了。

过了半晌，他听见屋里传出一声尖叫，看见她冲出来，头发、围裙和衣夹都飞了起来。她跑向晾衣绳，扯下最后一条床单，激动地东张西望。

杰拉德的车沿小径驶来，按着喇叭。参议员走出树丛。杰拉德摇下车窗，此时正咧嘴笑着。

“过来见一见参议员先生。”他说。

“啊呀，当然，瞧他的鞋子，”她说，“你对这可怜人做了什么啊？”

“都是我的错。”这位参议员说。

“我叫希拉。”

“很高兴认识你。”

“他让您从田里走过来的？”

“不完全是。”

“他真是太没脑子了，我们家的格里。”

她挽起他的手肘，领他朝屋子走去。他在黝黑的垫子上仔细把鞋擦干净，然后踩着长袜经过洗涤室和一条铺了瓷砖的走廊。火红的大炉子里散发出暖意。一股刚做过饭的味道。墙上的架子上摆着朴素的陶器。前屋里，三个安静的孩小围着一台电视机。一个有奖竞猜节目。他们穿着睡衣。希拉朝他们大喊，声音高亢尖利。几个孩子啪的关掉电视，应声站起，伸出手与他握手。脸上有雀斑。淡黄色的头发。他在他们面前单膝跪下，用指关节敲敲他们的肩膀。

他问他们的名字：凯赫尔，安东尼，奥拉。一股急剧的怅然若失感流遍他全身：他拿安德鲁的照片给他们看，可他们不解其意；他们瞥了一眼照片，什么也没说。

他被领到厨房桌旁，他能听见烧水壶已发出嘶啸。杰拉德坐在他对面，双手交叠，满脸笑得合不拢嘴。

蛾子飞过房间另一侧一盏灯的灯口。墙纸上印有花卉图案，餐具柜上摆了一排照片。其中几幅里有一个年轻男子，留着长发，英俊潇洒。他好像从这些照片中消失了似的：这名男子到了一定岁数后便不见了。这位参议员骤然满腹愁肠：莫非杰拉德的姐夫和北爱的暴乱有什么瓜葛？可能是遭人毒手。说不定在某处被判了罪。枪毙。拘留。他感到恐惧如当头一棒，使他的肩膀僵硬。也许他从一开始就犯了错，步行穿过那片田野，走进这间农舍，脱下鞋子。也许其他人会宣称他效忠于某一边。此时他不确定他到底可以怎么为自己解困。他在这儿的时光，每一步都是谨慎的选择，要走错一步是多么简单。

一组车前灯的光扫过天花板。夜色降临得如此之快。外面路上的汽车。也许他们已受到跟踪。有人正在拍照片也说不定。窗帘有条缝，肯定的。他转过身体，侧对窗户。他举起手挡着脸。又有一组车前灯扫掠过房间。他咒骂自己，两只手紧紧绞在一起。

他看见杰拉德的姐姐步出厨房，朝他走来。她身段娇小、纤细、轻盈。她的脸在她走过门口后变得清晰起来，眼神带着某种坚毅。他对她散发出的一股体味感到诧异。希拉把手滑过餐具柜。接着她停了片刻，抚摸其中一个相框。

“算起来他离开我们快有六年了。”她说。

“请问他是？”

“我的丈夫。”

“我很抱歉。”

“在北海。”她说。

希拉快速瞟了一眼孩子，他们齐聚在凸窗旁的地毯上。

“他在油田工作。”

她再度放低声音。

“我们在小孩子面前不大谈起这件事。”她说。

他感到心中一阵激荡。涌起一股感激。先前希拉凭直觉看出了他一时的惶恐。他想要握住她的手。庆幸是自己错了。这个错得到了证实。可他能说什么呢？他假定了最坏的情况。爱尔兰。永远是最坏的情况。

他又朝窗外瞟了一眼。

“你介不介意我们拉上窗帘，杰拉德？”

他想瘫坐在椅子里放松一下，置身在茶杯和陶器的包围中。他可以在明天愤世嫉俗：随时都有时间。

他把茶杯端到嘴边，茶水表面已结了一层薄薄的凉意。他瞥了一下壁炉台上的座钟，快十点半了。希拉又烧上水。这位参议员往前伸直双腿。他听见孩子们在地毯上走来走去，互相窃窃私语。似乎旁边有什么好笑的事。他们家大名鼎鼎的来客。他的美国口音？他的一举一动？也许是他把饼干往茶里浸一浸的吃法？他们此时发出咯咯的笑声，他看见希拉脸上闪过一丝严厉的神色。她瞪了她的孩子一眼。他们安静下来。她的眼前似乎也拉上了一幅小帘幔。

她又切了一块水果蛋糕，杰拉德插上电热炉的电源，他还有一个故事要讲。参议员瞥了一眼壁炉台上的钟。晚上十一点，他站起告辞。几个孩子又咯咯笑了起来。

他伸出手想握手，可她却把他拉到身旁，像对待老朋友似的。他以为她打算亲一下他的脸颊。

“你要我帮你补一补吗？”希拉在他耳旁悄声问道。

“对不起，你说什么？”

又一阵低语。

“你到斯托蒙特可不会脱鞋吧，对吗？”

他低头看见自己右脚袜子的后跟上有个洞。此时她笑着，朝他斜仰起头。

“只要给我一分钟就行。”她说。

那晚晚些时候，在和希瑟的通话中，他能听见的只有电话那头传来的妻子的笑声，三日后，在一个必须经特工处拆封和检查的快递包裹里，放着五双新的平纹灰色短袜，没有算上星期六和星期日的，原因很简单，她希望那时他已到家。

他在第五天晚上更换酒店。一直有谣传和炸弹恐吓，再度显出有人企图暗杀的强烈迹象。早晨，他打包好睡衣、牙刷、换洗的衣服，傍晚，保安队将他转移到对面位于水畔的希尔顿酒店。他将从那儿前往他最喜欢的库勒登。

小事。如今他全部时间都待在斯托蒙特的办公室。那些昏暗的走廊。

他与布莱尔和埃亨还有克林顿总统通电话。一封纳尔逊·曼德拉寄来的致以美好祝愿的信。一纸瓦茨拉夫·哈维尔的手书信函。傍晚，他和霍尔克里踱步于走廊。门扉下漏出光。背后幽影中的低语声。等待即将呈送给他们的新起草的句子、段落、完整的文件。那令他想到游错方向、逆水而上的鲑鱼。肯纳贝克河，错综复杂的河道。磨坊处急速的浪卷，漩涡里的光斑，驻波。

星期日晚，当来自伦敦的外交邮包寄抵时——迟了两天——他的心在胸口沉落。第二部分。来自埃亨和布莱尔。在阅读的那一刻他便知道通不过。他与德·沙特兰和霍尔克里以及他们的工作班子碰头。气象预报说有寒流来袭。上学时有一首弗罗斯特的诗。“这些森林是谁的，我想我知道。”他的耳边再度响起那首诗，隐隐约约，断断续续。“还要奔行百里方可沉睡。”好几次，他祈望自己可以给和谈过程灌输一种绝对的简化法了。要么接受，要么拉倒。

他读过关于非暴力哲学的全部论著。和平必须在各个道德层面上达成理解和共识。一切存在之物的恰当的共存。排除中间地带，超越个体特性，文化至上的虚荣。个人良心与集体责任之间的张力。需要把已经讲过的话一再反复声明。

后来，在记者招待会上，他举起双手示意大家冷静。他练习过这个动作，那是有诀窍的：双手尽量拉开，不要框住脸庞，手指扩展，以表安抚。能够转移问题而不用直接回绝。他在作答前先让大家沉默良久。讲话的语气平稳、镇定。用凝注的目光扫视屋内，缓慢的，审度的。他努力不去调整鼻梁上的眼镜——一个过于虚假的动作。他已明白他将承受责难，是他的耽搁，他的过失，他的粗心大意。不要紧。他们必须继续走下去。

他感谢各位首相总理和政府官员，他们理应大受赞赏——巨大的付出，干劲，专注，热忱，风度。我们恳请大家继续努力。常识使然。谈判仍在进行中。您能否改述一下您的问题？先生，那种断言是不正确的。

闪光灯砰砰响，一只移动电话响了，爆发出一阵紧张不安的笑声，倏尔传遍屋内。他让他的回答保持含糊笼统。围绕真相轻手轻脚打圈子。他小心不让礼貌的客套演变成怒火。他的工作是压制混乱，让一切重新回归简单的时刻。重申他们此来的目的。北爱尔兰的人民已经等得够久了。

他们需要的是签名。之后，他们将协商和平。未来仍有数年的争吵辩论，他知道，没有魔术棒，他想要的只是让钢笔尖落到纸页上。可其实此刻他最想做的是走出记者招待会，到外面的阳光下，清晨和傍晚攒挤在一起，于是有了发生在同一时间的日出和日落，东和西。在这样的时刻，他猛然惊觉自己是一个玩填字游戏、穿睡衣拖鞋的人。他真正想要的是登上去纽约的飞机，走进六十七街公寓的大堂，迈入属于他自己的第二次机会，为人父的那份合宜的沉默。

他写电子邮件给希瑟，说他将很快回家。最晚复活节星期六。他小心留意语气，以防邮件被拦截审查。没有华丽的词藻。没有爱的表白。他点击了“发送”，然后于午夜时分到狄克逊夫人公园去散步，走在蔷薇丛中，一路用脚滚着一颗鹅卵石，派来保护他的人跟在他后面亦步亦趋。

这是一张几天后用在报上的照片。复活节特辑。参议员在暗处用脚滚着石头，避开一穴光。就在受难节那天。

无论什么，在北爱尔兰——即便是显而易见的事——都逃不过别人的注意。

仿佛是在一个神话里，他去了一间空谷仓。起初他站在下面，周围黑得伸手不见五指。几个人影聚集在筒仓的最顶端。他们费力往下看，用手遮在眼睛上方，开始朝他丢下他们的一粒粒谷子：言词。先是一小阵，饱含虚荣、历史和积怨，在空荡的仓内劈啪作响。他站着，任那金属般的声音将他环绕，直至开始转成倾泻之势，谷子发出另一种不同的声音，他不得不起而反击，不断将那些词打向旁边，只为有一点可以呼吸的空间。他周遭的空气里净是灰尘和谷糠。从其原本自身的田里升起。他们倾倒下他们被筛选过的苦恨，他默不作声，只是不停地挥打、啐吐，把那些词赶走。拒绝溺亡。没有人、甚至包括他自己注意到那些谷子不断堆高，谷仓满了，可他仍在继续随着谷堆而上升，那声音渐渐变得不一样，一个词接一个词，落在他周围，在他脚下堆积。此时——到了谷仓顶端——他手脚并用地爬起来，拍去身上的灰尘，他站在那儿，与那些倒东西的人等高，这些人惊骇于堆积在他们身下的全部词汇。他们面面相觑。三种下筒仓的办法。他们可以掉进谷堆里淹死，他们可以从边上跳下去，扔下这些谷粒，或是，他们可以学着慢慢地把这些谷子播种在他们脚下。

一线曙光淡淡地挂在天际。他穿着厚实的灰大衣，围着围巾，戴了一顶平针编织的羊毛帽。他没有戴鸭嘴帽，因为担心那样会显得他有偏袒之心。和平的讨厌需求。他的车驶往斯托蒙特，车快停时，他拍拍杰拉德的肩膀。

“您确定，参议员先生？”

保安人员在他出来的那一刻匆忙站好位。寒意刺痛他的双颊。山雨欲来的黎明。他让车门微微开着，以防万一。男男女女整齐地围绕在烧火桶旁，烘手取暖。他们抬起头望见他。他们收集了许许多多蜡烛，点了一整晚。靠着墙，成排成排的花。怎么可能去开口臧否已逝的人？他揣想过这些人的不幸，某种幽灵般的存在。他们已在这些大门外坐着等待了多少个晚上？店主、水管工、乐师、屠夫、洋铁匠、教授。他们所受的折磨和困境。他在他们中间感到像在家里一样亲切自在。一个未成年的少女眼中闪着悲伤的泪光，一名男子翻下外套破旧的兜帽，准备讲话。哎呀，参议员先生。侬好吗？侬冻得够呛吧，咳？记者推搡着从人群里挤上来。一名穆斯林妇女包着头巾：连她都怀着一份属于爱尔兰的心愿。一种热望在阴冷的寒意中蔓延。他们互相嘀嘀咕咕。

在人群边缘，他愣了一下。他不太确定那是不是她。她的脸隔着远远的距离。他越过一排肩头张望。人群移动，摇摆。她在路障的边缘，坐在一张轮椅里，裹着几块毛毯。他斯文有礼地拨开人群，朝她走去。

“早上好。”

“您好，参议员先生。”

她的名字，一时间，他想不起来。从斯特兰米尔斯来的。失去了她的外孙。

“今天不打网球吗？”

“我想我要来看决胜盘。”

“哦，嗳，我们希望是。”他说。

“无论如何，比赛结束，参议员先生。”

“在一定程度上是。”

“帮我们实现那个愿望吧，”她说，她停顿了一下，“拜托。”

他点头。格子图案的毛毯拉至她的颈下。至少九十高龄。她怎么可以在这样的天气下待在室外？他突然想到，应允好的，好的，那是多么容易，他会促使和谈成功，他会在他拥有的权限内倾尽全力使和谈成功。可如今事情超出了他的掌控。那不是属于他的：那掌握在其他人手中。

“谢谢你站出来，洛蒂。”

“祝您好运，参议员先生。”

“谢谢。”

“参议员先生。这是我的女儿。汉娜。您见过她吗？”

“见过，当然见过。”

一个年轻版的洛蒂，真的。五十好几或六十多。她的身上有一股活力，一种天生的热情。

“我们对您感激不尽，参议员先生。”洛蒂说。

“那没什么。”他说。

“哦，那是了不得的事，绝对是。”

洛蒂在椅子里转了下身，摘下手套，把手伸向他，说：“您不知道这意味着什么，参议员先生。”

“我会尽力而为。”

他被引着走回车旁，出于某些奇怪的原因——他不确定是为什么——他侧身坐到前排杰拉德旁边的位置，将手放在仪表板上，仿佛前面是一条要越过的边境，一个他去了不会再出来的地方。车子徐徐驶入大门，铁栅在他身后拉下。您不知道这意味着什么。也许她说得对——他投入了这么多时间，却并未真正明白那意味的是什么。如今，那意味着一切。从此刻起他将看穿这一点，死拼到底。他不会退缩。他听见身后又一阵叫嚷，人们高喊口号，猛力敲着一个兰姆博格鼓。

车子把他载到大楼正门前。他让杰拉德回家，去歇一歇，可他清楚得很，他的司机会留在停车场，把车座椅背向后展开，打开广播，暖气在挡风玻璃上结起白雾，他将在那狭小的空间里辗转反侧。

他登上台阶，进入死气沉沉的办公区。走廊里有股凝重的气氛。他一边往前走，一边与人握手，摸摸肩膀。他能叫出他们每一个人的名字。他们礼貌、恭敬——亦胆战心惊。倘若那将归他们所有，那么，失去它的人也将是他们。一样珍贵之物，千年一遇，和平。

他走楼梯上三楼，楼梯井里散发出浓烈难闻的香烟烟味。到了办公室，他用力打开窗户。

消息在上午的晚些时候传来。德里发生一起凶杀案，一名准军事部队的成员。声明出炉、新闻稿。暴力男子。无意义的复仇。特雷弗·迪尼当时坐在车内，旁边是他的妻子。一枪毙命。为了什么原因？可曾有什么原因吗？将有报复行动。许诺已下。这起凶杀案也是报复。杀害杀人凶手。迪尼的弟弟在一家叫“旭日”的酒吧里朝人开火。这样的讽刺无休无止。他低下头，前额贴着办公桌。绑在一个轮子上，我们不能崩垮。

想求和平。

他伸手拿起电话。我们不能任由这样的事发生，他说。我们必须做出严正的声明。划定界线。不露惧色。

须备战争。

他走进一个接一个办公室，讨论新闻稿的内容。他们一致同意：现在没有事可以干扰我们。我们已偏离得太远。要适可而止，决不投降。这句北爱尔兰亲英派的口号如今由我们掌握。那是我们的口号。决不，投降。

后来他得知消息，伯蒂·埃亨的母亲，在都柏林过世了。不过，这位爱尔兰总理仍将于明天晚些时候坐直升机抵达。布莱尔也会带着他的卫队一同抵达。权力掮客，傀儡领袖，那些接了班的人。他们将全部集中到一个地方。一栋楼里。准备就绪。传闻现场还有一千名记者，一千名。那令他瞠目结舌。来自全球的各个角落。现在他必须担负起协调工作，主持这场残局。不管结果如何。他坐在办公桌旁，拧开钢笔笔帽。有关暂停或休会的讨论免谈。我想告诉各方，我甚至不会考虑这样的请求。今后将没有休会一说，一周、一天、一个小时都没有。我们要么达成协议，要么达不成。

他用力把窗户开得更大些。一阵海风。所有那些船都在那儿。留下的世世代代。七百年的历史。我们靠想象过去而预知未来，穿梭往复，隔着茫茫大海。过去，现在，不可捉摸的未来。一个民族。一切因现在而不断变换。时间，拉紧的橡皮筋。连暴力也溃败。连那也如此。有时以强硬的方式。您不知道这意味着什么，参议员先生。

接下来的两天里，他将几乎不眠不休，不吃不喝。连酒店也不回。他拒绝离开办公室。他将趴在桌上睡觉。他将在小厕所的洗手盆旁洗漱，放水，轻按肥皂液的瓶子。全面、有序的洗手。往颈后泼水。沿走廊折回。与休姆和特林布尔会面。仔细谛听他们的每一句话。他们两个都是好人。和谈进程的关键。他也将花数小时与克林顿通电话。检查进程中的每个小细节。所有这一切的梦想。走廊里脚步声此起彼伏。起草再起草。他将恳请公务员不要把资料泄漏出去。他将亲自站在复印机旁，只为看守那些备忘录。他甚至将清点复印的份数。上楼下楼。从食堂到办公室，然后返回。来访的人一个接一个：政党领袖，议员，外交官，公务员。他将感觉自己仿佛已把同样的对话重复了十几遍，几十遍。他将在讲到一半时突然住口，不知道自己是否就在几秒钟前已讲过同样的事。双颊充血泛红，一阵尴尬。搜寻用新的方式讲述完全一样的事。他将等着聆听一场暴动、又一起凶杀案、一次炸弹袭击。广播里，电视上，甚至大门外。什么都没有，只有不断敲他房门的声音。一盘盘的三明治，一壶壶茶。他将听见窗外警笛的呼啸，欢呼声，嘘声。信件从门底下塞进来。祈祷者喃喃的悲叹。一盘盘没有碰过的食物。克莱尔·柯顿，洛蒂·塔特尔，希拉·惠兰。他这些日子的所有点滴。他想睡觉的渴望几乎与他对和平的渴望一样强大。他应该打个电话给她。他打过电话给她了吗？她的声音。他的呼吸。安德鲁。睡觉。

食堂员工在晚上十点下班，但接着，他自己的工作班子会曳步下楼，点燃炉子，烧开水，搅动茶叶。他将提起茶壶，倒茶，提起，倒茶。全部的记忆，那将是茶的味道。

布莱尔摇身一变。整洁的西装，领带。埃亨头发凌乱，衣冠不整。因伤心而无暇旁顾。他们俩横扫进来，占据各自的办公室。二楼。三楼。会议接着会议。电话接着电话。布莱尔对他说，他觉得自己仿佛正在走进一个沉箱。压力缓缓增大，开始膨胀。确是一种常见的感觉，可那叫作什么来着？肯定有一个词，一个短语，形容那种感觉。这位参议员想不起来。此刻太累了。他的肩膀发疼。搜肠刮肚，可他找不到那个词。

凌晨四点。布莱尔的办公室，桌子整洁，一丝不苟。一支钢笔搁在咖啡杯的杯缘上。这位首相的衬衫解开到第二个扣子。此刻他们卡在一个表述问题上。英国人和他们的用词。爱尔兰人和他们无穷无尽的含义。这片小海域究竟是怎么出现在他们之间的？

他注视布莱尔用手捋了捋头发。奇怪，真的，首相的头发是湿的。双颊亮晶晶。莫非刚刮过脸？他难道冲过澡了？若真如此，在哪里，怎么做到的？这栋楼里肯定没有淋浴间啊？不可能有。在这儿待了这么多个月，这位参议员从来没见过或听说过有一个淋浴间。以前不需要，有酒店房间。可有一个淋浴间？此时他迫切渴望冲一个澡。光是想想，水流倾泻，冲刷身体。他应该直接开口问的，可是，转念一想，那事关体统，礼节。介入这位首相的私人事务，也许有失礼貌？现在要专心，专心。议题是狱犯、遣返和语言的表述。八百年的历史。事到如今，他们能怎么摆布语言？用什么合适的手段迫使联合派表态？亚当斯会不会权且合作？埃亨能否私下与麦吉尼斯谈一谈？结语是什么？休姆在哪里？特林布尔的门底下依旧漏出一缕光。凡人的一面闯进来，疲累，极度疲累。他依旧念念不忘布莱尔的头发是湿的这件事。

他于五点四十五分离开布莱尔的办公室，早晨六点，他派他的工作人员去搜寻。他们回来，凯旋。的确有一个淋浴间，只是一直以来他们浑然不知。在三楼。这栋楼里仅有的一个。不可思议，说真的。一个勉强可以让人容身的隔间。这位参议员上楼，脱去衣服，踏进去，把头靠在瓷砖上。光溜溜，满是污垢。他不在乎。水重重地打在他肩头。温暖、猛烈，扑面而来。的确是一个沉箱。潜涵病。想到了。这就是他正在寻觅的那个短语。潜涵病。

他用自己的衬衣擦干身体，迈出隔间，转入走廊，步伐略带跳跃，袜子因曾踩在地上而是湿的。

受难节那天的午后，杰拉德递给他一个信封。他打开那页纸。靠坐在椅子上。他已忘得一干二净。喔，这下你知道了。红袜队。到了第九局的后半局，比赛即将结束。

他听见楼下传来欢呼，掌声响遍走廊，仿佛全国上下都已听到了那个消息。

窗玻璃上的几下轻叩声使他转过头。外面正下着细雨。水滴在玻璃上沿对角线滑落，挂住片刻，仿佛惊讶于自身受到阻截，又向下滚淌，聚积，继续下坠。他走到房间另一端，探身拉起插销，敞开窗户。潮湿的空气漫进办公室。街上的声响，汽车的喇叭声，正门前的欢呼。遥远的车流声和继而的寂静。他希望抓住这一刻，让它暂停，只用这一刻将自己包围，沉浸在其中。他把双手靠在窗框上，手腕处微微淋了雨。

参议员听见电话铃响，轻柔的敲门声，慢慢变得急切。

走廊里的欢呼声越来越响。

他用手掌抵着窗户也许思考这样的快乐等于减少快乐。六十一个孩子。此时，他明白，他将回到凡人的生活，未来日子里的枯燥和失落，暴乱将极有可能在他最意想不到的时候从背后把他冲垮，但眼下，眨眼间，在这个暂停的瞬间，不可能的事发生了。

参议员把头贴在冰凉的玻璃上。

“进来。”他说。

他在复活节星期日的黎明出发去机场。晴朗的一天。仿佛不知怎的是专为了这而放晴的。他从库勒登酒店出来，步下石阶，朝车子走去。眼睛、颌面、肩膀里盛满疲惫。他的整个身体已不在这儿。

一架直升机盘旋在天际。远方的树摇曳摆动，碎片状的白云掠过深浅不一的蓝天。

几个记者在酒店的车道上等他。《爱尔兰时报》，《独立报》，德国的《时代周报》，法国的《费加罗报》。他们已在将那称之为“耶稣受难节协定”①。他信步走过去，手插在口袋里，仍然穿着他的蓝西装，

① 耶稣受难节协定（Good Friday Accords），又称《贝尔法斯特协议》，于1998年4月由多方签署，推动组成北爱尔兰各政治力量联合政府，终结了爱尔兰社会多年的暴力冲突。

但衬衣的领口解开，脖子上那小块V字形的晒斑，剩下的地方肤色苍白。他只有十分钟时间。他了解他们这一行：他们想与他一对一交谈。芬坦，德克，劳拉，多米尼克。他总是直呼他们的名字。他沿着砾石路，与记者并排走路。灰色的尘土摩擦着他的鞋子。他惊骇于自己冷静沉着的回答。是的，我们必须保持镇定感。真正的工作才刚开始。我私下持乐观的态度。希望事实如此。我们一直感觉到能够达成某些东西。如今我们将那移交给北方和南方的人民。民主的真正本质是在连强大的一方都说不的时候有能力说是。有几次，我觉得我们如临深渊，摇摇欲坠。

有一刻，他想要告诉其中一位记者，斯托蒙特的走廊上人们忘乎所以，他可以听见楼下食堂里拔出香槟木塞的噗噗声，他把头靠在淋浴间的墙上，欣喜地流下眼泪。然而，他要保持体统，需惜字如金，步步小心。此前我们全都被抓过辫子而陷入被动。

真正的裁定，他说，将交给历史。如今那裁定掌握在普通大众的手中。若不是和平的愿望业已存在，我们不可能获得和平。任何东西，只有先有渴望，才有实现的可能。合作是全方位的。不，从脑袋后面开枪打死一个警察，那不需要勇气。需要勇气的是在民主的舞台上角斗。不过我们别假装一切已经完结，但也别假装这才刚刚开始。那不是期望，不，那是信念。世世代代的母亲会理解这一点。我丝毫不觉得那是感伤煽情，不，从不，并非如此。愤世嫉俗是容易的。一个乐观的人是更勇敢的愤世嫉俗者。

此时他的话音里出现哽噎。想一想吧，他说，简单得很，我们被迫改变，因为我们被迫铭记。在我们被迫面对的时候，我们被迫铭记。六十一个孩子。

他凝望那架盘旋的直升机。顷间，它侧身下降，消失在突出的树梢后。他的胸口感到一记沉闷的重击，不过旋翼的声音逐渐减弱，直升机掉头远去。

几位记者感谢他，与他握手。他朝另一边倚着车子、嘴角上扬露出些微笑意的杰拉德走去。这位司机手里拿着一张纸。参议员接过纸，塞进口袋。他会等上了飞机再看。

车子咔哒咔哒驶上公路。影影绰绰的绿色树篱，远方的仓库，屋顶的轮廓线，旗帜，吹响的风笛，鲜艳的饰带，兰姆博格鼓的回音。到此为止吧。交叉成十字的阿玛莱特自动步枪，阴郁的歌曲，黑色的贝雷帽。过去了，全都过去了。谁带我来到这儿，谁就将必须送我回家。

此时纽约将天明。他将先飞往伦敦，然后返家。他将于中午时分抵达那儿。第一个下飞机。他将暂时抛下所有礼数。他将走出海关，看见她在那儿，探着身，趴在隔栏上，等待。浅黑色的头发里夹着几丝白发。墨镜架在头上。最淋漓尽致的欢迎。他将抱起安德鲁。对他俯下身。将他们俩紧紧搂于怀中。

或者，他会提前打电话，向她交代，让她等在楼下大理石装潢的大堂里。她的手贴着玻璃，胸前用婴儿背囊背着他的儿子，快速朝身后踢抬脚跟，像以前战时的妇女一样。她将推着旋转门出来，四个区块，向往中的康诺特、伦斯特、芒斯特、阿尔斯特四省。

抑或，他会彻底给她一个惊喜。在只字不提的情况下抵达。穿越机场，快步走过通道，出门，迈入一隅日光中，罗蒙戴着鸭嘴帽，正等在悬挑的遮篷旁。公路。桥梁。绿色的标牌。闯过黄灯。从收费站的弧顶下驶过。翻桥。罗蒙将一头扎进黑人区，加速西行，南拐一路沿着百老汇大街。外出的人家走在刺眼泛黄的阳光下。牵着狗的姑娘。戴着棒球帽的小孩。到林肯中心附近，他们将放慢速度，徐徐穿过一条条小巷。

罗蒙会急转拐上弯曲的车道。这位参议员将把公事包留在车子后面。不要有记者，拜托。没有照相机。没有笔记本。他将推开旋转门。一连串的点头微笑。请门卫不要打电话上去。毫无预兆。他将要给她一个惊喜，至少是一刹那的。他将企盼她没有听见电梯铃声。他将悄悄用钥匙打开门，神不知鬼不觉地穿过房间，走过地毯，进入卧室，看见他们正在睡觉，午休。他将停顿片刻，凝视。她的头发歪在一侧。她的身体修长苗条，安静地贴着床单。婴儿挨着她。脱下他的鞋子，西装外套，毛衣。掀起被单。复活节的星期日。爬上床，躺到他们旁边。凉凉的枕头。一片削薄的光照进屋内。吵醒他们，发出笑声。他皮肤的挤压。她的皮肤。她臀部的平缓曲线。

而后，散步去绵羊草坪。草儿凉凉的触感。摩天大楼灰暗巨型的身影映在树丛上。让自己可以重新感觉渺小。欣然接受那份卑微。太阳挂在曼哈顿的西边，下落。夜幕的画轴徐徐拉开。

车子继续前行。此时已出了贝尔法斯特，驶入乡间。阳光照在田野的斜坡上。近处有篱笆，远处无边无垠。

总有一个空间，可以容纳至少两种真相。

第二部

可这不是一个人的故事。
这是多个人的故事，交织在一起，
交叠延续，复活
一再地从一个接一个坟墓。

——摘自温德尔·贝里《复活》

一八六三年至一八八九年

冰屋

她凭窗而立，这是她第一百二十八天望见人死去。他们乘着马拉的车从路的那头过来。她以前从未见过这种浴血厮杀的场景，连马儿似乎都不敢相信。它们踢起身后的尘土。它们的眼睛斗大而哀伤。车轮戛然刹住。车队沿着小径，延伸至树林。树木则挺身投入了战火中。

她走下楼梯，穿过敞开的门，热气扑面而来。马车已在路上排起长龙。出奇安静。人们耗尽了呼号的力气，只余下小声的呜咽，痛得微弱的喘息。坐着的人看似像睡着了，躺着的人互相挤得严严实实，同声呼吸，看似像结成了一个大面团。歪扭的血迹和四肢。腐烂的皮马裤。发臭的法兰绒衬衫。绽裂的皮肉：脸颊，手臂，眼窝，睾丸，胸脯。马车上他们睡过的地方黑黝黝的，沾满血。血也落在轮子上，以至于他们的生命仿佛在他们身下循环转动。

一名士兵的袖子上佩有中士军阶的横杠，翻领上绣着一把金色的竖琴。爱尔兰人。她护理过许许多多像他们这样的人。他的脖子受了伤，用一块肮脏的纱布盖着。他满脸灰黑，深一块浅一块，是后泄的火药造成的。他的牙齿因咬噬子弹而发黑。他呻吟着，头垂向一侧。她想尽办法把伤口擦到最干净为止。他的气管发出悲哀而低微的响声。她知道，他不出几分钟就会死去。一条条细带状的黑影在他身体上方移动。她仰望。秃鹫从头顶飞过，它们没有拍打翅膀，而是乘着上升的热气流而翱翔。等待。她闪过一念，觉得她应该把那个伤员闷死。

她抚过他的眼睛。她能感觉他的生命在她手指底下合拢，无需掐断他的呼吸。那很像拉上一块红色的小帘幕。他们那么多人等着，等到落在一双女人的手里为止。

有人轻拍她的臂肘。那位医生矮矮胖胖的。他们得把那些人从车上抬下来，他说，把他们弄到草地上。他打着蝴蝶结领结，领结上溅了血，褂子外面套了一条橡胶围裙。还有十二个护士在处理马车上的伤员：四个女的。

他们尽量温柔地抬起士兵，将他们搬到草地上，就放在数小时前其他人刚躺过的那一块块印迹里。四周围，因战争的局势而已寸草不生。

医生们从一溜奄奄一息的伤员面前踱步而过，他们拣选出哪几个是他们有望救活的。士兵痛苦地呻吟，伸出手臂。她想立刻把他们洗刷干净。其他护士已排列起装了水的木桶，桶口上摆着海绵。她抓起一条毛巾，一把浸到桶里。

莉莉自己跨越的江河湖海多得她不愿记起。她时常想，她可以用整个浩瀚的大西洋来洗刷他们。

他们用担架把活着的抬入屋内，血迹让地面打滑。伤员面无表情坐在床上。这间医院以前是一家玻璃厂。有些人搜找出几件残留的玻璃制品，排列在他们的床沿周围。精美的花瓶，彩色的平底玻璃杯。有少量为密苏里州教堂所制的彩绘玻璃，但大部分均已运走售出。

偶尔，一阵响亮的破碎声传遍医院，是有士兵失足摔下床，或失去理智，或挣扎着踢开被褥，或是撞到了床头柜。在下面的地下室里，依旧保存着大块的玻璃片。还有几十面镜子，但镜子给藏匿了起来，不让那些人看到他们自己变成了什么模样。

莉莉与她的儿子在同一星期离开圣路易斯。为了跟在他所属的军团附近。他十七岁，一头栗色的头发，曾是个害羞的男孩。他离开家，对战争满怀憧憬。

她走了数天，在一群离战场不远的小楼中间找到这间医院。起初，她被分配到洗衣房工作。他们在楼后搭了一间临时的小屋，用一批圆木和一片倾斜的柏油帆布屋顶建成。劈啪作响的油布篷下摆着一排六个木桶，四个装满热水，两个装满冷水。她戴着长手套，穿着厚厚的靴子。裙衫后面溅上泥浆。她的裙边因染了血而发黑变厚。她洗涤床单、毛巾、绷带、医护人员的制服、撕破的上衣、军便帽。她用一根木卷筒搅拌衣服。另一个木桶上有两根卷筒同时一起滚动，挤压出纤维里的污垢。摇柄不停地转啊转。她的双手起了水泡。

水倒完后，她在桶里撒上石灰，据说那可以消除血的气味。她把衣服高高挂在晾衣绳上。夜晚，郊狼迈着高阔的步子，从附近的林中跑来。有时，它们跃起，扯下绳子上的衣服。她能看见白布条散落在树林各处。

八十六天后，一位黑人妇女接管了洗涤工作。莉莉被带入楼内，协助护士。她穿上一件黑色的绣花短上衣，一条薄薄的棉布裙。她的头发在颈背处绾成小圆髻，用一顶软帽固定住。帽子前面别着一枚北方联邦政府的徽章。

她清洗便盆，更换床单，在床垫里塞入干净的稻草，用樟脑浸渍棉球，用沙子把血迹斑斑的手术台擦干净。然而，那股味道依旧让人不堪忍受，粪便和血的臭气。她渴望再回到楼外面对那些污秽的衣物，可结果证明她是一位优秀的助手，外科医师都喜欢她。她从事一些基本的缝合和退烧工作。她给他们床边的脸盆重新倒满水，为他们倾倒和刷洗便壶。把手臂伸到他们的肩膀下，移动他们的重心。在他们干咳出满肺的黑痰时轻拍他们的背。清理他们因严重腹泻而留下的脏物。把装了凉水的杯子端到他们嘴边。喂他们吃燕麦、豆子、稀汤、发黄的马脂。给他们服用退烧的大黄根。不睬他们的欲望，他们的嘘声。给发了疯的士兵准备冰浴。他们被浸没到冰冷的浴桶里，直至不省人事为止。她把他们的头按在水下，感觉冰冻爬上她的手腕。

有些士兵在她走近时悄悄说些猥亵之语，那些话下流龌龊，他们的生殖器血脉贲张地勃起。为了安抚他们，她告诉他们她是贵格会教徒，虽然她根本不是。他们乞求她的原谅。她摸摸他们的前额，继续朝前走。他们喊他“姐姐”。她不回头。

莉莉协助外科医生处理紧急手术：她必须把用来截肢的锯子的齿边磨锋利。锯子一天得磨两次。橡胶夹块放进那些人的嘴里。她摁住他们的肩。他们吐出橡胶夹块，她将之硬塞回去。她把氯仿包按在他们的鼻口上。然而，他们还是尖叫。手术台下摆着巨大的木盆，用以收集漏下去的血。截下的四肢放在吊桶里：手臂挨着大腿骨，锯掉的手指挨着脚踝。她拖地，用酚皂和水擦洗地面。在外面的草地上用水漂洗拖把，望着地面变红。夜晚结束了一天的工作后，她走到楼后面呕吐。

极少有士兵停留的时间超过一两天。他们或被送去后方另一家医院，或返回战场。她想不出这些人怎么还能重新打仗，可他们就是那样步履蹒跚地走了。这些人，他们曾经是工程师、军需官、管家、厨子、木匠、铁匠。如今他们穿着已经死去的人的靴子，走了。

有时，他们没过几天又回来，被丢进林地长长的墓坑中。她在鼻子里塞上樟脑，缓解那股恶臭。

莉莉向人打听她儿子的下落，但用谨小慎微的口气，仿佛在探查伤口上的肉。她知道即使她看见他，极有可能，她能见到他的时间也不会很长。撒迪厄斯·菲茨帕特里克，他的身材矮壮结实，脸上有雀斑，眼睛湛蓝。她向陌生人这样描述他：他的整个身躯仿佛是围绕他的眼睛而长成的。他的父亲约翰·菲茨帕特里克很久以前就消失无踪。她被迫冠上他的姓氏。反正换个名字并没有那么大不了。名字属于取名字的人。在圣路易斯，在那儿当女仆时，她的名字叫布赖迪。布赖迪，换一下床单。布赖迪，扫一扫烟灰。布赖迪，亲爱的，给我梳梳头发。一个女人的名字可以忽而改变。现在她叫莉莉·菲茨帕特里克。有时叫布赖迪·菲茨帕特里克。可在她心中，她依旧是莉莉·达根：若说她携带了什么行李，那便是带了这个名字，其中的都柏林音调。一个属于都柏林自由区的名字。灰沉的天，鹅卵石路。在美国，你可以抛下一切，除了记忆中自己原本的名字以外。

撒迪厄斯用的是她亲生父亲的名字，撒德。她独自抚养他长大，先在纽约，后到圣路易斯。一个娇小俊俏的男孩。他在学校学会了读书写字，流露出对数字的兴趣。十二岁时，他开始当学徒，修筑栅栏。她自己的亲生儿子，打下篱柱。她曾梦想他移居大草原，去西部。深厚的降雪，高大的雪松，辽阔的草场。可战争绊住了他的脚。他将与暴政进行斗争，他说。为了入伍，他四次谎报年龄。四次穿着手缝的制服而返。每一次都比前一次更趾高气扬一点。一股暴戾之气伴随他的英勇壮举而生，对此他自己仿佛并不理解。有一次，他打了她。用攥紧的拳头。他突然对她动手，在她的眼睛上方开了一道深深的口子。子肖其父。他坐在厨房的桌旁沉思。始终没有开口道歉，但消停了一两个星期，直到那团怒火再度推他出门。他挺起肩膀，撑住制服。裤子太长，拖在烂泥里。

圣路易斯的街道上有乐声。小号、曼陀林、大号、横笛。打着蝴蝶结领结的男子沿密西西比河排开，号召少年参战。其他男子佩戴着仪式性的刀剑和饰带。光荣，男儿风范。责任，打碎这一枷锁。唤醒这个民族，面对其该有的命运。去本顿兵营吧，孩子们！他们发给应征的人七十五美元。他不知怎的以为那将是一场十天半个月的战争，一场年轻人的嬉闹。他背上帆布背包，挤进北方联邦士兵的行列。右转，向左转走。右转，四十五度，齐步走。

敲鼓的男生打着节拍，军团的三角旗飞扬。明尼苏达志愿者步兵一团。爱荷华志愿者步兵二十九团。明尼苏达志愿者步兵十团。歌声断续飘在空中。太阳低挂在天际，洛蕾娜，现在这几乎无关紧要，洛蕾娜，人生的潮汐退去得如此之速。

她从未对上帝抱有过太多信心，可莉莉为她儿子的平安祈祷，祈祷永远别在马车上看见他。在祈祷千万不要看见他的同时，她好奇自己是否在让儿子注定永远留在战场上。在祈祷送他回家时，她的思绪偶尔停留在，如果他真的回来会带回怎样的恐惧的念头上。圆圈套着圆圈。十字架上的花纹。

她走出病房，下楼梯，步入夜色中。她不喜欢无边无际的黑。那勾起她太多关于海的回忆。她谛听美洲大鵟斯的叫声，它们重复的声音似乎是一种更佳的祈祷。

她在一八四六年初从科夫远道而来。十七岁。在海上航行了八个星期。海水翻腾起伏。莉莉大多时间待在自己的铺位里，和妇孺一起。他们的上下铺床互相叠得很紧。晚上，她听见水老鼠在船舱里窜来窜去。食物有配给，但她可以享用伊莎贝尔·詹宁斯的恩惠，她给了她二十英镑。米饭，糖，糖蜜，茶。玉米面包和鱼干。她仔细地把钱缝在软帽后面的帽檐里。她带了一块披肩，一条白棉布连衣裙，一双鞋，几条手绢和针线以及顶针。还有那枚伊莎贝尔在那个下着雨的向晚时分悄悄塞进她手里的紫水晶胸针。她把胸针别在腰带反面，这样就不会被人看见。她蜷缩在铺位里。

狂风大作，猛烈地拍击船身。每到浪尖时她都会吓得要命。她的头在床架子上撞出瘀青。发烧，饥饿。她信步走上甲板。一口棺材正从船边徐徐放下。着陆，破水入海。一条腿没了知觉。她的胃里翻江倒海。她重新回到下面发臭昏暗的船舱里。白昼聚成黑夜，黑夜聚成白昼。她听见一声喊叫。看到陆地。一阵升腾的快乐。一场虚惊。

纽约看似如一团咳出的血。太阳落在仓库和高楼大厦的后面。她看见男人颓废地倒在码头边。一名男子厉声发问，姓名，年龄，出生地。大声点，他说。大声点，他妈的。她被喷了杀虱子的药粉，获准入境。莉莉沿着水畔，挤搡着从脚夫、警察和乞丐中间穿过。漂着油的码头上升起一股恶臭。那份破败。原始的野蛮。肮脏不堪。她生平只遇见过几个美国人——都是在都柏林韦布的府邸里，典型的尊贵之士，像弗雷德里克·道格拉斯这样的人——可在纽约，这儿的人附着在阴影上。溜湫的黑人弯着腰，蜷拢身子。这是什么自由？有的仍带着烙印。伤痕。拐杖。吊索。她从旁经过。码头沿岸的女子——白人，黑人，黑白混血儿——涂着口红，举止粗鲁。她们的裙子露出脚踝。这根本不是莉莉想望中这座城市的面貌，没有雪橇拉的梦幻马车，没有打蝴蝶结领结的男士。水畔没有震撼人心的演讲，只有脏兮兮的爱尔兰人用满是鄙夷的口吻冲她大喊。还有沉默的德国人，鬼祟的意大利人。她稀里糊涂地漫步在他们中间。小孩子穿着未漂白过的破烂衣衫。狗在街角。一大群鸽子从天而降。她躲开卡车司机的吼叫和小贩抑扬顿挫的叫卖声，拉起肩上的披肩。她的心在单薄的裙衫下颤抖。她走在街上，害怕遇上小偷。她的鞋子因踩到人的粪尿而污浊。她拽紧帽子。雨落下来。她的脚起了水泡。街上闹哄哄的。砖块堆积，声音交叠。她经过光线幽暗的楼面，妇人坐在那儿做针线活。男人戴着黑色的高顶大礼帽，站在干货店门口。小伙子跪在地上铺鹅卵石。一个胖胖的男子给音乐盒拧上发条。一个年轻的姑娘在做剪纸。她匆忙前行。一只大老鼠在人行道上肆无忌惮地从她脚边跑过。她睡在第四大街上的一家旅馆里，那儿有床虱，藏身在一块翻起的墙纸后面。她醒来，她在美国的第一个早晨，叫醒她的是窗外一匹受到警棍击打的马儿发出的嘶叫。

楼下的地下室里仍存有玻璃片，用最细腻、最纯净的石英砂制成。她瞥见映在玻璃中的自己：现年三十六岁，瘦瘦小小，头发依旧金黄，但两鬓已泛白。她的眼睛生了皱纹，脖子上有一道道深痕。

有一晚，她发现一名浅黑色头发的士兵在地下室里：他敲破了门上的锁，移动那些玻璃片，排成一个立着的箱子，把自己围起来。他坐在那口玻璃棺材里面，不断发出尖利刺耳的笑声。她知道，他体内灌满了鸦片酊。

早晨，那些玻璃片又被重新排列完好，整齐的叠在角落，丝毫看不出被动过的样子，那名士兵排在队伍里准备重返战场。他是会幸存下来的一员，她相信。

“请留心找一下我的儿子。”她对他说。

那名士兵瞪着眼睛，目光并未在看她。

“他姓菲茨帕特里克，名字叫撒迪厄斯，人称撒德。他的制服翻领上缝着一张竖琴。”

那名士兵终于点点头，可他的眼神落在她身后。她十分确信自己说的话，他一个字也没听见。突然响起一声大吼，他和那些愁眉苦脸的人一起走了。他们卷起雨披，擦好马口铁杯，喃喃念着祷辞，又一次出发了。

对她而言，这成了司空见惯的一幕，这些士兵消失在树林的尽头，他们仿佛成了他们的火枪的无声助手。

她伸手够到一盏挂着的灯，划了一根火柴，点燃灯芯。摇曳的火光闪出蓝黄两色。她罩上玻璃灯罩，走出病房，点亮她前面所有的灯。她在屋外的阶梯上等待，迎接黑夜。滔天的热浪中有徐徐一丝微风。树木比黑夜本身更加浓黑。猫头鹰尖叫着在树冠间飞过，蝙蝠从工厂的屋檐下爬出来。隐约中，她能听见郊狼的吠声。身后的医院里偶尔传出一点响动：一声惊呼，担架车嘎啦嘎啦推过上面的地板。

莉莉从绣花短上衣的口袋里掏出一只烟斗，用一根小细枝把烟草夯实，用力把烟深深吸进肺里。小小的慰藉。她用牙齿咬着烟斗，手臂搭在膝盖上，等待。

她听出乔恩·欧利希马车的咔哒声。他在医院外勒马停车。他与她打招呼，把挽马的绳子抛给她，让她可以把马儿系在地下室门旁的铁环上。那已成惯例。乔恩·欧利希活了五十个年头，可能更久。他戴着一顶军便帽，帽舌是皮制的，身上穿着伐木工人穿的衬衣和短夹克衫，即使在盛夏时亦然。他的发梢，以前曾是金色的地方，渐渐染上白霜。他的背因劳作而佝偻，但不管怎样，他的身上总有一种畏首畏尾的感觉。他沉默寡言，可当他开口时，他的话音中带着轻柔的斯堪的纳维亚人悦耳的调子。

他已经在马车后面叠了八箱冰块。他和医院的一位医生签了合同，把冰从远在北方的仓库顺水运送下来。那些冰被包得严严实实。

“您好，太太。”他一边说，一边脱帽行礼，“喔，情况如何？”

“什么？”

“有消息吗？您的儿子？”

“噢，”她说，“没有。”

他点了点头，朝马车后面走去，解开绳子，用力一甩，绳子打在泥土上。马车的底板下面，有一小摊融化了的冰水。

他拔出一片合叶上的销子，拉下木制的车门。他用一根长长的铁钩，把最上面的箱子钩下来。他在车后站好位置，转身，将那箱冰驮到背上。屈膝，咕哝了一声。冰的重量让他一瘸一拐的步子变得更加蹒跚。

她在他前面为他照明，一汪昏黄的光线。下楼梯，经过那些玻璃片。他们穿过地下室，他们的影子层层叠加，环绕在他们周围。他奋力扛着那个板条箱，大小和出海用的旅行箱相当。她能听见他的喘息声，沉重急促。她推开冰窖的门。里头的钩子上挂着一块块肉，架子上摆着成排的医药用品。水果罐头。冰凉的蓝晕如一阵波涛朝她袭来。他踏进冰库，把老的冰块堆到角落里。那些冰已融化得没了棱角。很难把一块放在另一块上叠住。不久它们将消失无影。

他把新的一箱冰推靠到墙边，重复八趟。他们之间沉默不语。他的短夹克衫因冰和汗水而濡湿。

乔恩·欧利希从口袋里掏出一把小钳子，仔细地把板条箱一一打开。木屑和稻草掉在地上。他把手伸进箱子，一块块地取出硕大的冰块，用戴了手套的手将之擦拭干净。新的冰块刨得平平正正，边缘透出一丝蓝光，中间则白得刺眼。他把冰块叠得井然有序。它们叠得越紧，他说，可以维持的时间越长。她坐在角落，望着他干活，然后上楼去住院区的厨房拿杯饮料给他。待她回来时，他已坐在外面的台阶上等候。他打开一本翻烂了的书，身上飘出一股浓烈的汗水味。她瞥了一眼那本书。那些字母对她而言毫无意义。

“那是《圣经》吗？”

“是的，太太。”

她对携带《圣经》的男人有一种既定的不信任。在她看来，他们似乎相信那里以某种方式嵌入了他们自己的声音。她在纽约和圣路易斯的教堂里见过他们，把他们响亮的话语如雨点般倾泻在这个世上。

“我不是说我认同里面的每一句话，”乔恩·欧利希说，“但有一些讲得有道理。”

他合上书，用手轻触帽檐致礼，然后走向马车，转动靴子后跟上的踢马刺，驱马前进。空荡的车厢发出隆隆的回声。

“晚安，太太。”

“叫我莉莉。”她说。

“好的，太太。”

她悄悄踅回地窖，抱起较早以前的一块冰，它已融化了四分之三。现在的宽度和茶盘相当，摸上去滑溜溜的。她把冰搬上楼，到病房，两个值夜班的护士等在那儿。他们把这块老的冰放在台子中央，用锋利的刀切割，削出小小的边角、薄片，可以放进伤员的嘴里。

有几个下午，她注视那位黑人老妇在小屋外清洗制服上的血迹。柏油帆布盖的屋顶鼓胀扑动，她干着活，默默无声，没有甘蔗地里的歌咏，没有南部黑人的圣歌，只有油布拍击热浪的啪啪声，那位妇人不时抬头，望着一列列仍在逡巡往返的人用车载着他们的尸体。

她凭脚认出了他。他来的时候和其他人混在一起。他们仰躺在马车上，手臂和腿相互缠绕，一幅不堪入目的绣品。他靠近人堆的顶端，但他的脸模糊难辨。她无需将他翻过来。她一眼就知道了。他的脚踝小时候骨折过，脚趾甲上有节疤，足背弓起。她曾按揉过那只脚，清洗去脚上的泥垢，给伤口敷抹药膏。

勤务兵布罗德里克把他从车上搬下来，将撒迪厄斯放在草地上。他脸上盖着一条手绢。苍蝇已开始聚集拢来。

“我们现在就把他安葬了吧，护士。”

不，她摇摇头，转身抬起一个士兵上楼。布罗德里克脱帽致敬，与她一同干了起来。他们用肩膀扛起一个又一个士兵。莉莉给他们安排好床位，剪开他们的制服。询问他们的名字，护理血肉模糊的伤处。他们对她讲述战役的情况：他们受到南方联盟军队的两面夹攻，马儿冲进来袭击他们，雾散了，马蹄的踩踏，临时的号角吹到一半没了声音，子弹砰砰射进树干里。

她对他们有求必应。她的手一遍遍浸入脸盆。

直到很晚，等照料完所有活着的士兵后，她才眺望窗外那排仍等在草地上的尸首。人肉土墩。只有那些衣服将再度行军离去。夹克，长靴，纽扣。她在阒无声息的楼梯上站了良久，然后绷起面孔。她走到楼外的草地里，跪在他身旁，揭去他脸上的手绢，抚摸他的脸颊，摩挲他光秃的下巴，感觉她的胃随着手上冰凉的触感而绞作一团。她脱去他的衣服。我期盼此刻你升起的灵魂在听我说话。当你上去，和上帝或魔鬼并肩而坐时，你可以代我同时诅咒他们两个。这个用血肉和骨头制成的可恶产物。这场愚蠢到家、让母亲们孤独一人的战争。她解开他衬衫上的扣子。把手放在他的心上。他中弹的地方离腋窝只差一点点。仿佛他已明明举起双手投降，可子弹还是偷潜了进去。一个微小的伤口，几乎没有大到能把他带走。

莉莉用硬皂和一盆冷水清洗那个伤口。她像护理生者似的将伤口包扎好，然后把他的尸体拖过草地。

没有月亮。一片漆黑。马蹄的橐橐声。乔恩·欧利希从车上下来，戴着窄边帽，穿着靴子。她一如既往地在较低的阶梯上等他。看见他走近时，她点亮灯。天气开始转冷，空气中透出隐隐的寒意。

“莉莉。”他一边说，一边脱帽行礼。

她起劲地帮他从车上卸下第一只板条箱。她把箱子往前推，稳稳落在他的背上。他绷紧膝盖，扛起那份重担，身体弯成常见的姿势。她走在他前面，进入地下室，光线像一摊水，一个摆荡的半圆，穿过以前的玻璃厂。几只老鼠在角落里乱窜，从玻璃片旁溜过。莉莉在冰库门前停下脚步。她把脸转开。

他用力拉动冰冷的金属把手，把门推开，他看见那个男孩直挺挺躺在剩余的小冰块上。他的制服干净整洁，洗好又补过了，他的鞋带系好了，胸口放着那枚竖琴徽章。他的头发被梳洗过了。

“天哪。”乔恩·欧利希说。

他将冰块放在地上，用手掌按住夹克口袋里的那本书。莉莉发出动物般的声音：像被砍了一刀、中了一箭、被开肠剖肚似的。她朝他走来，拼命埋着头。他朝旁边横跨了一步避开她。她转身，抡起手臂，她狠狠捶打他的胸口，力大无穷，一股悲痛的推力。乔恩·欧利希向后退步。他迅速提气，站稳脚，不动。她再次挥拳打他，力道十足。她哭出声，双手不停地击打，直到筋疲力尽，趴在他身上为止，她的头耷在他的肩上。

后来，快到清晨时分，他们把撒迪厄斯埋葬在距离医院两百码的地方。来了一位部队的牧师。他的祷辞里带有一分醉意。几名男子聚集在医院的窗口，俯瞰他们。一抹淡淡的光从东面爬升上来。

她知道自己将跟随乔恩·欧利希而去。他连问都没有问她，她挺身坐在马车上，拉平裙子上的皱褶。她直视前方。她能听见马儿在嘴里轻轻撕扯青草：草叶移动和粉碎的声响。

莉莉陪乔恩·欧利希回到他位于大河北端的家。她受洗成了新教徒：那似乎和她本已选择不相信的东西没有太大不同。自从离开都柏林后她没上过任何教堂，即使在都柏林时也只是出于义务。她坐在从前面数下来的第二排长椅上。有人给了她一本《圣经》和一条留作纪念的饰带。仪式简短直率，有几句挪威话，大部分是英语。牧师发问，现场是否有人已准备好摒弃邪恶，接受上帝作为他或她的神圣救主。乔恩·欧利希轻拍她的臂肘。有，她说，然后朝教堂前端走去。俯首，等待。教堂四下响起一两声零星的哈利路亚。她被引出后门，朝一条有鳟鱼的小溪走去，教区的全体教徒集中在那儿。他们忽然开始高歌。带我离开这幽暗的山谷，给我戴上和平的花环。她被领着穿过芦苇丛，走到河流的浅滩处。一只鹭鸶飞到空中，扑腾着翅膀在水上掠过，翼尖碰到水面，漾起涟漪。牧师命她捂住鼻子。他把手放在她的腰背上。当她被浸入水中时，除了寒意，她几乎什也感觉不到。

她不知道成为新教徒到底意味着什么，那对她而言是一块空白，虽然她如此清楚地记得她在大不伦瑞克街那座宅邸里见过的贵格会教徒的聚会，韦布在房间前端，双手交叉，他洋洋洒洒、散漫芜杂的观点，关于命运、和平、兄弟情谊。她没对乔恩·欧利希讲起过那段时光。她担心，万一她讲出来的话，他也许会从此沉默，不和她交谈。他是个好人。不该让他产生妒忌。昔日在爱尔兰的生活如今距她已很遥远：她不再需要，她已出走。

受洗后，她立刻结了婚，被带到湖边的小木屋。莉莉·欧利希。她从马车上下来，踩在坚硬的泥土上，环顾四周。

“我的生活很简朴。”他说。

那是一片平坦的土地，一座安静的湖。另有几座小湖绵延向远方。一群木头搭建的库棚簇聚在路旁。蚊子成群结队地打转。马儿甩动它们不耐烦的鬃毛。

“我最好先把你弄进屋里。”他说。

他的笑容清澈、平静。她拉紧裙衫，像一株蓓蕾，在他面前行了屈膝礼。

“去躺平吧。”

“差不多是时候了。”她说。

许久以来她第一次笑出了声。

他为她推开木屋的门。阳光中夹杂着银白色的点点灰尘。墙角有一张用松木杆和收紧的麻线做的床。他望着她在他面前宽衣解衫，接着他蹬掉靴子，解开裤子背带，滑落的衣服堆在他旁边的地上。

以一个上了岁数的男人来讲，她觉得他体力充沛，热情如火。他们躺在一起，气喘吁吁，她的脸靠在他的肩上。她叫醒他，天上依旧蒙着夜色。他转向她，咧嘴一笑。

“连《圣经》也说这没坏处。”

莉莉在三十七岁时有了欧利希的第一个孩子，最后共生了六个：亚当，本杰明，劳伦斯，纳撒尼尔，托马斯，和他们唯一的女儿艾米丽，她是最小的孩子，生于一八七二年，在战争结束的七年后。

寒流一来，湖水开始结冰。每天，乔恩·欧利希起床，在火炉散发的微弱暖意中穿好衣服，悄悄走出木屋，测试冰的厚度。等冰有四英寸厚时，就可以承受一个人的重量。他从湖的这一边走到另一边，起先尽量靠近湖岸。莉莉望着他走远，高高瘦瘦，一瘸一拐的身影越来越小。

一阵猛烈的风刮过岸坡上的雪，卷起雪花在空中小转。树木黑魆魆的，一溜烟伸向平坦的远方。他带了几个年纪最长的儿子，出门同他一起干活。

父子几人不停地转啊转，测试冰的坚固程度。他称之为鹰猎。他们螺旋式地一步步靠近湖中心。每次走到一圈的终点时，乔恩·欧利希抬起靴子，跺脚检查厚度。莉莉望着两个年长的孩子，亚当和本杰明，做出同样的动作。他们靴子清脆的咚咚声打破阒静。她觉得他们随时可能消失在那下面，那座湖将夺走他们，用冰封住他们，吞没他们的围巾、帽子、包脸的东西。可他们绕圈向内行进，一丝不苟的按部就班。他们通过靴子的声响判断冰的深度。

次晨，他们出门开始钻湖。乔恩·欧利希用一把细细长长的地螺钻打孔。钢条的头非常尖利。在莉莉看来，当他转动把手时，仿佛在搅拌黄油。冰面表面飞起细碎的冰末。他带着孩子走遍整座湖，在冰上钻了一个接一个孔，每两个孔之间相隔三英尺。他们把湖变成一张棋盘。他们俯身站在每个孔旁，插进一根细木棍，确认已把冰完全凿通。水汩汩冒上来，漫溢开，一层叠一层。从每个钻孔里涌出的水与旁边孔里冒的水交融在一起，形成一页不断扩展的冰冻。

日子一天天过去，他们循着自己的足迹回到湖上，再度敲碎每个孔上覆盖的冰。水又冒上来。莉莉去湖上给他们送午餐：大块的面包和火腿，装在瓶子里的牛奶，用毛巾布塞住，绳子绑好。乔恩·欧利希喝完牛奶，用衣袖一擦嘴巴。亚当和本杰明望着父亲，做出一样的动作。不久，劳伦斯、纳撒尼尔和托马斯也到湖上加入了他们的行列。

他们走进木屋，莉莉已生了火。乔恩·欧利希在脸盆里洗了手和脸，随后在一盏点亮的提灯旁坐下。一个过着双面生活的男人。他戴上眼镜，朗读起《圣经》。夜深时，他和莉莉一同走到外面，去看冰结得多厚了。他们穿着冰鞋，不想在冰上留下划痕，虽然乔恩·欧利希知道，稍后他们还会有一道刨冰的工序。

他们重新在冰上钻孔，冰层加厚，时日更迭。到下雪时，这个过程会更迅速，有时一个晚上，冰层可以增厚整整三英寸。

他们黑点般的身影在那片白茫茫的冰上移动。当湖冻得够厚后，他们身后拖着一个笨重的木框，那框子包覆了钢套。雪逐渐堆高，积聚在沟槽里，一排接一排现身于湖的西沿。在莉莉看来，那好像无数道雪白的眉毛。

等把雪清走后，乔恩·欧利希和他的儿子将冰面刨平。他们量出大块的正方形，每一块有半扇门那么大。他们用冰犁切进湖里。犁刀的刀刃置于凹槽中，犁由役马拉着。冰粒子迸射到空中。等湖上布满深深的刻痕后，他们沿着犁出的纹路，弯腰投入锯冰的工作。最优质的冰，颜色晶莹剔透。坚硬而纯净。

库棚的地上铺着鞣料树皮，没有窗，双层墙壁，内外墙之间的空隙里填满木屑，为里面存放的东西隔热。冰块堆得很高，叠得严严实实，中间几乎插不进一片刀刃。

这是莉莉百思不解的谜之一：冰怎么能抵抗得住天气变化，甚至历经整个春天而不化。

寒流降临。他们在湖上采冰。过了一段时日，连最小的艾米丽也出门帮他们提运冰块。他们用长柄钩把块状的冰拉过湖面，滑向等候的役马，马儿任劳任怨。手腕急速的一拨，可以使冰转着在湖上滑出二十码远。莉莉喜欢看艾米丽导引冰块滑过湖面，那些立方体在小姑娘的拨弄下行出精密的运动轨迹。

等河的支流解冻后，他们用驳船将冰一路运至圣路易斯，船因负重而嘎吱作响。那些冰块装在板条箱里，盖上稻草以防融化。麋鹿在河流沿岸啼叫。游隼翱翔在头顶蔚蓝的天空里。

乔恩·欧利希引导驳船经过沙洲，驶入港口，把货堆在河边的地下贮藏室里。一位来自卡龙德莱特大街的冰块经销商前来验货。点数出挺括的钞票。那是桩好买卖。战后南部的重建仿佛自发知道如何展开行动。酒店，餐厅，生蚝店，高档住宅里的富人，连雕塑家也想用巨型冰块雕刻作品。

他出资新租了州北部的一座小湖，试验新的隔热方法，开发了一套长橇系统，让冰块顺着一组错综复杂的河道漂流。他设计了一组用于库棚的杠杆和滑轮，画了图纸。市场的需求使冰沿着密西西比河漂流到各大城市，远至新奥尔良。他们在湖的另一边盖了一间新屋，迎着早晨的阳光。还有一间烟熏室，钩子上挂着熏猪肋肉和腌制的火腿。还有草药：甘松香、荨麻叶泽兰、番泻叶、茴香。满箱的红薯，高桶装的黄油，苹果冻，糖渍桃子。

莉莉从未见过这么丰厚的食物储备。她走在满盈的架子中间，茫然恍惚。

星期天，他们把多余的食品装上马车，早早驾车去教堂，这样他们可以悄悄把东西分发给别人。乔恩·欧利希轻柔地牵动马背上的缰绳。他的呼吸吃力粗重。岁月开始逐渐侵蚀，他的身体仿佛已呈现出某种冰的形态。不过，他仍卸下大批大批的食物。教堂对莉莉几乎毫无吸引力，除了暂时放下她的家务以外，令她高兴的是布施食物。她过去见过更严重的饥荒，在很久以前。她不介意再见识一次。爱尔兰人，德国人，挪威人，家家户户在后门排起队。他们身上透出一股受挫后的傲气，仿佛他们需要这些食物的日子不会长久。

一八七六年春，一个和煦的傍晚，乔恩·欧利希回到家，把马车停在库棚旁。那是一段长途跋涉的旅程，赶了一个星期的路。他穿过新铺了鹅卵石的庭院，提着一幅镶了华丽画框的大油画。他喊她的名字。她没有应答。他走进门，踢掉靴子，又喊了一遍她的名字。她从屋后的厨房里出来，穿着拖鞋，踢里趿拉。

“天哪，这吵吵嚷嚷的是什么事？”

他举起那幅画给她看。起先她以为那是一个什么盒子。她走近，瞅了一眼乔恩·欧利希，又再瞅了一眼那个盒子。是爱尔兰的一处河畔：一座拱桥，一排悬垂的树，一间远处的小屋。

莉莉不知该说什么。她伸出手，抚摸那幅画镶了框的边缘。朝那里面望去如同眺望另一扇窗外，云，湍急的水流，雁儿嘎溜嘎溜飞过天际。

“这是送给你的。”

“为什么？”

“我在圣路易斯买的。”

“为什么？”

“那是你的祖国啊。”他说。

他买下了这幅画，他说，从一位据悉是很有名的画家手里。集市上的人这么告诉他。

“你自己的族人。”他说。

莉莉在那幅画前后退了一步。她双手颤抖，转开身。

“莉莉。”

他望着她跨出门，朝湖走去。初春的昆虫聚拢在她周围。她在湖边坐下，用手捂着脸。他无法理解这是怎么回事。他把画靠在门旁的桌上，再也没有提起。他心想，明天他会把画扔掉。

那晚晚些时候，他们一同躺在床上，还有他们的孩子，艾米丽和托马斯睡在他们脚边。她战栗着朝他背过身去，继而又蓦然飞快地转向他。她是都柏林偏常家庭里长大的孩子，她说。酒鬼。此前她从未告诉过任何人。她一直试图把那忘记，不寄望人们的裁判，也不想要怜悯。她的父亲酗酒。她的母亲酗酒。有时似乎连老鼠也酗酒，门也酗酒，过梁也酗酒，房顶也酗酒。她被抱到床上，置于他们之间，母亲和父亲。一间几户人家合住的屋子。床板咯咯作响。十四岁时，她失去过一个孩子。她被送去当女仆。她的人生曾经是地下室，是老鼠粪便，是暗道楼梯，是汤勺。一周休息半天。走过泥泞、潮湿、幽暗的街道。去买烟，唯一的慰藉。

爱尔兰从来没有一处地方和乔恩·欧利希买回家的那幅画有丁点的相似。他送给她的那个国家教人认不出来，也许，除了那一次她从都柏林去科克市以外，那是很久以前。她从大不伦瑞克街的一栋宅第徒步出发，走啊走啊走，十五，十六，十七天，往南，穿过威克洛、沃特福德，翻过山，抵达另一边的科克市。当时她是个单纯的少女。就那么简单。她追随一个心愿。她依然记得那些树冠，田野上变幻的光线，山谷，河岸，把滂沱、低落的雨打进她眼里的风，从地里长出的饥荒，沉积在男人、女人、小孩身上的腐烂气味。

如今，一幅画。真没想到，是一幅画。那似乎在对她讲述某些她以前从未明白的事。都柏林一座大教堂的钟声响了。一匹马发出嘶叫。塞克维尔街。一只鸥鸟在利菲河上飞过。然而，她依旧想不起自己童年时确切的声音：那些声音在她脑中变幻脱形。为什么她回想起的是那几个特定的时刻？是什么唤起了它们？此刻，她把脸紧紧贴在乔恩·欧利希的胸口，这样的念头让她不知所措。她感觉像被切成了两半。那个姓达根的她——那个过去的她——从不曾想过自己可以拥有什么，更别提是这样一幅画。四十八岁了。她在这个国家待了超过三十年，她已变成美国人。是在哪一次转圈时，她停了下来，不自觉地转到了另一边？是在什么时候她的人生释放出了意义？她定位不出来。她曾经，的确，是个单纯的少女。一个女仆，在一栋事情不单纯的宅第里，聆听陌生的谈话，对于民主、信仰、奴隶制、慈善、帝国的看法。这些是她无法完全理解的东西，但那暗示出另外一个世界。于是我走了，并不知道我要去哪里。没有计划，乔恩·欧利希。我就是走了。可瞧瞧现在的我。一幅画。你送给我一幅画。你把一幅画放到我的怀中。

她再度把脸埋进他的胸口，她的哭泣让他不知所措。那时她蜷拢身子靠着他，酣然、深沉、疲惫地睡着了。

那幅画放在壁炉上方的台子上。不时，她觉得自己能看见伊莎贝尔·詹宁斯阔步走过河岸，拖着优雅窸窣的长裙。远处是理查德·韦布，站在拱桥上，俯视湍急的河水，水流的飞溅，一脸发自内心的沮丧。也有几天，她的思绪飘向弗雷德里克·道格拉斯：他不常走入画中，但游弋在画外，等着大步迈进去，也许从远处的山冈或是小屋后面的路。忆起他在房里举哑铃的情景令她惊愕。雨中他的脸，在她离开的那一日。他发白的手掌。她记得他的马车消失在大不伦瑞克街的尽头，而楼上，他留下的毛巾随意地搭在洗脸盆上。他伏在书桌上，白色的衬衣鼓张着。

她听说如今道格拉斯与已故的亚伯拉罕·林肯所属的政党联盟。发表演说，为黑人争取该有的投票权。他备受仰慕，却也饱受谩骂。他们实现了自由，可代价呢？在爱尔兰，她曾将他视作一位绅士，高大、富有洞见、器宇轩昂，可在这儿，他给人更多的是困惑。那并不是说她有任何反对黑人的地方。她怎么会？用不着。他们也是男人和女人。他们挨饿，他们抗争，他们死去，他们耕种，他们收割，他们播种。可在他们身上又有那样一种煽动性。莉莉曾听说纽约不断有爱尔兰人发起的暴动。男人被吊在街灯柱上。小孩子被烧死在孤儿院里。街头野蛮的殴打。没有一样是简单的。有许许多多可能。那些岁月给她蒙上了阴影。莉莉自己的儿子为北方联邦而战。他死在了战场上，为的正是道格拉斯多年前在爱尔兰讲过的那些话。然而，撒迪厄斯从未提起过奴隶制度、黑人或自由，连一次都没有。他只是纯粹想要战斗。仅此而已。那份光荣战死的虚荣心。

有几次，她南下去圣路易斯，或是往北一路到得梅因，她看见街上的黑人，感到一股嫌恶流遍她全身。她把持住，竭力不让自己错下去。然而，那份感觉仍在，遥远而朦胧。

在教堂，她低下头，祈求宽恕。古老的祷辞。铭记的咒语。她翻开面前的《圣经》。她觉得自己应该学习认字，可沉默里有一种纯净。她努力回想道格拉斯在大不伦瑞克街那间客厅里所讲的话，可她的思绪却飘向了那些她曾为之拉上帘幕的人：在他们的肌肤转成灰白时，他们眼睑底下那抹温暖的蓝色。

她望着艾米丽凑到父亲怀里，谛听。七岁，目光跟随他粗糙的手指在纸上移动：《约伯记》。《启示录》。《但以理书》。那一幕令她高兴。艾米丽床旁的空间开始被从学校借来的书填满。然而，望着一个孩子，自己的亲生骨肉，和自己竟如此不同，说来仍感奇怪。

时常，莉莉发现这个小女孩睡着时长长的头发夹在书页中间，好像书签。

屋外回荡着一声叫喊。莉莉不以为意。她从烟熏室回到厨房，拧开一罐玉米粉，撒了一些在木头台面上，身体倚靠着炉子。暖意从那里面散发出来。她用膝盖关上其中一扇炉门。她伸手拿起一罐脱脂乳。又一声喊叫划破空气。

叫声是从下面靠近库棚的地方传来的。她停下来。又是一连串沉闷的咚咚声，接着沉寂。她朝窗户走去。天是很浅很浅的蓝。又一声喊叫，空洞，连续不断，呻吟，徐缓的投降。亚当的声音响彻雪原。

莉莉跑出去。严寒刺痛了她，雪花扬起在她脚边。库棚那儿没有再传来叫声，只有一种阴冷的安静。

经过马厩和存放长橇的工具棚。她一边走一边喊他们的名字。到了库棚，她能看见星星点点的木屑在空中飞舞。她绕过拐角。木头支架碎裂了，钉子从木板里戳出来。一片硕大的铁制合叶掉在地上。一把冰耙依旧孤零零插在雪堆里。一堆缠结的滑轮躺在地上，无人问津。

一行细细的血从掉落的冰块和木头墙壁之间流出来。她先去看本杰明，然后是亚当，接着又跨回去看本杰明。那孩子小小的身躯完全被压在一块冰下。她移去他胸口的那团重物，把脸颊贴在他的唇上。一点呼吸都没了。她拭去他眉毛上的木屑。她对亚当重复了同样的动作。她没有放声恸哭。她能听见其他冰块仍在移动，从她头顶上方滑过，但此时变得悄无声息，仿佛怀着敬畏。她小心跨过掉落的木板，俯身跪在丈夫旁边。

乔恩·欧利希企图点头，可一汩血从他嘴里冒出来。她推开落在他腿上的碎冰块。你别走啊，你敢走。他微微动了一下头。他的眼睛眨了眨。你别丢下我啊。

她确信自己看见了他点头，接着她听见他的喉咙里发出咕哝声。莉莉能感觉到他的生命从他身上流失，某种形式的释放，一种化解。她站起身，用手抱着头，发出一声凄厉的哀号。

库棚依旧屹立着，剩下三面围墙。这些余下的墙壁在开裂呻吟。湖在冰封中。湖水急切地渴望流动。她跨过破碎的木板，再次朝本杰明弯下身。

她把手臂伸到最小的儿子的肩膀下，试图从坍塌中拉出这个死去的男孩。他的靴子被一条横梁卡住。把他从碎石堆下拖出来时，她能感觉到靴子扯裂了。她又用力拉了一把，冰松动了。

他发出一阵笑声。她朝他俯下身。又一阵笑声。哦，本杰明，哦。她抓着他的后脑勺，可他的头挂了下去。她摇动他：起来，起来，你活着。他的眼睛圆睁，透出惊恐，一动不动。她站起，猫着腰，踉跄地走过硬邦邦的地面，伸手去抱亚当。她把脸贴在他的唇上，没有呼吸，没有热度。又有几声笑声，对此她确信无疑。可是从哪里来的，是谁？她又听见了，这一次隔着其原本的距离。她的胸脯一起一伏。从屋子那儿传来的。其余几个孩子正从木屋里出来。他们兴高采烈的嬉闹声。莉莉起身，绕过库棚的拐角。她挥舞一把冰耙。回屋里去，她说。给火加点柴，纳撒尼尔。把玉米粉擦干净，妞儿。别再出来了。我马上回去找你们。我马上回去。你们听见了吗？托马斯？劳伦斯？快回去，我说，乖乖，立刻，拜托。

艾米丽盯着她，呆立不动。

“走啊，”莉莉喊道，“走啊！”

她折回去，把尸体从废墟下拖出来。剩下三面墙，微微移了位置，摇摇欲坠。

她让尸体并排躺在地上，她的丈夫和两个儿子，然后走回屋去。她需要拿布盖住他们的眼睛。莉莉推开木屋的门。几个男孩瑟缩在食品储藏室里。艾米丽在窗口，望着外面。莉莉喊女儿的名字。没有应答。她又喊了一遍。艾米丽，她说。丝毫没有动静。她走过去，把面朝窗户的女孩掰转过来。那孩子的眼神漠然、空洞。

莉莉狠狠扇了女儿一个巴掌，吩咐她去穿好衣服，有活要干。那孩子没有动，但接着她起身，把前额贴在莉莉的锁骨上。妈妈，艾米丽喊道。

两天后的傍晚，莉莉雇了一位木匠来到偏远的湖边，重新叠起冰块，修理好木棚。天气恶劣。吹来的风寒冷刺骨。铁锤的敲打声在夜幕下传出很远很远。

解冻季很快就将来临。她得亲自学会如何搬运这些冰，将之弄到船上，顺流而下。

她躺在床上，余下的四个孩子环绕在她身旁。几个儿子现已长大，她想，艾米丽可以帮忙管理账本，有的是办法活下去。她望着屋外的湖，月亮发出的光在湖上叹息。她先叫醒托马斯，接着是另外两个。他们迈入屋外的夜色中，朝牲口棚走去，他们呼出的气在黑幕上绘出云影。“首先我们要把车准备好，”她说，“确保给马儿喂饱粮草。”

辛辛那提一家公司寄来宣传册。《麦加菲读本》。千载难逢的机会。二十九天自学成才。无效退款。对着这些册子她无所适从。那些单词像一团团蠕动的曲线呈现在眼前。她怎么能够学习认字，假如她压根儿不识字？怎么能够寄望她认识原本并没有学过的东西？她的双眼濡湿，喉咙发紧，把小册子塞到架子上收好。

她雇了一辆马车南下，花了两天抵达圣路易斯。那些楼房似乎高大无比。窗户里飘出阵阵洗衣房的味道。戴着斯泰森毡帽的男人把他们的马绑在拴马的柱子上。火车站里传出汽笛声。莉莉向人打听书店的位置。一个小男孩指了路。门上的铃铛响了一下。她曳步走在书架间，害怕可能被人看见。书脊上的那些单词对她而言毫无意义。

是一位店员帮她找到了那本书，在书架高处，必须用梯子才能够得到。她从卷首的雕版画里认出那是他。店里用牛皮纸和细绳为她把书包扎好。

回到家，艾米丽用小小的手指逐一点在纸上的每个符号底下。这是I。这是W。这是A。这是S。这是B。

乔恩·欧利希死后的第三年，莉莉有了一群和她一同干活的男工——两个挪威人、两个爱尔兰人，和一个当工头的布列塔尼人。还有她的儿子。莉莉瘦小的身影出现在冰上，因上了年纪而有一点驼背，因悲伤而逐渐衰微，可她的声音传遍广阔的冰原。他们购入最新的机械装置：阔嘴斧，横切刀，冰犁，马具。锯条扬起白色的冰星子。马儿一边喘息，一边吐出白气。库棚经过了重建和加固。

放学后，艾米丽充当帮手，让巨大的冰块滑掠过湖面。

莉莉每个月进城一次，一趟心力交瘁的旅程，通常往返各需三天。莉莉在位于卡龙德莱特大街的那张办公桌对面讨价还价。她知道自己将获得的价格，也知道冰块经销商卖出时的售价。想到存在这样的鸿沟，她感到气恼。

她从银色的小手袋里拿出乔恩·欧利希的钢笔，在纸上写下一个签名。她学会的只有这么多，运笔画出一个至少类似名字一样的东西。冰块经销商用一根大拇指摸摸鼻头。他长得瘦而尖削，仿佛刚被锯子切过似的。

“你会写字？”

“我当然会写字。你以为我是谁？”

“我没有任何意思，欧利希太太。”

“好吧，希望是。”

她阔步离去，沿着密西西比河。她注视年纪轻轻的女郎从旁走过，穿着优雅华丽：宽大的帽子，窸窣作响的裙衫。明轮船和汽船。整条河上熙来攘往。报童高喊着有关黄金和铁路的新闻。一只热气球飞在河上，徐徐向西飘去。一名男子骑着一个东西在歌剧院附近来回往复。那东西有一个巨大的前轮。旁观的人称之为“老式自行车”。有几个小伙子戴着宽边牛仔帽，把他们的马拴在酒馆外面。他们不再老是瞅她，可莉莉不介意。她的背因数年和冰打交道而僵硬。她制订出一个循环随机法。她备有三套高雅的衣裙，用于生意场上。其余时候，她的衣着朴素、暗沉，带有一丝哀悼之意。

丈夫没了的第四年，她和那个来自布列塔尼的工头谈妥价格。她把木屋、租约和所有设备卖给了他。她打包的第一样东西是乔恩·欧利希送给她的那幅画。全部的箱子、家具、椅子、锅碗瓢盆、书。装了满满四车。她始终把那幅画放在最前面。他们在位于弗洛里森特大街的新家前停下车。路床用粉碎的石灰石铺筑而成。那座房子是一栋两层楼的红砖建筑，挑高的天花板，宽阔的楼梯。浅蓝色的地毯上绣着玫瑰花。她在楼梯顶端挂上那幅画，然后立刻着手当起了经销商。中湖冰业。一位英裔的招牌书写师在仓库门上画了商标。他的口音令她慌乱紧张。他向她鞠躬，她尴尬得满脸发烧通红。竟然是一个英国人朝她鞠躬。莉莉·达根。布赖迪·菲茨帕特里克。一度运送尸体的马车隆隆驶过。雪花飘落下来。

她惊异地想到，今后她甚至不用再碰冰。想到是其他人，远在北方，在密苏里、伊利诺伊、爱荷华，从事采冰的工作。她仔细估算这项生意的成本：工资，运费，融化的部分。金钱的骇人逻辑。表面看来可能轻松容易，但一转眼可能就会赔光。在圣路易斯，她从位于菲尔莫尔街的富国银行申请到一笔最高限额的贷款。她朝知道她名字的出纳员走去。您好吗，欧利希太太？真高兴再次见到您。街上的男男女女礼貌地朝她点头致意。那令她惶恐。她抓着宽大的裙衫的边缘，讷讷地问好。在食品店，人们拿出最好的肋肉供她挑选。集市街有一家帽店。莉莉买了一顶样式花哨、带一根鸵鸟毛的帽子，可回到家，当她在长长的椭圆镜子里瞥见自己的模样时，无法想象那被人看见的情景。她把帽子放回盒里，再也没有碰过。

订单来了。来自医院、轮船、餐厅、鱼摊、甜品店，甚至还有一些酒店，他们开始在饮料里加冰。

六年后，莉莉·欧利希有能力将她活下来的最大的儿子劳伦斯送去芝加哥上大学。此后纳撒尼尔和托马斯亦然。一八八六年冬，艾米丽十四岁了。她大部分时间待在楼上自己的卧室里埋头看书。起先，莉莉以为她的女儿是受不了寂寞，可不久她发现那孩子没有别的爱好，就喜欢拉上窗帘，点一根蜡烛，在昏暗闪烁的烛火下读书。莎士比亚的戏剧。爱默生的作品。哈特、萨金特、华兹华斯的诗。房间里堆满了书，满得莉莉都看不到墙纸。

她自己尝试看书的举动没有持续很久：她是女儿的母亲。这一点本身，已足够。

一八八七年冬，莉莉把她的冰生意分成三等份。每个儿子一份。劳伦斯大学毕业后返家，一身灰西装，打着蝴蝶结领结，染上了东部人的口音。两个小儿子感兴趣的是飘过铁路调车场的股股蒸汽：他们卖掉了他们的份额，脱帽致礼，道别。纳撒尼尔往西去了旧金山，托马斯往东去了多伦多。艾米丽什么也没分到：不是出于芥蒂，而只是习俗而已。莉莉根本连想都没有想过。母女俩在格拉瓦路买了一间小一点的房子。她们在屋前开辟了一片园圃。她们不与别人往来。星期天，她们盛装打扮上教堂：长手套，宽边帽，垂在眼前的白纱。有时人们看见她们一同在河畔的人行道上。没有很多想吸引艾米丽注意的追求者。艾米丽也不期望有谁。在别人眼里，她几乎算不上漂亮。那些书占据了她的全部。有时晚上，莉莉叫艾米丽到她的床上来，钻进她旁边的被窝，靠在枕头上，念书。我出生在一个叫茯苓的地方，离希尔斯堡不远，和马里兰州塔尔伯特县的伊斯顿相距约十二英里。

如今，大不伦瑞克街上的那栋房子对莉莉而言似乎已很遥远，远离她的日常作息和喧嚷。这些年似乎就是在用来遗忘那个曾经的她。四十年的影子。

她对新颖的时尚并不在行，可为了那个场合，她穿了一条长长、紫色的波兰式连衫裙，外衣下摆裁成贴合的圆角。那枚紫水晶胸针别在脖子处，高高突起。她花白的头发塞在淡紫色软帽折起的帽檐底下。

她行动缓慢地走下马车，与艾米丽臂挽臂曳步前行，艾米丽穿了一条简单的羊驼呢连衣裙。那天晚上有点凉，夜幕才刚降临。灯火的移动和那么多身体的摩肩接踵令她慌张不安。她们走进酒店，经过花岗岩石柱。男侍者草草瞥了她们几眼。里面，高亮的钢琴乐声飘荡遍大堂。此时，那份隐痛深入到她体内，她的手，她的膝盖，她的脚踝。

莉莉快速瞅了一眼飘窗旁角落里的那座大木钟。显然还太早。四周站着的女士身上是昂贵的披肩和礼服。几位男士打着黑领带，穿着黑外套。人来人往，热闹杂沓。还有一小簇一小簇黑人，分散在角落里。大部分是男人。每个人都打扮得那么优雅。

她缓缓向前挪步，在众人的夹击下。她确信他们在盯着她看。她绕过花格式的屏障，发现一排风景画，佯装欣赏，把艾米丽拉到身旁。

“现在安静了。”她说。

“我什么也没有说，妈妈。”

“总之别作声。”

酒店大堂的四周立着高大的木海报架，她在上面看见了他的名字。底下写着：全国妇女选举权协会。

三三两两聚在一起的女士在枝形吊灯下走来走去，她们认真地聊个不停。远处的吧台边，缭绕的烟雾在空中变成紫色。隐隐传来叮当的碰杯声。

弹钢琴的人转入一支新的曲子。莉莉转向艾米丽，把一股散落的辫子塞到女孩耳后。

“妈妈。”

“安静。”

“他来了。”艾米丽说。

目光越过大堂，莉莉看见了他。道格拉斯现今七十一岁了，花白的头发依旧分外浓密地竖着。他穿了一件黑外套和立领白衬衣。胸前的口袋插着白色的方巾。他的身体将整件外套撑满，已微微显出低头垂肩的姿态，但他的身上仍透出一种分量：更厚实，更宽阔，却更从容自在。

他被一群妇女围住，有八个或十个。她们殷切地探身凑向他。他站着，隔开一小段距离，但接着他掬起双手，发表了一些评论，那些妇女大笑，仿佛她们全是某个精密钟表装置的部件。

他扫视了一遍大堂。莉莉无法确定，但也许他凝注的目光曾在她身上停留，也说不定是她身后的某些动静，人们的忙乱。当她转头再度看他时，他已朝酒店的礼堂走去。

满屋子的人被吸引在他身后。一股强大的气流，一道光的余波，仿佛一切正汇聚着随他而去。她感觉自己浑身发软。她又回到了十七岁时的她。站在韦布的宅子外，向他道别。都柏林的晨曦，互相握手，如此罕见。马车的嘎吱声。后来，管家查尔斯斥责了全体婢仆一顿，你们好大的胆子。那些最微小的时刻：它们复归，驻留，缠绵不去。鹅卵石路上马蹄的哒哒声。他离去时看她的眼神。他晨起的习惯。可能的前景。我在这儿几乎或说一无所有，楼顶的一个小房间，一组专供仆人使用的后楼梯。我等于归他们所有。受人支配。她在夜幕下出走，在科克市感到的羞耻，在詹宁斯家的餐桌旁。他没有认出她。还有在码头边。他没有下马。在他眼里，她不过是一把给稿纸拂尘的掸子，刷地毯的洗剂，扫地的笤帚，一匹白棉布。可她想要什么？她期盼什么？她听见马儿响亮的嘶叫，海鸥的俯冲，雨。她无法直视他的眼睛。大片大片的雨落在她脸上。命运。登上船，离去。完全一头雾水。那时的她是如此如此年轻，船的号角是一种解脱。

莉莉挽着艾米丽的手臂，她们一同走过大堂。两名警察站在礼堂门外，用警棍敲敲她们的腿肚。他们瞥了她一眼，什么也没有说。会堂里几乎满座。成排成排的妇女坐在折叠椅上。她们的裙衫铺展在身体周围。

她们选了靠近会堂后面的位置。她摘下手套，把手放在女儿的手背上，大拇指搓弄艾米丽的手腕内侧。

一位肤色苍白、穿着纯黑束腰外衣的女士介绍道格拉斯出场。潮水般的掌声传遍会堂。他从前排座位里站起身，登上舞台旁的阶梯，动作中有一种掩饰得很好的迟缓。他大步走向讲桌，把双手搁在上面，放眼眺望。他感谢那段介绍词，他说，很高兴身临一座对于他热切拥护的诸多真正的民主事业具有非凡意义的城市。他的声音微微发颤。

他停顿了片刻，然后从讲桌旁走出来，仿佛是为了展现自己的全副身躯。他锃亮的鞋子，深色的长裤，有束腰的外套。他的肤色比她记忆中的浅了一些。他张开双臂，容许大家静默了一会儿。将来，当要书写废奴运动的信史时，女性将在里面占据很大的篇章。他的语气，仿佛是第一次说出这番话，仿佛这些话是他在走过舞台的那几步里刚刚想到的，此时他的声音低了下来，几近耳语，一个将要透露的秘密。奴隶运动向来亦正是妇女运动。随即屋里一阵骚动，一位胖墩墩的贵妇起立鼓掌，另有几位女士也跟着鼓起掌。前排有个男子大吼了一声，把一本书丢到空中：把这个黑鬼送回老家去！爆发起一场混战，拳打脚踢。那个抗议的人被押了出去。四名妇女随同他离场。道格拉斯举起手，伸开发白的手掌。人们肃静下来。当一条伟大的真理传播到全世界时，世间没有强权可以禁锢它、限制它、镇压它。她能看出他的体内有一支管弦乐队，一套齐全的乐器和声调。他的话音洪亮雄浑。它注定不断扩散，直至成为全世界的共识。他在台上踱步。时而在一片灯光下，时而不在。他的鞋子咔哒咔哒踩着木地板。这样一条真理就是，女人有权享有和男人平等的自由。那是她与生俱来的权利。是在她尚未领悟以前就属于她的权利。建立得当统治的理性基础在于那颗女性般的灵魂。莉莉能感觉到女儿的手紧握着她，每过片刻又更紧几分。点点灰尘在道格拉斯周围飞舞，急速的转动，活力无限：仿佛尘埃本身也可能建构成某种东西。

他伸手按着前额，仿佛在努力召唤一个新的点子。他闭上眼睛：近似祷告。

莉莉以为他可能会一直那样，以为自己也会永远定格在他记起的某个事件里，不管发生的是什么事。她重新回到楼梯上。他下楼，与她擦身而过。她感觉自己的心受到鼓舞。如今在她的四周，妇女们站着，掌声雷动，响彻会堂，一连串喊叫，可莉莉坐着不动，她感受到的东西无可比拟，独一无二，却亦平凡普通，所有历历在目的时刻都齐聚到了这一刻，他的房门关着，门缝下透出微微一丝光，在暗中显得益发明亮。她明白她如此远道而来，走了这么长的路，她打开一扇门，房间里是她自己的女儿，她自己的历史、血肉和黑暗，她伏在一盏古老的提灯旁，在灯下看书。

活动结束后，道格拉斯在别人的陪同下快速走出酒店。一辆马车等在外面，马蹄橐橐敲着鹅卵石路面。夜里天气变得闷热起来。一弯月牙悬在圣路易斯的上空。煤气灯使黑夜变得深深浅浅。

一群抗议的人聚集在街道另一边，是一些只穿了衬衫、吊着宽背带的男子。一排警察站在他们前面，手臂勾着，神情漠然。

莉莉望见道格拉斯抬起头，仿佛饶有兴味地扫视了一遍。他搀着一位白人女士的手，扶她上了马车。他的第二任太太。当道格拉斯展现出他的风度时，街道那边传来的喊声更响了。

他朝太太鞠了一躬，然后走到马车另一边，屈身侧转，继而弓起肩膀进了车厢。马儿高大英武。它提起马蹄，鼻子呼哧呼哧地喷气。

有一瞬间，莉莉觉得自己应该大步走过去，探进车窗，向他问好，报上自己的名字，问他是否记得，可她没有，而是站在暗中。她能说什么呢？报上自己的名字，从中她可以获得什么更深的意义？他可能只是假装认出她，或许他根本不会记得。她有了女儿，儿子，吊升的冰。

莉莉听见马具当啷作响，车轮嘎吱一声划过夜色。她一把抓起她衣裙的边缘，把手搭在艾米丽的臂膀上。

“该回家了，”她说，“走吧。”

一九二九年

晚祷

对她而言，故事始于如鲠在喉。她有时觉得那难以言说。真正的领悟就在表面之下。每当她在一页纸旁坐下时，她感到一种类似乡愁的东西。她的想象把环绕她的压力向外推去。艾米丽·欧利希之所以活下来，靠的不是理论或公式，而是某些恣意的时刻，她会感觉自己全力以赴，感到一种冲刺、跨越的欢喜。沉湎在小宇宙的爆发中。

最美妙的时刻是当她的意识似乎要炸开时。它使时间化为废墟，所有的光都消失不见。她的墨水池无边无垠，钢笔尖上一粒黑点的颤动。

数小时的挫折和逃避。发狂和失败。划掉一个词，在一张纸的中间涂上墨渍，让人无法再能辨认，把那页纸撕成狭长的细条。

苦心孤诣地搜寻一个词，宛如转动水井上的轱辘，沿着思维的坑道放下吊桶。一次接一次提起的皆是空桶，终于，在一个意想不到的时刻，桶被生生卡了一下，陡然有了重量，她提起那个词，然后再次下潜到那片空无中。

头等舱的房间很小，刷成白色。两张床。从窗户望出去是码头。水晶花瓶里插着鲜花。一张船长送来的问候卡片。一盏设计成不会摇晃的枝形吊灯。

各种通知从扬声器嗞嗞嗞的静电声中连珠炮似的传来，一名乘务员带着鼻音的哼唧声：用餐时间，防止晒伤的提醒，船上俱乐部的公告。

她们从来不太注重外表，可第一天晚上，母女俩互相帮着对方盛装打扮。

海水平静，但即便只是小小的颠簸和翻腾，也使她们给彼此梳头变得困难。艾米丽把一面小圆镜支在舷窗上。她的头发已花白。洛蒂剪了一个时髦的短发。镜子里除了她们自己的映像外，她们还能看见海上一道道移动的船灯。

艾米丽笨重的身躯使她举步维艰。她五十六岁，可有些时候，镜子里照出的脸老了整整十岁。她的脚踝永远肿大，手腕和脖子也是。她穿着大两号的鞋子，拄着手杖走路，那是一根深色的黑刺李木棍，手柄上有颗银色的小球，杖头上包了橡胶，是奎迪维迪的一位工匠为她手工制作的。她步态怯生生的，意识到她所迈过的空间，仿佛她的身体在等着应承她的不适，她所占据的空间。

洛蒂——高挑，一头红发，自信——穿着一条长长的塔夫绸连衣裙，脖子下方挂着一串大圆珠项链。她二十七岁，带有一股早熟的气质：她似乎走在自己实际年龄的前面。母女俩几乎形影不离，卡在一条轨道里，被缝合在一起。

她们悄悄朝餐厅走去，艾米丽倚着女儿的手臂。她们在入口处停了片刻，惊讶于眼前一道弧线形的扶栏。花朵缠绕在栏杆柱上。四周围一片珠光宝气的盛景。年轻的男士穿着深色西装和飞领衬衫，苗条的女士头发里插着毛羽，挺着脖子，伸展手臂。商人三五成群地聚在一起，香烟的烟雾旋绕在他们头顶。

一声铃响，四周升起一阵欢呼。船已远远驶到海上。一场反禁酒的干杯戏拉开了序幕。连空气本身似乎也已经喝了好几杯杜松子酒。

她们被领到一张桌旁，和船上的医生同桌。一位英俊的加拿大人，前额中间垂下一绺浅黑色的鬈发，他面孔精瘦，笑起来有皱纹，穿着一件剪裁优良的衬衫，套着袖箍。他从桌子对面朝她们探过身来，谈论的话题有洛默·古安①和亨利·乔治·卡罗尔②，有股市的微小波动，玉米的价格，芝加哥的无政府主义者，加尔文·柯立芝③和他对强盗资本家的钟爱，保琳·撒宾和她呼吁废止禁酒令的主张。

食物被盛在精美的瓷盘上端出来。几杯酒下肚后，那位医生开始口齿不清。舞台上骤然传来爵士乐声。一支小号左右摇摆。钢琴颤动着。《狼獾蓝调》。《麝鼠漫步》。《斯塔克·欧李蓝调》。

艾米丽在她的笔记本上快速写下一个词，同时，洛蒂返回房间，翻找她的新相机，一台银色的莱卡。艾米丽希望她的女儿可以拍下这片烟雾弥漫的小星系，整艘船似乎闪着微光穿行其中。

这是她们第一次出国旅行，为期至少六个月，艾米丽会将报道寄回给多伦多的一家杂志社，洛蒂将负责摄影。欧洲闪耀着各种思想的火花。巴塞罗那的绘画。德绍的包豪斯学校。维也纳的弗洛伊德。阿尔科克和布朗的十周年纪念。温布尔登公开赛男子网球里的大比尔·蒂尔登。

她们在她们的木行李箱里尽量精简装备，希望能够轻松地从一地搬到另一地。几套换洗的衣服，雨具，两本一样的弗吉尼亚·伍尔芙的小

① 洛默·古安（1861—1929），加拿大政治家，曾担任魁北克省第13任省长。
② 亨利·乔治·卡罗尔（1865—1939），加拿大政治家，曾担任魁北克省第16任省督。
③ 加尔文·柯立芝（1872—1933），美国第30任总统，以古典自由派保守主义闻名。

说，笔记本，胶卷，一点艾米丽的关节炎药。

长日漫漫。时间悠缓地流逝。大海将一圈宏伟的灰茫扩展开来。远处地平线是弧形的。母女俩坐在甲板上，回首眺望，夕阳如火烧一般通红。

她们共同阅读伍尔芙的小说，几乎并驾齐驱。“这声音别具伤感。既无实体，亦无激情，孤零零地飘进这个世界，无人应答，撞击在岩石上——这样响着。”[①]艾米丽最喜欢的是伍尔芙带来的那份举重若轻。那些词如此轻易地环环相扣，有一种将饱满的生命全部转化出来的感觉。在伍尔芙笔下，那是一种谦卑的表现。

艾米丽有时纳闷她自己是否缺乏一种真正的信念。在过去三十年的大部分时间里，她一直撰文写稿。由新斯科舍一家出版社出版的两本诗集，问世、销声匿迹。她的文章有过不小的影响，可她纳闷，她对许多事是否只有模糊的看法，而只对少数几件事怀有明确坚定的见解。她仿佛产生了一种对深度的免疫。仿佛她至今做的只是蜻蜓点水。她仿佛游在一片精心制作的玻璃上。她也许颠覆了那些期望中的不足为道的准则——未婚母亲，报纸记者，可那似乎还差一点。她花了许多年努力为自己开创一片天地，可现在她老了那么多，累得足够怀疑这一切有什么要紧。压在她心头的一块大石。

有某些她想要的东西，就是够不到，而她从来不十分确定那可能会是什么。她能感受到某些进一步的东西，一页纸的翻动，一行字的结束，一个词的推移，一次突破，打破她习惯的结构。她嫉妒年轻的伍尔芙，那个英国女人展现出的运筹帷幄和笃定。她纷繁的声音。能活在好

---

① 引自伍尔芙《雅各的房间》（人民文学出版社2003年版，蒲隆译）。

几个躯壳里的本领。

也许她这趟旅行的原因是为了把自己从惯例中解放出来，给她的人生注入一股新添的活力。她和洛蒂在科克伦酒店一同住了这么多年。那间斗室虽然窄小，可她们大概就算蒙着眼睛亦能自如地从彼此身旁绕过。

甲板上，羽毛球赛拉开了帷幕。艾米丽注意到球从远处划来的弧线，飞到半途停旋，仿佛被存在于船身内部的某个磁场吸住，然后，在受到回击时，怠惰了一下，迎着可能吹来的风而苏醒，再次飞射向前。

洛蒂从房舱走出来，穿着一条长裙，朝空中挥舞着一把借来的球拍。她总是这样生龙活虎，不摆架子，不装腔作势，却像浑身通了电似的，自由独立，令人敬畏。她不漂亮，但那几乎无关紧要。她是那种可以让周遭偏远角落里的人都能听见她笑声的姑娘。很快有人找她搭档，打混双比赛。

一名侍应生在甲板上来回走动，托着一盘饮料，高举过头顶。一对年迈的塞尔维亚夫妇手牵手散步：他们说自己刚结束了在美国的体验，正准备返乡。两个衣冠楚楚的墨西哥男子顶着油亮的头发走过。一支军乐队在船首排练。艾米丽望着烟囱的影子一步步在甲板上移过，缓慢地从船的一侧转到另一侧。

她心头一震，想到她自己的母亲在约莫八十年前乘坐过一条棺材船，一条漂浮在海上、不断有人感染热病和丧生的船，而瞧她，如今，偕同她自己的女儿，去欧洲旅行，头等舱，坐的是一艘大轮船，上面有电动制冰机。

她离开餐厅，手杖叩击着船板。海上夜色渐深，没有月亮，星光拂掠过高高的海浪，光似乎是从汪洋中升起的。远处，大海似乎比天空更浓黑许多。甲板被浪花打湿了。引擎时而安静下来，船转入平稳的滑行，那份静寂广阔辽远。

她缓慢艰难地登上通往房舱的楼梯，一位乘务员陪着她。她向他道别，忍痛走到床边躺下。那晚晚些时候，她听见走廊里有声音。那些声音飘来、合并、远去又重现。她能听见寥寥的笑声，接着沉寂了片刻，关门的声音，远处咚的一响，似乎是从上面的甲板传来的，像在跳舞，打碎了一个玻璃杯，声音飘浮在空气里。她翻动枕头，试图找到凉的一面。

门上的锁终于转动了。呼吸减慢。洛蒂喝了酒。艾米丽听见她的裙子虚脱地落在地上。行李箱被打开。一只脚光着站在地上保持平衡。一声轻微的傻笑。

艾米丽望着女儿钻进被窝。

她从来不曾有份爱过自己，连一个丈夫也没有，只有一个男人。他出现过，到头来又消失不见。文森特·德里斯科尔，圣路易斯的一位报纸主编，前额光亮高挺，手指上有油墨。他四十二岁，皮夹里放着一张妻子的照片。艾米丽在广告部当秘书，高排扣的上衣，一枚紫水晶胸针，二十五岁。她胸怀壮志。她交了一篇写基督教妇女戒酒联盟的文章。她敲开主编办公室的门。德里斯科尔说她有一种女性化的风格，辞藻华丽，过度雕琢。他本人讲话时用的是果断、简洁、利落的句子。他把手放在她的后腰上。对于她允许那只手停留在那儿，他似乎感到某种犬儒式的得意。

他把她带到种植园主之家酒店。他点了炸牡蛎、羚羊脊肉、一瓶金玫瑰酒庄的葡萄酒。上楼，肩带轻轻滑落下她的肩膀。他那像潮湿发白的切片面包的身体，震颤抖索。

她又写了一篇文章，接着又一篇。他拿起铅笔在上面修改。他说他在栽培她。密西西比河的春汛。富兰克林大街的一起锅炉爆炸。森林公园动物园的一头熊遭枪杀。汤姆·特宾和他的《哈莱姆拉格曲》，传遍塔基街的黑人音乐。他细细编辑了那些报道。一八九八年的一天，她翻开报纸，看见有史以来她第一篇见报的文章：《反思弗雷德里克·道格拉斯去世三年后留下的遗产》。一字一句均出自她本人之手。署名的是：V.德里斯科尔。她有被掏空的感觉，摇晃不稳。在酒店，德里斯科尔的身体顶着鼓胀的白衬衫。他的外套从来没有一次扣上时是不明显紧绷的。他的下嘴唇抽动着。那篇文章刊登在报上，那就该让她喜不自胜。她竟敢如此。她应该感谢他。他同意把自己的名字给她用。他们互相合作，单是这一点就本已仁至义尽。她在血红的天空下徜徉于河畔，听见报童高喊着报纸的名字，里面有她自己的字字句句。她朝洋槐街她租的宿舍走去，一间狭小的房间，一个搪瓷洗脸盆，一个木头的毛巾架。她仅有的几件衣服了无生气地挂在有雕花图案的衣橱里。一张小书桌从墙上翻折下来。她搭了一张完全用书做成的餐桌。她拿笔尖戳纸，她将等待时机。

她再次爬上报社办公室的楼梯，把她的稿件推过他的桌子。他抬头看她，耸了耸肩。V. E. 德里斯科尔，他重复了一遍。他的让步。E代表艾米丽。他们的秘密。

烟火发射到圣路易斯的上空。二十世纪是一个五彩斑斓的时代。在酒店房间，她把脚踝放在德里斯科尔的膝盖后面，轻柔地转动。他举起床单，仿佛那是一面白旗。她将“扩展”这个词与他的人生联系在一起：他的前额扩展，他的腰围扩展，他的名声，亦然。她等待，不确定等的是什么。那令她感到恶心：他的控制，他的举止，她听之任之的做法。街上，德里斯科尔的名字从报童口中喊出来。艾米丽走开。她感到有一点不对劲，早晨的恶心。她怀了身孕。她惊呆了。她闪过想去看医生的念头，但决定作罢。那将是一个没有父亲的孩子，她是一个走在时代前面的女性，为此她受了苦，可她不在乎，社会习俗绑不住她。爱情的失落更多昭示出的是其本质，而非任何实际的经验。她唯一想要的，她说，是她的署名。她真正的署名。报纸上不可能刊登女人写的东西，他说，社会版以外没有。从来没有过。她摸摸肚皮。她提到怀孕。他脸色煞白。那个孩子，她说，也许会有一副能让全世界都听见的洪亮嗓音。他摊开手掌，轻按在巨大的木头办公桌上，可他的指关节发白。这是勒索，他说。她端庄地坐着。在腿间的裙摆里活动手指。一张他几个孩子的照片摆在桌上。他用铅笔敲敲相框边缘。只能是名字首字母的缩写，他说。她得继续撰写署名为德里斯科尔的稿子，那样她可以再有一个专栏，E. L. 欧利希。这个名字有足够的男性色彩。她可以接受那样的安排。那是专属于她的。L代表莉莉。

一九零二年初冬，她诞下孩子。晚上，等婴儿睡着后，她再度提笔，一丝不苟地推敲每一句话。她希望她的文章具有诗的凝练和韵律。她写的词句一直挤到纸的边缘。修改再修改。豆蔻年华咖啡馆的爵士乐擂台会，音乐家激情澎湃地敲着钢琴琴键。一次无政府主义者的会议，在卡尔广场一栋住宅的地下室里。十三街报童之家附近举行的不戴手套的拳击赛。她习惯在写作中扯开去，因此有时她会跑题写出一篇有关密苏里河沿岸候鸟迁徙模式的专文，或是论述在橄榄街那家德国餐厅的奶酪蛋糕的过人之处。

她喜欢她的单身生活。偶尔，在岁月的长河里，她遇到过对她表露出兴趣的男人。一位卖波斯地毯的商贩。一位拖船船长。一位年迈的南北战争的幸存者。一位在为世博会建造爱斯基摩村的英国木匠。可孤独像重力一般吸引着她。她凝望他们离去时外套的背面，肩胛骨造成的折痕。留下她和女儿一同沿着河岸散步，她们的呼吸混合在一起，她们的裙衫和谐地摆动。她给自己找了一间位于彻罗基街的公寓。她一掷千金，买了一台打字机，咔哒咔哒的声音响彻夜晚。她为德里斯科尔的专栏捉刀代笔。她并不介意。她甚至乐于进入他狭隘的头脑。至于她自己的专栏，她觉得她仿佛在拉伸每一条软骨。一种幸福感袭上她的心头。她梳理女儿披散的头发。有过那些如释重负的日子：她感觉仿佛正在把自己从深井里拉上来。

一九零四年，德里斯科尔被人发现趴倒在办公桌上，一次严重的心脏病发，连续第三次。她想象他穿着紧身的白西装背心颤抖的模样。葬礼在圣路易斯明媚的阳光下举行。她戴着一顶宽阔的黑帽子和长手套抵达。在送葬人群的末尾，她抓着洛蒂的手。那个星期的晚些时候，她被召进报社办公室。她的心怦怦直跳，充满期待。如今她将获得她的全名，她的署名报道，她的权利。她一直在等待时机。她三十一岁。这是她的机会。那么多篇报道。世博会让这座城市熠熠生辉，天际线正在向上攀升，街上那么多种口音。她要将这一切都捕捉下来。她走上楼梯。报社的老板一个个双手交叠地坐着，等待。其中一人心不在焉地用眼镜脚戳着耳垂。她坐下时他做了一个鬼脸。她开始讲话，可他们打断了她。德里斯科尔在办公桌的抽屉里留了一封信给他们。她能感觉到她的嘴唇发颤。有人把信念了出来。他声称，自始至终都是他在为她的文章捉刀代笔。用文字以牙还牙。每个细小的转折。这是他的临别赠礼。他的掌掴。

他复仇的苦心令她瞠目结舌。她将永远不准再上班，那些老板说。她竭力想讲出一句话。他们合上面前的文件夹。一人站起身，为她打开门。他看着她，仿佛她不过是一匹经过的马。

她走在河边，脸埋在宽阔的帽子底下。多年以前，她的母亲也曾走过这里。莉莉·达根。水裹挟着水。艾米丽回到彻罗基街她住的公寓。她扔掉帽子，把她们的东西装进一个背包，留下那台打字机没有带走。她们从圣路易斯搬到多伦多，她哥哥托马斯住的地方，他是一位采矿工程师。她们在那儿寄居了两个月。他的妻子不乐意了。她不想身边有个未婚母亲。艾米丽和洛蒂乘火车去了纽芬兰：那儿的海不结冰。

她们在科克伦酒店的四楼租了一间房。两天后，她敲开《电讯晚报》的门。她写的第一篇文章是记述科克伦酒店的业主玛丽·福沃德。玛丽·福沃德顶着一头乱蓬蓬、花白的头发到处走动。她的手镯，在她撩拨颈上的发丝时，滑下她的前臂。那间酒店本身再现于快速犀利的笔触之下。新婚夫妇——农家的小伙和姑娘，他们的手指粗大遒劲——坐在早餐间里。时时刻刻都在奏响的钢琴，弯成问号形的楼梯扶栏。玛丽·福沃德爱极了那篇文章，把那页报纸用镜框装起来，挂在酒吧门口。艾米丽又写了一篇，关于一艘搁浅在礁石上的纵帆船。又一篇，写一位从未出过海的港务长。她获准可以署上她的全名。她不知不觉深入到这座小镇的内里。她在那儿感到舒适自在。渔船。水面上方发出响声的小铃铛。风暴的威胁。她捕捉到码头沿岸的缤纷色彩。各种红色、赭色、黄色。不断搜寻更确切的词。沉默，亵渎，争吵。当地人对新来的移民心存戒备，可艾米丽具有那份历经风霜的神韵，她融入到他们当中。洛蒂也一样。

那些年里，艾米丽通过哈利法克斯的一家出版社出版了诗作。那些书湮没无闻，可对她而言那几乎已无关紧要：它们存在过一段时间，给自己觅得了一个可以安居其上的书架。同样的还有每周的专栏：她也许不曾有份坠入爱河，可要填满人生，仍需要许许多多东西。

早晨，艾米丽从床上荡下双脚。洛蒂还睡着。一缕头发拂过她的脸，随着她的呼吸而微微起伏。房间里有股淡淡的杜松子酒味。

艾米丽把裤袜拉到脚踝上，费力地穿进鞋子。她伸手去拿手杖，俯到对面的洛蒂身前，亲了一下她温热的额头。她的女儿动了一下，没有醒。

走廊里很安静。她沿着那条白色的通道前行。她停下，靠在墙上，让自己喘口气。她无法抓住那片她所感到的空虚。船颠簸呜咽。她暗思，她，也许，正在与头痛周旋。

她在一位年轻乘务员的搀扶下上了楼梯，清新的空气让她获得暂时的安宁。灰沉的海水延伸向无尽的远方，好似一幅儿童画，分成一块块。

船撞上某片波浪滔天的水域。一声嘹亮的汽笛声划破空气。雨伞被收拢放好。帆布躺椅也被娴熟地叠了起来。

不知怎的，一把枫木做的吉他留在了上层甲板上。深色的琴颈上有一点雨渍。她拾起吉他，拖着脚步走回楼梯。她想将那物归原主。一阵剧烈、温热的刺痛流过她的前额。她几乎虚脱衰竭的时刻，手杖掉了，蹦落下楼梯。她抓住扶手，慢慢往下挪步。船左右摇晃，她小心不让吉他当啷撞到楼梯。

走廊里散发出一股呕吐物的臭气。一条含糊不清的讯息从扬声器里咄咄传来。她能记得的最后一件事是，又一道浪打来时，吉他哐当落地。

艾米丽醒来时，船上的医生俯在她身旁。他拿着一个听诊器，按在她胸口，测量她的脉搏。他的额头上戴着一面反射镜。当他仰起身体看她时，她能望见自己的身影在那面圆镜中晃动。她挣扎着想坐起说话。世界蒙上了一层纱布。

洛蒂徘徊在背景里，咬噬指甲。她高挑的体格，浅蓝的眼睛，短短的波波头。

医生用双手摸过艾米丽的整条手臂，检查她颈部的肿胀。中风，她心想。她咕哝着想说些什么。医生安抚她，把一只手放在她的肩上。他的左手戴了一枚结婚戒指。

“你会没事的，欧利希太太。”

她感到全身发紧。她看见洛蒂探身过来，向医生提到一些事。他耸耸肩，没有说话，解下了脖子上的听诊器。他走到他脑后的那排柜子前，伸手拿起一瓶药，数出几片放在一个银色的小碟里，用勺子舀起，装进一个小玻璃瓶。

她在船上的医务室住了三天。严重脱水，他说。可能是心肌劳损。等她们到了南安普顿后，她得立刻去做检查。洛蒂陪在她旁边，昼夜不离。

一块湿毛巾敷在她的额头上。她不知道，她一部分肌体的损伤是否恰是因为她想要女儿多一点时间的陪伴。不愿失去她的渴望，把她留在自己身旁。住在那个可替换的皮囊里。

在离英国还有一天的行程时，她被抬到甲板上。薄雾中有一小段朦胧的棕色，一抹模糊不清的幽暗。洛蒂告诉她那是爱尔兰的海岸线。科克市的陆岬消失在她们身后——在船的尾端，磷光闪耀。

在南安普顿，她给了搬运工几先令，请他赶紧将她们的箱子搬下船。她不去医院。她们已有安排，一位司机将接她们去斯旺西。如今她不能改变任何计划。

她看见洛蒂在踏板上与船医握手。所以情况就是这样。仅此而已。她感到淡淡的哀伤。

她挽着洛蒂的手臂，她们一同走过踏板。她的双腿在她身下发虚。她停下片刻，歇口气，调整自己的帽子，她们朝等在码头边的一列司机走去。一辆老式的福特车。一辆罗孚。一辆奥斯汀。

一个敦实壮硕、脸刮得干干净净的小伙子走上前。他伸出柔软的手，自我介绍："安布罗斯·塔特尔。"他穿着一身英国皇家空军的蓝制服，一件浅蓝色的衬衣，长裤在脚踝处向上翻折。他的头刚及洛蒂的肩膀。他抬首瞅了她一眼，仿佛她正踩着高跷似的。

他指向一辆酱紫色的罗孚车，辐条式车轮，发动机罩上有个高耸、银色的车标。

"亚瑟爵士正等着我们呢。"他说。

"路远吗？"

"恐怕有点远，是的。我们估计要在入夜后才能到那儿。请自便。我怕路会比较颠簸。"

在弯腰抬起旅行箱时，他露出腰背部一小块楔形的皮肤。艾米丽坐入前座。洛蒂安身在后面。车驶离码头。他们出了城，顿时阳光灿烂，接着是一条栗树下的林荫道。

路咯咯地在他们身下行过。偶尔，当他们驶在树木交织起的拱道下时，黑影如波纹般拂过他们。那些树篱悠长青葱，修剪得整整齐齐。它们似乎在诱使着车前进。

他们正以每小时近四十英里的速度赶路。艾米丽瞥了一眼后座的女儿，风轻轻撩动她上衣的下摆。湛蓝的天自中午以来似乎几无变化。路上空得很。在她看来，英国的乡村安逸于自身的秩序。没有一丝和纽芬兰相像的地方。田野有棱有角。他们能放眼望出很远，古老的公路逐渐变窄，伸向地平线，具有一种帝国气派，井井有条，端庄淑雅。与她预期的不同。没有煤矿，没有矿渣堆，没有阴沉苍白、英国式的无精打采。

引擎很吵，不方便讲话。在布里斯托郊外，他们在一家小茶馆歇脚。安布罗斯摘下帽子，露出一头金色的鬈发。他说话带有一种奇怪的口音。贝尔法斯特，他告诉她们，可艾米丽从他说这话的语气判断，他想必是世家子弟。他的口音更偏向英国人，而不是爱尔兰人，具有一种婉转的拘谨礼节。

他加入英国皇家空军迄今已有几年，在通信处，但从未晋升到飞行处。他拍拍肚皮，仿佛是为自己找一个理由。

天色渐暗。洛蒂根据一张在风中飒飒作响的巨幅地图，大声指路。安布罗斯回头瞥望洛蒂，仿佛她本人也许会忽地起飞，一顶谜一样的降落伞。

光线消隐，安布罗斯把罗孚车换到低档，熟练地倾侧转弯，驶入另外一条长长的树篱。他们快到威尔士了。一排连绵的小山，像一个熟睡中女子的侧影。

临近垂暮，他们迷了路。他们在一片原野边缘停下车，观看一位养鹰人施展他的技艺：那只鸟系在一条细绳的尾端接受训练，它飞出长长的内弯弧线，逐渐认识到绳子的限制。它盘旋了片刻，然后精彩地降落在养鹰人的手套上。

他们被迫在卡迪夫停下过夜。一间昏暗肮脏的旅馆。空气中隐隐透出海水和即将来临的暴风雨的气味。艾米丽又再感觉有点发烧，头晕目眩。洛蒂扶着她走上楼梯，钻进她身旁的被窝里。

早晨，他们出发沿滨海公路行驶。太阳高高升起在他们身后，驱散雾霭。小孩子在沟渠边朝他们挥手，男孩穿着灰短裤，女孩穿着蓝色的无袖连衣裙。有的小孩光着脚。几辆自行车从旁经过，溅起泥浆，摇摇晃晃。一位老妪在空中挥舞拐杖，用一种他们听不懂的语言嚷着什么。一列金黄的干草堆横贯田野。

他们三人在一条狭细的小溪边歇脚，合饮一壶热茶，用的是同一个杯子，把最后剩的一点茶倒进了草地里。艾米丽曳步走在河边。她能听见洛蒂的笑声嘹亮地响彻空中。在下游一处弯道旁，紧挨一片伸出来的树荫，艾米丽看见站着一个上了年纪的男子，穿着高筒涉水靴。他有一根钓鱼竿，可他没有做出任何动作，只是伫立在没至大腿的水里，沉思着，仿佛在溪里生了根。她举起手打招呼，可他的目光没有落在她身上。她为这份寂寂无闻感到高兴。此时她能肯定她将单独与布朗说话。

河里的那名男子转动了一下，可他依旧没有抛出鱼竿。他仿佛是在那儿等阳光上钩。她又再举起手，他点头致意，更多是出于义务而非友善，她确信。

当她回到溪畔时，安布罗斯和洛蒂挤在一起，合抽一支烟。

那栋房子坐落在斯旺西的西郊，临水。经过一条长长的乡间小道，边上是漆成白色的栅栏。占地广阔，用红砖砌成，带有阁楼。艾米丽数了数有三个烟囱。轮胎嘎吱嘎吱碾过砾石。他们停下车。渡鸦从屋檐下飞出来。栗树长长的枝干擦到房子的屋顶。

布朗的妻子凯瑟琳走到门阶上迎接她。她一头深色的秀发，表情严肃。一种带有防备性的美貌。她领艾米丽走进镶有护壁板的客厅。房子装潢得很雅致。长长的栗色窗帘括住两扇落地窗，走出去是一片精心修剪过的后花园。风似乎对窗帘颇感兴趣：从拉开的门吹进来，掀动布料，四处嗅闻，在房间里环游一周。书架上摆着照片。有一张是阿尔科克和布朗与英国国王的合影。还有一张和丘吉尔的。航空类的书排列在架子上。大开本、皮面装订的卷册，外观是栗色搭配米色。几个雕花玻璃的奖座和镶框的证书摆在小小的木头座架上。一打老去的黄玫瑰，花瓣上带着红色条纹，奄奄一息地插在桌上的大花瓶里。

艾米丽费劲地坐进窗旁的一张椅子里。一副孤零零的杯碟留在长沙发旁边的地毯上，遭人遗忘。碟子边缘有些寥落的面包屑。她环视四周，房间，窗外碧绿的草坪，银色的大海。英国皇家空军写了许多封信才追寻到布朗的下落。威士忌，颓废不振，衰退，各种传言沸沸扬扬。说他嫉妒林德伯格的名望。说他丧失了勇气。从照片里她赫然发觉他濒于崩垮。

她能听见从楼上传来脚步声，嘎吱嘎吱，似几声抱怨。有一个好像拖动家具的声音。门一扇扇关上。

凯瑟琳把头抻过门框。她的丈夫即刻就下来，她说，他在找一样东西，他深表歉意。她的头发像一湾平滑的流水。

过了半晌，凯瑟琳又再进来，给艾米丽留下茶和饼干，放在一只黑色的漆盘里。茶碟上有花纹，一圈圆环。没有起点，没有终点。十年前大步走过圣约翰斯的原野。草叶上包覆着冰。观看夜晚的试飞。维梅加速的声音。隆隆的轰鸣。巴附着草地。小团的淤泥溅射到空中。

从某处传来一个孩子的声音。艾米丽把她的椅子移近窗口，俯瞰朝大海奔去的山丘，灰沉，如起伏的波浪。

一阵低沉的咳嗽声让她一惊。门开了。布朗站着，背光只见轮廓。一个黑影的形状。一个年幼的男孩立在他前面，穿着挺括的水手装。他的头发梳得整齐利索，短裤也被熨过，长长的袜子上箍着橡皮筋。布朗关上门。昏暗的光线让他变得清晰起来。他本人穿着花呢服，一条领带紧系在脖子上。他把手搭在男孩的肩头，引导他往前走。那个男孩训练有素的地伸出手。

“很高兴见到你。”

“我也一样。你叫什么名字？”

“巴斯特。”

“啊，这个名字真棒。我叫艾米丽。”

“我七岁。”

“我也曾经七岁过，信不信由你。”

年幼的男孩回头瞥了一眼父亲。布朗的手蜷拢，更加用力地捏了一下男孩的肩，然后他拍了他两下，男孩立刻转身，朝落地窗跑去。他一把将门完全推开，海水浓烈的味道直冲屋内。

他们望着男孩跑出去，经过花园，奔向一座网球场，他跳过耷拉着的球网，消失在一排树篱后面。

“真是个可爱的孩子，布朗先生。”

“假如给他机会，他会跑上一整天。叫我泰迪。”

“对不起，你说什么？”

“叫我泰迪就好。”

“很高兴再见到你，泰迪。”她说。

“你的女儿呢？”

“她稍后会到。”

“是个很非同一般的女孩，我记得。”

“她在海边拍点照片。”

“算起来，已经长成大人了吧。”

自从那次飞行以来，这十年里，布朗本人的确苍老了许多。不仅是头发的稀少，或体格的增重。他的身上有一种隐隐的枯竭的气息。眼睛下方细小的眼袋。他的脖子松垂。他仔细刮了脸——脸颊上依旧留有一层刚刮完的粉嫩，可他划破了脖子，一道涓细的血一直流至衣领处。他穿了一套上好的西装，可他的身体似乎与西装的剪裁格格不入。

他的身上有一种一碰即碎的感觉，是的，但肯定不会比她自己更严重，她心想。

他轻轻搀起她的手肘，扶她走到沙发边，请她坐下，拉了一张小藤椅到她近旁。他弓身凑向低矮的玻璃桌，给茶杯斟满茶，指着茶壶，仿佛或许可以在那儿找到一个答案。

“我实在太疏忽了，恐怕。”

“对不起，怎么了？”

他在外套里面摸索着，掏出一封信，皱巴巴，沾有水渍。她当即认了出来。蓝色的信封。詹宁斯家，布朗街九号，科克市。

“我忙得无法脱身。那次飞行结束后。后来由于某些原因，我把信藏过了头。”

她意识到他在楼上翻找的势必就是这个：挪动家具的声音，开抽屉，关门。那并不是说她已忘了这封信的事——她只是简单地认定信安然寄到了布朗街，或可能在中途什么地方佚失了：她和洛蒂从未收到过回信。

“我忘了把信寄出去。我万分抱歉。”

信依旧封着。她低头瞥见自己的笔迹。墨水有一点褪色。她把信拿到嘴唇边，仿佛她可以用某种方式品尝信的味道。接着，她把信塞进了笔记本背后的护封里。

“没关系，其实。”她说。

布朗正看着自己的脚，仿佛紧张地不知道他可以在哪儿着陆。

“这是一篇周年纪念报道。”艾米丽说。

“对不起，你说什么？”

“我要写的东西，是一篇十周年纪念的报道。”

“啊，对。原来如此。”

布朗用拳头捂着嘴咳嗽了起来。

“事实是，我做过的并不多。我不再上天飞了，你知道。我出席午宴。我简直把那变成了一种职业，恐怕。”

布朗拍拍他的衣袋内里：不管他在找的是什么，东西不在那儿。他掏出一条手绢，拿它轻柔地擦拭额头。艾米丽延长她的沉默。

“我是现有的最佳午宴人选。到晚宴时我开始疲乏不支。我可以孤身渡海去赴午宴。不过，我相当讨厌这些新式的飞机。我听说他们计划在机上提供餐点。你能相信吗？”

“我见过照片。”她说。

“驾驶员的座舱是密封的。飞行员说那好像戴着帽子做爱。”

“对不起，你说什么？”

“我想你不会把我那句话写上去吧，欧利希小姐？我这么说实在有点失礼。可当然，好吧，的确，我们就说理想的环境，在里面一个人应该戴着帽子。”

如今这乃是他的表演，她察觉到，他给他的名声添上一抹戏谑的嘲讽。她笑起来，微微撤回凑近他的身体。如今他的人生是对过去的喝彩。她知道，经年累月数百次的采访，他大概已经把维克斯·维梅讲得出离了他自己。然而，从来没有一件事的全貌是得到充分叙述的。她得转离明显的部分，倾侧着进入事情内部。

“节哀顺变。”她说。

“对不起，你说什么？”

“阿尔科克。”

“啊，杰基，是的。”

“不幸的悲剧。”她说。

听到那个消息时，她和洛蒂正在科克伦酒店的餐厅。离那次飞行才过去六个月。阿尔科克在法国上空坠落，在去巴黎参加飞行表演的途中。迷失在云里，无法将飞机从尾旋中拉起来。他一头栽进田野里。人们发现他在机舱里昏了过去。一位农夫把他从残骸里拖出来，可几个小时后阿尔科克死了。他的手臂上戴着一只镶钻的腕表。几天后，他和那只表一同被安葬入土。

“十年了。”布朗说，仿佛朝着窗外，越过草坪对着大海讲话。

艾米丽喝完杯里的茶，在柔软的沙发上调整了一下身体。壁炉台上的钟滴答滴答。阴影移入屋内，慢慢消解。她喜欢光在布朗脚边的舞动。她想把他拉回来，拂去他肩上的各种五彩纸带，回到原始体验的那一刻，凌驾于水面上，用颂歌使那个时刻再现生机。

“你是一位和平主义者。”她说。

“每个人都差不多，我推想。我几乎没做过什么特别的事，多的净是运气。”

“我钦佩那一点。”

“那需要付出的并不多，其实。”

“你拿掉了飞机里的战争因子。”

布朗瞥了她一眼，朝花园望去。他用双手抚过他的木手杖，然后用那轻敲桌沿。他看上去仿佛正在斟酌他可以把话说到什么程度。

“你为什么不再飞了？”

他露出一个似笑非笑的表情。

“我们老了。”他说。

她任由沉默降临，把肥厚的手放进腿间的裙摆里。

“我们做出妥协。”

从屋外传来的遥远的笑声陡然闯入，萦回了片刻，然后淡出。

“我想我大多数时候仍在天上。”

他于是陷入了回忆：那种身在空中的全然的释放。他对她讲述他在战俘营度过的夜晚，返乡，维梅带来的悸动，老式轰炸机的运转方式，其振动传遍他全身，雪刺痛他的脸颊，狭隘的视线，想见到凯瑟琳的渴望，飞机着陆时的情况，被沼泽地里的草绊住，惊讶地发现自己还活着，爱尔兰蜂拥的人群，返乡，站在伦敦航空俱乐部的阳台上，爵士封号，奖赏，他最后一次同阿尔科克握手的那一日。他写了不少东西，他说，他仍公开亮相，可他的人生大半处于静止中，他和凯瑟琳与巴斯特过着幸福的居家生活。他不要求太多，他有过的已经够多了。

她看出他渐渐松弛下来。起先，她以为他忧愁哀伤——早些时候，当他站在门口、儿子挡在他身前时。但此刻她探察到他身上的一股朝气，回归他原本的自己。这令她高兴。他慢慢露出笑容，从眼睛开始，牵动他的嘴唇，直至他的脸被拉得更紧，显得更加亲昵。

茶凉了，可他们把最后的一点倒进各自的杯子里。影子颀长地落在屋内。他心不在焉地又摸了摸外套口袋。

“有一件事，”布朗说，“容我直言。”

他十指交扣，仿佛在进行某种小小的祈祷似的，然后瞥了她一眼。他伸手拿起一块饼干，在自己的茶里浸了浸。他抓着饼干停顿了片刻，直到饼干软塌掉落。他用汤匙捞起泡了水的华夫饼干。半晌没有说话。

“请你见谅。”

“嗯？”

“那不是悲剧。”

“对不起，你说什么？”

“杰基，”他说，“杰基驾着他的飞机，你瞧。那正是他想要的归宿。他绝对不会认为那是悲剧。”

布朗把汤匙从嘴里拉出来，但仍将汤匙头按在下巴上。她要是把洛蒂带来就好了，那样，她可以拍下他的这个姿势。

“在那上面。某些别的东西主宰着你的自由。你懂我的意思吗？”

她听见他吸了一口气。

“可能是一个孩子，”他说，“也许那等同于孩子。也许那是唯一的东西。”

他的目光越过她的肩膀，向外凝视。她转身看见那个年幼的男孩，巴斯特，在花园里。他置身于窗沿勾勒出的画面中，看上去仿佛正在同谁说话。她进一步转身，透过窗户，看见安布罗斯。一顶帽子时髦地斜戴在头上。他正从地上拾起网球球网。他抖了抖，仿佛上面有雨点似的，然后他把网拉紧。网又再次掉到地上。两个人哈哈大笑，男人和男孩，不过他们的声音只是隐约可闻。

洛蒂站在网球场的边沿，相机悬荡在她的身侧。她伸手抓起球网的另一部分，将之扯紧，弯腰从地上捡起一支网球拍。

“你的女儿，”布朗说，“我忘了她的名字。”

“洛蒂。”

“啊，对。”

“稍后，假如你能给她一点时间拍一张照的话，我们将感激不尽。”

“那个小伙子是谁？”

“我们的司机。他在伦敦英国皇家空军任职。他通宵开车到南安普顿接我们，然后把我们载到这里。”

“到时我们得请他一起共用午餐。”

瓷制的茶具在布朗指间发出叮当的碰撞声，他把杯碟放回到桌上。

“他是飞行员吗？”

“他想成为飞行员。他在通讯处工作。怎么了？”

“有时，一个人乘飞机上天时，心里明白不是所有部分都会下来的。”

茶碟落在玻璃桌上，发出很大的响声，他把手伸进口袋，即便隔着那层布，仍能看出他的手指在颤抖。他站起身，迈步穿过房间。

“你不会见怪吧？”布朗说，接着他朝门走去。他踌躇了片刻，依旧背着身。我有点事必须处理一下。

十五分钟后他来到楼下。脖子上的领带又一次系紧了，双颊泛红。他径直朝洛蒂走去，同她握手。

“很高兴见到你，年轻的女士。”

“我也一样，先生。假如您不介意的话？这儿光线很好。”

“啊，是的。”

洛蒂从肩上卸下照相机。她领布朗走向屋外的露台，请他坐在低矮的石墙上，在蔷薇丛前面，远眺大海。他将拐杖横放在围墙顶端，对着相机微微眯起眼，掏出一条手绢，沾了点口水，把鞋尖擦亮。

他身后的天空雨云密布，灰沉中饱含蓝色。一簇白色的蔷薇丛低垂在他的肩膀上。

“好吧，布朗先生。考您一个问题。”

“哦，小测验。”

“您记得科克伦酒店地毯的颜色吗？”

“地毯？”他说。

“楼梯上的。”

布朗用手挡住阳光。有一刻，那令艾米丽回想起十年前她在纽芬兰见过的那个动作。

“红色。”他脱口而出。

“餐厅里的呢？”

“对吗，红色？”

洛蒂换了一个角度，捕捉到他侧脸更多的阴影，沿着墙流畅地移步。

“您驶过的那条路叫什么名字？去莱斯特的飞机场的？”

“我明白了。摄影师的花招。港口路，假如我没记错的话。他们还有那些渔船吗？”

“那儿的人还在谈论着您呢，布朗先生。”

“叫我泰迪。”

“他们提起您时满怀深情。”

艾米丽望着女儿又装上一卷胶卷，取出的那卷被放进她连衣裙的口袋里。经过这些年，她变得驾轻就熟：她可以在几秒钟内换好胶卷。

“我有一张您刮脸的照片。”她说，“您记得飞机场尽头的脸盆吗？”

“我们用本生灯加热脸盆。”

“当时您正俯身向前对着脸盆。”

“以防万一我们要在夜里起飞。”

她一边讲话，一边把一张椅子拖过露台。她没征求布朗的意见，就把他拉到椅子里。他毫无怨言地移动。他身后的云形状起了变化。

“你给我们做了三明治，”他说，“那天早上。”

他露出开怀的笑容。她更换了镜头，蹲下贴近地面，拍广角。

“你的那封信，我真的很抱歉。”

“妈妈告诉我了。”

“我太疏忽大意。”

“那飞越了大西洋，布朗先生。”

“的确，是飞越了。”

她又换了一个角度，微微移动了一下椅子里的他。

“顺便告诉您，那是绿色。”

“对不起，你说什么？”

“地毯，那是绿色的。在科克伦酒店。”

他仰头，哈哈大笑。

“我可以肯定那是红色的。”

少顷，一只网球高高窜入空中，落在布朗身后的蔷薇丛里。

“小心。”他对巴斯特喊道。

布朗走过露台，爬到低矮的围墙上。他用拐杖想把那粒白球从蔷薇丛中拨弄出去，试了几次才成功。一片小叶子粘在球的边缘。

布朗从围墙上下来，弓起背，以惊人的矫捷身手投出那粒球，球划过天际。她拍摄到他掷了一半时的照片，那片叶子飞翔在他身后。

“抓到了。”洛蒂说。

下午一两点时，他们在露台上用午餐：布朗，艾米丽，洛蒂，安布罗斯，凯瑟琳和巴斯特。仔细切除了面包外皮的三明治一列排开。一只深色的水果蛋糕。一壶茶被放在一个绣花的保暖罩里保温。

艾米丽嗅到一股淡淡的威士忌酒味从布朗身上飘来，并不感到意外。所以那是他为什么离开房间，也是他在拍照时感到放松的原因。但何尝不可呢？他有权享受一份新的感官刺激，她心想。

她看见他凑近安布罗斯，抚摸这个年轻人的臂膀。

“在外面过得怎么样？”布朗问道，“在伦敦？”

“好极了，先生。”安布罗斯说。

“那可是件不轻松的任务。为这两位漂亮的女士开车。”

“是的，先生。”

“你是爱尔兰人？”

“北爱尔兰，先生。”

“很好。我喜欢爱尔兰人。”

安布罗斯支吾了一会儿，没有说话。布朗向后靠坐在椅子上，点头，凝视远方。他外套的衣角掀了起来。她偷瞥到一个银色的小酒瓶。凯瑟琳把手放在布朗的前臂上，将他锁定在那儿，让他留在地上，仿佛他有可能在酒精的作用下，起飞。他朝她点点头，仿佛想说，好的，亲爱的，可就这一次，让我飞一次吧。

午后的光线包围了露台。用完午餐后，巴斯特蹦蹦跳跳地朝网球场跑去。回来时他拿着三把球拍和一个白色的网球。

“和我打网球吧，来嘛，来嘛，来嘛。”

洛蒂和安布罗斯对望了一眼，从桌旁站起，牵着男孩的手，一同大步走过草坪。

“啊。”布朗说。

艾米丽坐在庭院的椅子上观看。球网已经修好、拉紧。她的女儿用球拍颠了几下球，然后将球击过网给安布罗斯。阳光下，球上散发出一层轻薄的水雾。

她们告辞时，布朗在睡觉。蜷着身子在草坪的躺椅上，一块毯子盖至脖子处。一条毛虫蠕动着碧绿的身体爬过石墙。布朗的眼皮颤动着。

艾米丽凑过去抚摸他的手，在他的手指边缘窝起手掌。他的身体哆嗦了一下，仿佛可能会醒来似的，可接着他在椅子上侧转，用嘴巴呼着气，一副筋疲力尽的样子。

艾米丽从他的椅子旁走开。她不会在文章里提到酒。她知道，不需要，无意义。相反，她想要的是召唤回那个在天空中、在云层间的他。归还他那份古老的尊荣。在他飞过树梢之际听见一声呐喊。

她把毯子的翻边掖好在他的下巴周围。他轻浅的呼吸吹在她的手指上，几丝他漏刮的须发。她转身，与凯瑟琳握手。

“谢谢你的热情招待。”

“你太客气了。”

“你的丈夫是个了不起的人。”

“他累了，只是如此。”凯瑟琳说。

安布罗斯转动汽车的曲柄，挂上挡位。他徐徐往前开。他们驶过那条栗树的浓荫下蜿蜒曲折的路。“到伦敦将有很长一段车程。”他说。

艾米丽回头瞥望，看见凯瑟琳和巴斯特站在屋子的台阶上。凯瑟琳伸出双臂搂着她的儿子，下巴搁在他的头上。砾石在车轮下嘎吱作响。

树弯垂到路上。细小的枝条互相争挤。一阵轻风使树叶瑟缩发抖。巴斯特突然挣脱离去，凯瑟琳转身，消失进了她的房子里。

当艾米丽在几个小时后醒来时——在车里，在渐浓的夜色中——她不感意外地看见女儿把头靠在安布罗斯的肩上睡着了。她看上去仿佛正在适应某些业已为她量身定制好的东西。洛蒂的头发铺散在他外套的翻领上。

安布罗斯握稳方向盘，尽可能小心地开车，不惊动她。

四个月后，他们结婚了。婚礼在贝尔法斯特举行，在安特里姆路外的一座新教教堂。时值九月，可那一天乘着夏日的尾巴而至。树叶在枝头跳动，绿意盎然。一群欧椋鸟逆风前行。

艾米丽和洛蒂坐着一辆白色的汽车抵达，缎带被微风吹得绷了起来。她们驶入黑色的铁艺大门。艾米丽下车时提着女儿的蕾丝裙边。一时间，她甚至忘了自己的拐杖，只感到有一点关节炎。她迈过地上的影子，走进昏暗的教堂。长椅上坐满了人，近乎快挤爆。深色的西装，精致的帽子。小伙子穿着英国皇家空军的制服。姑娘穿着长长的挡板裙。年迈的女士衣袖里掖着一条备用的手绢。安布罗斯的家族拥有一间纺织厂，专门生产造飞机用的亚麻布。许多员工都来了。一脸严肃的男士，穿着灰西装，鸭嘴帽塞在衣袋里。成束成束的花，肖特兄弟公司送的，维克斯公司送的，有一束扎成惠灵顿滑翔机的样子。艾米丽坐在最前面的长椅上，形单影只，格外醒目，可她不在意：年轻的教区牧师开始主持仪式，他把手臂高举到空中，宛如一个正要引导飞机着陆的人。艾米丽已经很多年没有上过教堂。在仪式展开的过程中，她细心聆听。北部抑扬顿挫的口音令她觉得悦耳。

当这对新人走下教堂的过道之际，人们齐立两旁。安布罗斯似乎对这热闹激动的场面感到难为情。他的双颊在灰色的高顶礼帽下泛起红晕。洛蒂穿着平底鞋，以免在身高上盖过他。外面，白色的纸屑如雨般落下。这对新人在教堂的台阶上接吻。

随后，在酒店，艾米丽被带到屋外的小花园。安布罗斯的父亲搬给她一张椅子。她坐在一方阳光里，手杖横放在腿上。草坪上有好几座冰雕，那个下午在她周围慢慢融化。马儿发出凄厉的叫声，在密苏里的一个清晨被套上马具。她母亲的厚大衣任风吹打，她父亲的睫毛冻在了一起。碎冰片。大草原的风暴。艾米丽觉得不可思议，人生竟可以走得如此之远，却仍会回到童年时的片段。洛蒂在科克伦酒店的走廊；她入读威尔士王子学院的第一天走过佩顿街；洛蒂第一次接触照相机的那一天，一台声音很吵的格莱福莱克斯相机。还有，在温布尔登，就在四个月前，她们并肩坐在中央球场，母女俩观看四分之一决赛，洛蒂转身对她讲了她已猜到的事。爱人敏锐的危机感。洛蒂人生的疆界变了。如今她将留下来，她已坠入爱河。艾米丽心怀喜悦，可顷刻间喜悦转成了嫉妒，继而再转回成倾倒，为生活突如其来的转折而着迷。人生到底是什么？是事件一小层一小层的累积，以奇怪的角度互相堆叠。冰锯长长的刀刃切进一块寒冰里，迸出冰星子。把刀刃磨利，安上底座，插进把手的狭槽里。俯下身切割。余烬蹿入空中，短暂地飞舞。

她内心骤然涌起一股感激。一个早晨，你在密苏里北部冬日寒风的咆哮中醒来，过了些许时候，你在一艘横渡大西洋的游艇的甲板上，接着你只身在罗马，一个星期后在巴塞罗那，或是乘火车穿越法国的乡间，或回到圣约翰斯的酒店，观看一架飞机划破天空，或在圣路易斯的一家帽子店，望着外面的雨落下来，接着，就在转眼间，你坐在爱尔兰的一家酒店里，望着自己的女儿走过草坪，穿行在那些冰雕间，在百名婚宴的宾客中传递着一盘香槟。艾米丽能察觉到她人生的跳跃，几近像一支钢笔的跃动。在纸上留下飞快的墨点，下一笔的巨大意外，充满无限可能。那多少与一次空中旅行有些相像，她心想，天气变化带来的突然冲击，一堵阳光，或一阵冰雹，或是云堆造成的紧急情况。

她突然有股冲动，想写信给泰迪·布朗，告诉他，此刻，在这个亲历的时刻，她完全明白了，他为什么不想再飞。

艾米丽从椅子上起身，迈步走过草坪。她的拐杖戳进松软的土里。她发现自己受到好些贝尔法斯特鳏夫的关照。他们凑上前来。她对他们的挑逗感到吃惊。他们渴望结识一个美国人，他们说。矮小、诚挚的男人，脸刮得很干净，滴酒不沾。她可以轻易想象出他们佩着橘色肩带、戴着圆顶高帽的样子。现在她将怎么打算？他们问。下一步她准备去世界的哪个地方？他们听说她住在纽芬兰的一间酒店，无意冒犯，可那儿适合一个女人住吗？她会不会想要找个地方安顿下来？假如她决定留在北爱尔兰的话，他们很乐意带她四处转转。在波塔费里有一处风景优美的胜地。她应该看看安特里姆的峡谷，波特拉什刮风的海滩。

向晚时分，就餐的铃声响了。她和安布罗斯的双亲坐在同一桌。他的父亲个头矮小，笑声爽朗，他的母亲敦实健壮，浓密的头发像一张网罩在头上。他们说很高兴家里有一个纽芬兰来的姑娘。多年来，他们自己的人中有很多去了西半球：反向过来的不多。当艾米丽告诉他们莉莉·达根的故事时，他们奇特地安静了下来。一个女仆？从都柏林？真的吗？她姓达根，你说？有一刻，她以为他们对故事的详情感兴趣。过往点滴重新涌上她心头，尖锐剧烈——衣服在温热的炉条上发出类似爆裂的哔啵声，冰被拖过湖面时的吱吱嘎嘎，一只手套慢慢泡了血，她的母亲从她父亲的尸体上抬起目光——直到塔特尔先生探过桌子，轻轻拍拍她的前臂，询问莉莉·达根上不上教堂，她才又重新讲起那个故事，直至最后他激动地探过桌子：那么，这位莉莉·达根是新教徒吗？那听上去仿佛是唯一值得问的问题。艾米丽沉吟了片晌，以为自己不会把答案说出来，那不应受到提问，可她身在新的地盘上，这是她女儿的婚礼。她告诉他们，莉莉为结婚改了宗教信仰。她看见一股悄悄的释然爬上他们的脸，桌上又恢复了直来直往的气氛。后来，她看见安布罗斯的父亲在吧台旁唱起《女王的士兵》。她曳步朝酒店走去，准备上床就寝。她在楼梯上被洛蒂和安布罗斯喊住。令人难以置信：安布罗斯·塔特尔先生和洛蒂·塔特尔太太。想起她和洛蒂曾经一同生活，几乎形影不离，那是多么不可思议。这么说来，现在是放手的时刻了。那比她料想的容易很多。她亲了女儿一下，在楼梯上转身，吃力地往上走。夜幕拉下。她酣然睡去，花白的头发泼散在床单上。

翌日，她被接往南边的斯特兰福德湖。一列小小的车队，出城，驶入乡间。多年来，塔特尔家族一直拥有沿湖的好几座岛屿，夹杂在沼泽地和他们称之为“浪蚀残鼓丘”的极小的岛屿中间。被风吹弯的树，蜿蜒的乡间公路。安布罗斯和洛蒂分到五英亩地作为结婚礼物，带一间小屋，他们可以当作夏天的度假屋。一件美丽的倾圮之物，茅草覆盖的屋顶，蓝色的半扇门。一块植被蔓生的草坪向下通往那座湖。一间存放钓鱼工具的棚屋垂头丧气地坐落在水边。一群喜鹊栖息在湖畔晃动的树梢间。

他们坐在长长的草地上野餐。冷冽的风吹来。她能感觉到，风在她体内翻江倒海。

现在她可以走了，艾米丽想。回纽芬兰，一个人。她将独自面对岁月。她将写作，找到一个小题材，一种优雅的调侃。

湖水受潮汐影响，似乎在永远往东延伸，不停地起伏，像一个有呼吸的生命。一对雁子在天上飞过，伸着颀长的脖子。它们倏然飞升越过小屋，离去。它们看上去仿佛在抽取天空的颜色。云团的移动勾勒出风的轨迹。波涛涌来，拍打湖岸。疲软的海藻随着浪潮而起伏。怪不得她以为自己已正在重新迈回大海。

一九七八年

天黑了

从各方面讲，他是个颇为出色的抽球手，力量十足。他能从后场抽出一个正手球。若他想要的话，他可以在两三跳里守住整条底线。可他更爱大步慢跑。高昂的头，满头金黄的鬈发，气派悠然从容。他的衬衫垂挂在身上，短裤垂挂在身上，还有他低眉垂目的面容。连他的袜子也呈现一种耷拉之态。怀念他们的史莱辛格球拍。天哪，若能有一根温和的电牛棍，击醒她的外孙片刻，望着他在球场另一边活过来，有什么代价她不愿意付呢。当他回球时，他的动作相当精准。能给球施加几分冲劲，在他想要的时候。反手也不差。洛蒂见过他削出巧妙的回旋球。对这项运动具有生来的天赋，可他做白日梦的天赋更优。她曾一度试图激发他对网球技术的兴趣，那与角度、矢量、轨线、比率、任何她能想到的算术知识的关联，可他却不肯上钩。十九岁，一个年轻出色的数学家，但他永远不会冲进温布尔登的外围。

她本人绝非比莉・琼・金，不过她仍能站着，在近网处来回击球。特别是暮夏的傍晚，日光在北方的天边依旧拉得很长。晚上九点。离日落还有半个小时。

在不经意接起他的一次回球时，她能感觉到咯咯声传遍她的骨头。从手指一路往上，顺着她的手腕，经臂肘，直至肩膀。她不喜欢这类新型的金属球拍。旧时的球拍有鱼尾形、扇尾形、平头形，木制的球拍夹，完美无瑕的手艺。如今全都是圆滑的线条和金属头。总有一天她将用回她老式、可靠的班克罗夫特木拍。她向后探身，从桶里又捞起一个球，沿中线徐徐将球发给托马斯，稍稍偏向他的左侧。他看着球轻快地弹过网。她应该叫他唤醒他的躯壳，可他能陪年迈的、穿着及膝白短裙的外祖母出门上这儿打打球，那已足够。单是见到他就令人赏心悦目。他英俊高挑，既有汉娜甜美的面孔，又有早已不在的父亲的荷兰人凝注的眼神。他的身上还有一丝安布罗斯的影子。那头鬈发，略显圆胖的脸颊，绿沉的眼眸。他的魅力因他自己的浑然不知而益发迷人：假如她告诉他，他是个万人迷，他会张口结舌。他宁可写一套总结欲望的定理。周围的窈窕淑女，无一不为他神魂颠倒，但更有可能找到他的地方是在大学图书馆。他一边翻书，一边嚅动嘴唇念着掠过脑中的数字。他想把万事万物都纳入精算中，一个活在预测和概率中的家伙，可今晚，她只想知道他再击出一个正手球的机会有多少。

“坚持住！”她喊道，“还只剩六个球。带动起你的左脚。放松胯部。”

“好的，姥姥。”

“把这当作高深的火箭学。”

洛蒂又俯身去取球。她的背部感到轻微的阵痛，遗传基因的低语。一滴汗水凝聚在她的嘴唇上方。她直起身。她惊讶地看见托马斯在球场后方弯下腰拉起袜子，身高六尺二的他，开始踮着脚一蹦一蹦，比约恩·博格步法。她忍不住轻轻笑了起来。她用手指转动那颗白球，将之抛出，柔缓地把球朝他击去，砰一声下网，确保球反弹得够高，让他可以把拍子伸到球下，他确实这么做了，带着蓬勃的活力。她预计他根本接不住，或挥出空拍，或把球打飞到围栏外，可他准而狠地击中了球，不仅如此，他还转过手腕压住球，用肩膀做出随球的动作，左脚迈上前，带动起长长的每一寸身体，球嗖的贴着网从她眼前飞过，完美的高度，恰当的速度，她转身看球落地，虽然他们俩都知道球弹在线外几英寸处，可她格外大声地喊道：“界内！”

开车回贝尔法斯特的途中，他们在米尔敦路的一个检查站被拦住。六个年轻的士兵，面容清秀干净，穿着迷彩服。每次她的脖子后面都会因恐惧而感到发麻。托马斯摇下他司机那一侧的车窗。他们说要检查执照。正常情况下这不是士兵的工作，可洛蒂没有讲话。那些年轻的士兵年纪并不比托马斯大，有一点邋遢，衣领没有扣，露着脖子。从前，他们的装束笔挺整洁：闪亮的黄铜徽章，用陶土刷白的腰带。

他们其中一人把头探进车窗，瞅了她一眼。他身上有一股烟味。她穿着宽大雪白的半身裙，敞着毛线开衫，几乎一点不好看，她知道，可她还是朝那人投去灿烂的微笑，说：“有人打网球吗？”

那名士兵不太喜欢轻率的搭讪——无爱，无怒。他从车头走到车尾，慢慢绕了一圈，检查后面贴的字母**R**，然后把手放在引擎罩上摸摸温度，看他们已经开了多少路。从何时起外祖母和外孙的组合成了可能的怀疑对象？他们的火箭弹发射器会藏在哪儿？他们有多大可能沿着多秋路或山杀路，寻找一处复仇行动的地点？

双方没有一点语言的交流，那名士兵甩了一下头。托马斯把车挂上挡，谨慎地不做出太快的起步，朝在离开马隆路不远的那座房子驶去。

长年累月，房子已有一点破败，但仍残留着维多利亚式的美。红砖，凸窗，三层楼。窗帘上繁复的蕾丝花边。

他们走过狭窄的甬道，两边是多花月季，网球袋挎在她的肩上。他们在开裂的台阶上停步，他俯身亲了一下她的脸颊。

“晚安，姥姥。”他说，他的嘴唇擦过她的耳朵。在过去这几个月里，他一直住在底下位于地下室的套间。离学校够近，离他的继父够远。她望着他往下走，步伐里略带雀跃，他金黄的鬈发在幽影中变深。

“别那么快啊，嗨。”

她染上了很多北爱尔兰的口音，但那仍是以她在纽芬兰度过的岁月为基石，所以有时会卡住，婉转的音调混在一起，她再也分不清哪个是哪个。托马斯一步步走回台阶，意识到接下来要发生什么。他们周三的惯例。她把那张二十英镑的钞票塞进他手里，嘱咐他别把钱全花在一家书店了。

“谢谢，姥姥。”

始终是那个文静的男孩。模型飞机、历险图书、漫画。小时候，他总是干净整洁地穿着校服：衬衫，便裤，锃亮的鞋子。即便现在上了大学，他的邋遢中仍带有一丝生硬的棱角。她希望有朝一日托马斯回家时会穿着一件那种撕破的T恤，胡乱别满安全别针，或是耳朵上穿了一个螺环，显示某种适当的叛逆，可她清楚得很，他估计会精打细算，把那笔钱攒起来买望远镜或星空图，或是某些别的有实际用途的东西。他说不定甚至会把钱存起来未雨绸缪，在这座湿漉漉的城市里那实在不是一个好主意。

“别忘了打电话给你妈妈和爸爸。”

“继父。”

“告诉他们我们周末会出城。”

“哎哟，姥姥，饶了我吧。”

他很喜欢城外斯特兰福德湖旁的那间小屋，可不喜欢他继父热衷的周末的打猎，可怜的孩子。汉娜的丈夫是个富裕的农场主，他安排那项活动已经很多年，九月的第一个周末，猎鸭季。比他们塔特尔家的人更像塔特尔人。

托马斯突然把目光投向天空，笑吟吟的，安步走下通往花园底楼套间的台阶。她确信，这下他高兴自己可以走了。

“噢。还有，托马斯？”

“嗯，姥姥，什么事？”

“求求你，给自己找个女朋友吧。”

“谁说我还没有呢？”

他咧嘴一笑，消失不见。她听见地下室门关上的声音，然后她登上台阶，独自朝屋子走去。一排参差不齐的狗牙蔷薇顺着台阶蔓生至屋子，市花，一种攀援植物。黄色，中间有一点红。每朵花都以其自身微小的力量而怒放。

洛蒂停在镶有彩绘玻璃的门口，把钥匙插进松动的门闩。投信口周围的油漆正渐剥落，门的底座已开始出现裂缝。真叫人难以捉摸，可从她第一次踏过这些和过去一模一样的门至今，已快五十年。那时候全是精美的银具，高高的书柜，架子上排列着雅致的贝尔里克瓷器。现在是被烟熏黑的灯泡，水渍，脱落的墙纸。她大声呼唤安布罗斯，可无人应答。起居室的门开着一道小缝。他在办公桌旁，滚圆、白皙的脑袋闪闪发亮，专心致志地对着支票簿，一沓沓文件散落在他四周，耳朵聋得不行。她不去打扰他，迈步走在吱吱作响的地板上，从两侧她近期的水彩画、她旧时的几幅摄影作品的夹峙中穿过，进入厨房。她在那儿放下钥匙，打开水龙头，给茶壶灌满水，点燃炉子，等待水烧开时的啸叫。一点巧克力饼干，何乐而不为？取出四块放在盘子里，糖，牛奶罐，那副对匙偎依在一起。

她用手肘轻轻推开门，无声地走过磨损的地毯。挨着壁炉台的架子上一排网球奖杯，全是混双比赛的。她从未参加过单打，总是喜欢和一位男士结伴，虽然她高大有力，以时而负责后场著称，能够抽出直线行进的反手球。她总是喜爱赛后在俱乐部会所举行的餐会。举起香槟干杯，震颤的笑声，汽车蜿蜒驶下公路，车前灯犹如一行列队的萤火虫。

当她悄悄把托盘推到安布罗斯的桌沿时，他吓了一跳，害得一支钢笔朝他腿上滚去。一声不悦的咕哝，可他抓住了滑落一半的笔。她亲吻他凉凉的太阳穴，旁边的皮肤上有一块逐渐扩大的黑斑。总有一天她要带他去看皮肤科医生。他的头皮上斑点杂陈，好像一小块一小块孤立的陆地。

他的办公桌是一条无止境延伸的债务链。银行结单，取消的支票，债权人的信函。

她把下巴搁在他的头顶，按揉他肉鼓鼓的肩膀，直至他放松了一点，任自己的头后仰靠在她身上。她能感觉他的手环绕过她的臀部，很开心发现他仍有这份寻找刺激的本事。

“唔，在斯特兰米尔斯打得怎么样？”

“他已准备好进军中央球场。随时哪天都可以。”

“一个厉害的小家伙。”

“我们在回来的路上闯了一个检查站。一场高速追车大战。”

“真的吗？”

“我们在疯狂特价超市甩了他们，开过卖水果的那列通道。”

“他们总会逮到你们的，”他说，“你们逃不了。”

他拍拍她的屁股，仿佛为了证明他的话是对的，然后重新把心思转到支票簿上。洛蒂斟茶，爱尔兰人最杰出的艺术。经过这么多年，她学会了沏出茶叶最佳的味道，泡，焖，斟。连她住在英国时，也从来没有这么繁琐的冲茶工序。她拉了一张椅子到他旁边，目光探过他的肩膀窥视。亚麻布生意很久以前就破产了。如今只剩下空荡的走廊，打破的提桶，几台古老织布机的幽灵。他们继承了一切。豪门的苦恼。守卫逝者雄心的看门人。

尽管如此，但公共储金里仍勉强有足够过日子的钱。他在英国皇家空军的退休金。城外斯特兰福德湖旁的那间小屋。投资，存款。她希望安布罗斯不要那么忧心忡忡就好了，但愿她能哄他笑得更久一点，但愿他能从办公桌上起身，抛下那些事，哪怕只是短暂的片刻，可他是个把担忧藏在心里的人。一九二九年的崩盘，他们才刚脱下结婚礼服。大萧条。他离开英国皇家空军回到贝尔法斯特。用于制作降落伞吊带和飞机机翼的亚麻布。军用滑翔机，轻型侦察机。这些很快就销声匿迹了。生意一落千丈。之后是用亚麻布支援战争。生产蕾丝手绢，一次不理智的冒险。战后她的摄影事业无法维续，消解在岁月的化学溶剂里，孩子，生意，婚姻。洛蒂甚至在工厂当过文员，在五十年代和六十年代初，不停穿梭于织布机和下午工厂号角寂寞的音调当中，哀伤得无法言表。

她饮完最后一口茶，伸出手臂环过他的椅背。走廊传来钟声。

“我们的托马斯说不定有女朋友了。”

“真的吗？”

“可能有，可能没有。”

“那是暗示吗？”

她哈哈大笑，拉着他的手臂，他起身。他的毛线开衫，他解开的衬衣，他松垮的长裤。每个口袋里他都揣着铅笔和便条纸，昨日和明日的碎屑。他胸口那一小簇花白的汗毛。然而，他的身上仍有几分顽皮。一种洋溢青春的能力。他盖上钢笔笔帽，合拢账本，他们出了起居室，转入昏暗的走廊，朝楼梯行去。

两次坐船，一次飞机。他们一同旅行。第一次是去探望她的母亲，重返科克伦酒店。一阵酷烈的风从大西洋上吹来。他们站在甲板上，裹着毛毯。洛蒂倚着栏杆，安布罗斯站在她身后。他从不介意她比自己高出整整一个头。有几次，她担心他在一味忍着某些隐秘的悲伤，埋头靠在她的肩膀上，他们被拴锁在一种相互依存的关系里，有一天这种关系将在忧患中粉碎。他们在波士顿上岸，然后乘火车走东海岸线。当时她的母亲已基本失去行动能力：她终日坐在房里的一张椅子上，但仍继续写作——大部分是剧本。短小、犀利、精彩，由吉尔伯特街上的一班人来演出，一个移民组成的剧团。马其顿人，爱尔兰人，土耳其人。她母亲坐在后排，戴着毛线帽，白皙的双手交叠在一起，放在深色的裙子上。戏剧对艾米丽来说是一种新的形式。她乐在其中，喜爱得不得了，虽然剧院的大部分座位是空的。一日下午，他们一同驱车前往莱斯特的飞机场，蹚过整片植被蔓生的草地，跑道如今成了羊群的栖居之所。

第二次是一九三四年，她母亲过世后的两个月，去清理她的遗物。洛蒂舍不得丢弃艾米丽的那几箱文档。她将它们装进汽车后备箱，一路开到密苏里北部。那儿再也没有采冰场。她和安布罗斯宿在一家路边的小汽车旅馆。她把那些箱子留在当地一家图书馆的台阶上。多年来她好奇那些文档的下落如何，极有可能被烧了，或被吹走了。返回贝尔法斯特时，她带上了自己的那些底片，看着阿尔科克从一池化学药剂中爬出来。她喜欢遥想他从黑暗中升起的画面。

他们最后一次旅行是一九五九年，结婚三十周年纪念，他们搭飞机从伦敦到巴黎，从巴黎到多伦多，再从多伦多到纽约，安布罗斯在那儿和白街上的亚麻布经销商有生意往来。他们拿出许多积蓄买了头等舱票。他们把餐巾塞在颈下，望着窗外片片移动的云。洛蒂惊奇地想到她竟可以在两万英尺的高空喝一杯杜松子酒补剂。她点燃一支烟，紧紧依偎着安布罗斯，头靠在他的肩上睡着了。那次旅途中她没有拍照，她想看看单凭记忆能够拼组出多少。

天空拉起贝尔法斯特的幕边。她在窗口倚望，目光越过那些屋顶，没有尽头的石板瓦和烟囱林。这是一座阴郁的城市，可那里面有某些东西使她在清晨精神奕奕。

她扎好晨袍的腰带，下楼梯去厨房。寒意透过铺了漆布的地面冒上来。她在炉子的底座上找到她的拖鞋。可天呢，鞋子还是冷的。夏日的余温就剩这么多了。她拉开炉子前面的罩板，让热量散发出来，在对着后花园的木流理台旁坐下，快速地来回搓脚，让脚暖和起来。玫瑰开得正盛，草地上有少许露水。从前有一则传说，如果每天把晨露抹在脸上，将可以永葆青春。

她从面包箱里拿出两片切好的面包，砰然丢进他们新买的银色的烤吐司机里，给烧水壶灌满水，准备冲点速溶咖啡。掺入牛奶，然后搅拌在一起，调出一杯有细腻泡沫的混合物。她唯恐让收音机苏醒过来。总是忍不住想获悉这个世界本身在夜里起了怎样的风云：发生了什么遍布市镇的骚乱，什么选举受到了操纵，哪个倒霉的酒保不得不拿笤帚清扫尸体。鲜有一个星期不出这样或那样的惨案，从纳粹德国空袭伦敦那时起就一直如此。她老早注意到一件事，关于贝尔法斯特的妇女——早在战争期间，她们就全都在衣裙的袖子里携带一条蕾丝手帕。一种奇特的时尚宣言，假如真有的话。瞥一眼那个手腕，一粒不起眼的储满悲伤的时空胶囊。她自己也开始携带一条手帕，可随着岁月的流逝，现在这股风潮已退去。袖子少了，伤痛多了。在那些日子里，天空是一盏点着暴力的枝状大烛台。她和安布罗斯避居到斯特兰福德，他们在那儿望着飞机把夜空变成一片巨大的橘色海洋。

面包机砰然跳起的声音吓了她一跳：为什么蹦得那么急？吐司弹了出来，好像撑杆跳的运动员或越狱的犯人，其中一片甚至落到台面上。她在冰箱里翻找了一圈，给两片吐司涂上黄油，伸手去拿果酱，抹了厚厚一层。她用汤匙搅动咖啡，将那端到流理台上。

这是她最爱的时刻。端坐在木头高脚凳上，向外眺望。寂静的小窗。天空明亮起来，玫瑰开了，草地上的露水蒸发散去。屋子依旧冷得叫人感觉这一天还有奔头。近几年她开始画起水彩画：一项怡情悦性的爱好。她早晨起床，画上几笔，转眼就到了晚上。辽阔的海景，那座湖，巨人堤道，卡里克索桥。她甚至带着相机出门去拉斯林岛，回来后对着照片作画。好几次，画着画着她仿佛回到遥远的圣约翰斯，那座小镇为大海所做的注脚，水街，鸭子窝酒店，港口大道，凸耸在悬崖上的形形色色的小房子，仿佛在以背水一战的努力，铭记自己的身世。

他的手杖轻敲地板。水管的当啷声。她小心不发出太多动静。不想让他难堪，不过这样的天气，他的行动肯定会迟缓。她惧怕的是地板上咚的一声，或是跌倒撞在扶手上，或者，更糟的是滚下楼梯。她在安布罗斯还没走出浴室前爬上楼梯。当浴室里没有声响时，她心头因担忧而急速一揪，可他出来了，脸上带着些微迷茫的神情。他的下巴边上残留了一点剃须膏的泡沫，他的衬衫扣错了扣子。

她躲进卧室。多虑之人自找的麻烦。脱下晨袍，穿上便裤和毛线开衫。朝镜子里瞅了一眼。头发灰白，胸部下垂。现今脖子上的肉也有一点松弛。

她把头微微抻过卧室的门偷看，确定安布罗斯已安全地下了楼梯。他光秃的脑袋一颠一颠地行远，绕过最底下的扶手，朝厨房走去。大歌剧院，皇家跑马场剧院，柯曾街，阿尔伯特纪念钟，那些古老的岁月。他们两人出门去跳舞。当时是如此年轻。他花呢服的味道，他过去钟爱的土耳其烟草。贝尔法斯特的慈善舞会，她的长礼服窸窣地拖在台阶上，安布罗斯在她旁边，系着蝴蝶结领结，抹了润发油，微醺。管弦乐队奏出的音乐在他们俩体内流动。美好的日子，星空是天花板，天花板亦是星空。不时有人为她唱起有关加拿大的歌曲。爱尔兰人特别嗜好唱歌，几乎对任何地方，都能发掘出一首相关的歌曲。他们中有的人甚至背得出那首讲述纽芬兰第一兵团的歌谣的歌词，在波蒙—阿麦，阵亡于突出部之役。

从其他战争中退役的老兵——上尉和中尉，飞行员和领航员，桨手和超越障碍比赛的骑手，全是优雅的男士。有时，他们齐聚在莫恩山下，策马飞奔去猎狐。夏日的草坪，折叠椅，网球对抗赛。他们过去称她为美国人，令她很是懊恼。她甚至努力想改掉她的口音，一直无法完全做到。她开始在她的裙子下摆绣上纽芬兰的红米字旗。对抗赛延续至日落。晚上的宴会设在贝尔法斯特的大宅。梳妆台前几小时的准备。凑近椭圆形的小镜子，重新固定好一绺头发。搽上化妆品，脸颊上的胭脂不可太多，薄薄的睫毛膏，但口红要鲜艳。我看起来怎么样，亲爱的?老实讲，我的宝贝，你看起来要迟到了。这是他通常的回答，但在说的时候，一边眨眼，一边用手臂紧紧环住她的腰。事后，她赤裸着站在镜子前，解开一条条发辫，与此同时，他白色的衣领朝床上倒去，夜色让他们觉得温柔，永远温柔。

她走下楼梯，步履轻捷。他正坐在窗边，面前摆了茶和吐司。她探过身，校正他的衬衫纽扣，设法在他不注意的情况下擦掉那一小块剃须膏泡沫。他翻开昨天的报纸，摊在桌上，叹了一口气。市中心的一次炸弹恐吓。十七人在一次搜寻中遭围捕。一个男孩在彼得山地区被人用枪击穿膝盖骨。在一辆婴儿车底部发现藏有一个引爆装置。

“爱尔兰这些伟大而忠诚的英雄又开始活动了。”安布罗斯说。

在前往那座湖的途中，车子自身似乎从容不迫。一座古老的教堂，一群屋檐下的黑鸟，石柱上的拍卖条，鼓鼓囊囊堆满饲料的棚屋，门口的牛奶壶，沼泽地。

他们从那片遗址旁驶过，翻过通往那座岛屿的小桥，然后绕过红色的大门，还是早晨，时间还早。

小屋坐落于湖边，掩映在树丛中。茅草盖的屋顶早已换成了石板瓦，但余下部分仍在向过去致意。粉刷成白色的墙壁，蓝色的半扇门，挂在窗外的旧铜花钵，褪色的帆布躺椅，摆在后面屋外栅栏柱上的一只餐铃。她曾在这屋外待了多少天，敲钉子，装门，刷墙，用油灰填塞窗框的孔缝？一套压根儿从未用过的完整崭新的供暖系统。泵和排布的管道，成卷的隔热材料，电线和水井。开始是一间两居室的小屋，后来沿湖慢慢拓展。大部分活儿是她和安布罗斯在战后几年里一起完成的。平静安宁的日子。风雨侵蚀了他们的脸。爬上梯子去整修石板瓦，清理排水管。他们夏日的度假屋不知不觉走过盛夏进入寒冬。所有那些夜晚，震惊于那份简朴，挨着他躺在屋后的卧室里。面朝东眺望湖水，凝视阳光流逝。

托马斯猛地将车拐进车道。速度稍快了一点。安布罗斯在后座动了一下，但没有醒。轮胎滑行在松软的土里。另外几辆车已经停在谷仓旁长长的草地上。她的女婿劳伦斯邀请了太多的客人。就那样吧。这是他的周末。他的惯例。

“让你姥爷再睡一会儿。”

洛蒂朝车里的座位俯下身，掖好安布罗斯脖子上的毛毯。他发出轻微的鼾声。地上的土已变成烂泥，水洼和轮胎的印迹。她忘了穿她的惠灵顿长靴，她踩着泥泞的路朝车子后面走去。

“来帮我一把，托马斯，好孩子。”

他没精打采地靠在车子边，伸开双臂，他的头发垂下来，遮住了眼睛。

“给你自己买几把雨刷器吧。”

他乜斜着眼看她，困惑不解，直到她挥手撩开他额头上的鬈发时才明白。他笑起来，洛蒂让他抱着满怀的袋子、书、毛毯，吩咐他往屋子走去。她望着他信步穿过小屋边上长长的草地，茎杆蹭湿了他的牛仔裤。他穿的依旧是宽大的喇叭裤，衬衫在身后挂了出来，从不是一个讲究时髦的男孩。他艰难地抱着满怀的东西，差点滑倒，但在正门旁的砾石地上找到立足点，站稳了脚。

他徐徐移向那半扇门——上部是空的，下面关着——朝小屋内探身。身体一半在里面，一半在外面。他抱的那堆东西搁在门缘上。即便隔着距离，洛蒂仍能听见里面传出她女儿兴奋的招呼声，快乐溢出门外。一条围裙。几绺头发垂在汉娜碧蓝的眼睛前。她们拥抱时一股烟草的味道。

“爸爸呢？”

“在打盹儿。让他再睡两分钟。”

“你摇下车窗了吗？”

“当然。他们还在打猎吗？”

“他们今早五点把诱捕用的假鸭子放出去了。”

“他们什么？”

“他们在夜里就开始了。”

然后，仿佛是一种启示，洛蒂听见了那个周末她听到的第一声枪响。紧接着是第二声。她转头看见一群鸟倏地飞过小屋。

以前，盛年时的安布罗斯也是一个神枪手。从事亚麻布生意的人里，有几个会在秋日的周末相聚。头灯在晨雾中射出一束束苍白的光，倾泻到路上。长靴，打鸭子戴的狩猎帽，花呢套装，绿色的防水衣。勃朗宁自动手枪藏在步枪袋里，挂在肩上。他们出门走过岛上的路，狗小跑着跟在他们身后，拉布拉多，黄的和黑的。她能听见他们离去时鞋跟皮层在砾石上发出的声音。他们在向晚时分归来，衣服上散发出淡淡的火药味。红头潜鸭，风头鸭，鹊鸭。他们照例在沸水中滴入白兰地酒，他们说，那样可以轻易取出肉里的子弹。她从未能够在品尝鸭肉时不联想到飞行。

亚瑟·布朗。愿他安息。她依旧留着那封她年轻时未拆开的信。他死了，距今已过去三十年。他自己的儿子巴斯特在战时的一次任务中从云中坠机。本世纪第二场野蛮的厮杀，失败的和平试验。她回想起在斯旺西家中的布朗，站在低矮的墙上，身体向后弯折，那粒球飞到一半，他的脸上闪过一道喜悦的弧线。

零落的枪声不时打断早餐。她坐在厨房里，和汉娜一同在桌旁，她们面前铺着红白格的桌布。托马斯踞在火炉旁看书，而安布罗斯则在小睡间歇去湖边溜达一圈。

她很开心可以有一点时间和女儿单独相处：如今这样的机会越来越少。必不可缺的茶壶、黄油、司康饼。百合斜倚在桌上的花瓶里。吞云吐雾，刺鼻的烟草味：洛蒂任其飘拂过她的脸。

窗台上积着一捆拆开的信和一本支票簿。命运给了她女儿两样东西——一个机敏的头脑，和一项天赋，或者说诅咒，即广散钱财。多年来一直如此：小时候在马隆路，她会在回家时不见了鞋子。即便到现在，仍动不动随手把支票放进信封。红十字会。牛津饥荒救济委员会。沙夫茨伯里儿童之家。

“国际特赦组织到底是什么？”

“就是另外一帮加拿大人，妈妈。”

“邮递员不讨厌你吗？”

“我在他们的监视名单上。”

洛蒂把那捆信举在空中，快速翻动，仿佛那是一本动画：一张张英镑消失在山的另一边。

“我所知的一切都是从你身上学来的，妈咪。”

此言不虚。在她风光的时候，她几乎也不是一个勤俭持家的人。不过，终归是母亲，逃不出的角色。她用橡皮筋绑住支票簿，试图将那藏在花盆后面。

她们在兜转中消磨时光，顺畅地绕过彼此，交换调羹，互递钵碗，借用对方肩上的擦碟布。农场的状况，村子的动向，汉娜经营的纯种狗生意。

汉娜的双手已略显苍老。现年三十八岁，她自己有一半的人生也是母亲。她的皮肤出现龟裂，手腕根部血管交缠。一件如此叫人好奇的事，望着自己的女儿老去。那奇特的遗传。

“托马斯在那儿还乖吧，是吗，嗯？”

“每周三打网球。”

“对他有益。”

她女儿的话音里有一种思忖的口吻：“他那新装的音响没把你们逼疯吧，有吗？”

“当然没有，我们两个反正是聋子。”

汉娜转身，从炉子里拿出面包。因为没戴手套，她的指尖被烫了一下。她走到厨房的水池旁，用冷水冲洗灼伤处。

“我在想，妈咪。你知道。兴许你可以和他谈一谈？兴许他愿意出门，就这一次？劳伦斯整个礼拜都在念叨他。”

“你是他的母亲。”

“哎呀。可他听你的话。”

“他也许可以划船出去摆假鸭子。”

“行啊，的确可以。”

隔着窗户，循着岸边，她窥见安布罗斯顶着他褐色的帽子在散步。他一直很喜欢这片湖。一泓宽阔、阴晦的湖水，在他身旁延伸出去。她知道他马上就会进来，搓着手，期许火的暖意，一小杯白兰地，一张报纸，九月初寻常的惬意。

打猎的人在午饭时分回来了，步履粗重地走过甬道，散弹猎枪摆荡着。她不认识他们中的许多人。都是劳伦斯的朋友：一位律师，一位市议员，一位造船的手艺人。

“托马斯在哪儿呢？”劳伦斯问。

“总之不在他的房间。”

劳伦斯穿着衬衫，扣子扣得很高。衣服底下的他骨架很大。他提着两只鹊鸭，抓着它们的脖子。他把鸭子丢到桌上，转身离去，往烟斗里装满烟草，用手掌根将之夯实。

“他明天会去吗？”

“咳，随他去吧。”汉娜说。

“对他大有好处呢。”

“劳伦斯。求求你了。”

他一耸肩，脱下毛线开衫，挂在炉火边缘，嘟嘟囔囔。他的块头挺大，声音小。当走进客厅、加入他朋友的行列后，他遂快活了起来。

到了下午的晚些时分，洛蒂和汉娜把手伸进一只煮熟的鸭子温热的体内。汉娜用手指灵巧地顺着鸭身底部一拉，肉在她指间分离出来。她把鸭肉铺在一个大盘子上，摆上几片苹果和一粒浆果做点缀。讲究色彩的搭配。

男人们坐在桌旁，啖食，除了托马斯以外。夹克搭在他们的椅背上，帽子搁在窗台上。他们中爆发出洪亮的笑声。一天下来的安逸，慢慢开着玩笑。一种不知不觉的流逝。

她很高兴看见托马斯从他的房间出来，天黑了，客人已经离去。他穿着一件旧的渔夫毛衣，大了许多号，以前是安布罗斯的。他四处晃悠，依然带着睡眼惺忪的样子，朝房间另一端的劳伦斯点点头。他们之间的鸿沟，继父与儿子，永远隔着一层云。

晚上，吃过晚饭后，他划船出去，核对他的星象图。穿着高筒涉水靴，望远镜挂在脖子上。他们能看见他在湖上作业，极小的一点手电筒红光沿着湖岸漂移。月亮很低，一习微风掀起满湖涟漪。

当他的船桨拍击到水面时，那点光跳跃、陡转、变换，然后再次平稳下来。

星期六一大早，她叫醒安布罗斯去打猎。那天晚上外面漆黑一团。她的颧骨冻得发麻。她已将他的衣服准备好。保暖的汗衫和长衬裤，一件厚实的花呢外套，两双袜子，折好放在小木椅上。他的牙刷摆在外面，但不见剃须刀。这是一年里安布罗斯早起不刮胡子的一天。

车前灯的光扫过天花板。其他客人正从甬道上走来。三个，四个，今天早上有五个人。他们的轮胎咯吱咯吱碾过泥浆。劳伦斯的声音已混杂在他们中间。一阵窃窃私语和命狗安静的嘘声。从外面飘进香烟的烟雾。

厨房里，她和汉娜备好早餐：只有吐司和茶，没有时间煎东西。那些男人眼圈发黑，板着面孔，一脸倦意。他们瞥了一眼窗外大清早黑蒙蒙的天色，给手电筒装上电池，检查弹药筒，系紧鞋带。

他的剪影冷不防出现在过道里。起初她确信托马斯一定是彻夜未眠，以前有过先例。他时常带着他的星象图出门，在湖上待上一整晚。

他耷拉着脑袋穿过厨房，朝桌旁的那些男人点点头，在安布罗斯旁边的座位上坐下，惯常的招呼应答。他们共进早餐，然后托马斯跟随劳伦斯起身——他们之间没有讲一句话。他们一同走向食品储藏室，那儿放着上了闩的银色保险箱。

洛蒂望着光秃秃的灯泡射出一束球形光，照在他们身上。劳伦斯旋动保险箱上的暗码盘，伸手进去，转向托马斯。她望见自己的外孙手里拿着那把陌生的重物。你一言他一语的话飘进她的耳朵：十二口径，五发子弹，每发三十六克弹药。

“这么说你要出去？”汉娜问。

汉娜的语气里有一种教人惊讶的平静，可她的身体出卖了她：肩膀抽紧，脖子上肌肉绷起的条痕毕现，眼神中有一股不祥的预兆。她瞟了劳伦斯一眼。他耸耸肩，拍拍胸口衣袋里的烟斗，仿佛那是会监测一切的东西。

“我想我应该试一把。”托马斯说。

“最好把你的羊毛衫穿上。”

这时厨房里忙开了。大家议论着天将破晓。客人走到外面。托马斯弯下腰系紧他的登山靴。汉娜抓着劳伦斯的衣领，在他耳边紧迫地低语了几句。洛蒂也把安布罗斯拉到一旁，叮嘱他照看好那孩子。

“我们到中午时回来。”

她望着他们出发，身上依然穿着晨袍。一个兵团。烂泥里留下他们靴子的鞋印。几条狗耐心跟在他们后面大步慢跑。他们转过红色的门柱，消失不见，天幕越升越高，他们的身影越变越小。

那个早晨在回荡的枪声中显得格外喧吵。双重爆破。每一响都让她的心剧烈的一颤。洛蒂发现自己完全坐不住，光是在厨房里走来走去都需要极大的克制力。她情愿洗净手上的面粉，跨出那半扇门，跑过甬道，一路往湖边赶去，查看他们，监督他们，给他们送去三明治、牛奶、一壶茶。她的眼睛无处安放。每一次放枪，她都会朝窗外望去。灰茫茫一片，什么都没有。

远处的湖上大雨如注。树枝与风缠绕在一起。显然，现在他们会因暴风雨回家。她打开收音机，希望借噪声放松心情。炸弹正在行使炸弹的使命。她搜索别的频道，最后调到一个古典音乐台。到整点时，那也被打断了。在纽里发现一个引爆装置，三人死亡，十二人受伤，没有警告。

她望着女儿的身影从餐桌移到炉子到食品储藏室到冰箱。汉娜佯作不担心。她揉面团，让面包发起来。仿佛烤箱本身出来的热气会推进炉子上钟的指针。她们偶尔闲聊几句。安布罗斯系的皮带合不合身？有没有给托马斯穿最厚的袜子？劳伦斯会不会陪在他们俩旁边？每个人是不是都拿了油布雨衣？他们最后一次打到斑背潜鸭是什么时候？他带了他的眼镜吗？他以前到底有没有扣过扳机？

快过午饭时间，她们听见一条狗的吠声。那些男人沿马路走来，照惯例，和预计的差不多：安布罗斯和托马斯殿后，他们相隔的距离等于覆着草的中央分车带的宽度。他们的外套淋了雨，颜色变深。散弹猎枪挂在肩上。步态中流露出一丝疲惫。

她到小屋前面迎接他们，打开半扇门上的门闩，招呼他们进屋。

托马斯脱去他的外套，挂在火炉用具上，用脚后跟砰砰敲地，直至靴子松脱下来为止，从脚趾上扯下皱成一团的袜子，放在炉火旁边。他迟缓倦怠地坐着，陷在椅子里，用毛巾把自己盖起来。一股暖暖的雾气从他的靴子和袜子里升起。

“你好吗，姥姥？”

她站在炉火近旁，背靠着壁炉台。她想让这一刻久久停驻，他坐在椅子里的情景，炉火微微起皱的光摇曳在他因淋雨而颜色变深的靴子尾端。

“你喜欢吗，嗯？”

“哦，哎呀，我想是吧。”

“有收获吗？”

“姥爷他打到了几只。”

有好多次——几个月后，几年后，甚至十载以后——洛蒂突然想到失语的滋味是多么何等的怪异，而未来不断追究着过去本该询问的东西，言语竟能这般轻易地弃我们而去，撇下我们，于是，只剩那份求索。她将耗费如此漫长的光阴想知道她为什么没有陪托马斯坐下来，打探那个早晨究竟是什么把他带到外面的路上，领着他走过湖岸，是什么异常的不可抗拒的冲动诱使他去打猎？那是什么感觉，沿着湖畔走下去，蹲伏在草丛里，等待飞禽和狗打破那片蓝与灰？他和安布罗斯之间交流了什么话，什么样的沉默？他听见水面上传来什么声音？哪条狗蹲坐在他身旁，等待？他怎么就这样一下子改变了心意？但愿，当时，她要是能剖开在九月那一日的凌晨时分从他脑中掠过的无论什么念头就好了。莫非这只是那类随机性的事件之一，一个不小心，不请自来，万物大混乱中的又一笔？也许他不愿看见自己的外祖父单独出门，或是他无意中听见了他母亲提起打猎的话，或许是他的继父太想要他加入，或许只是出于纯粹的无聊。

她会发现自己总是在揣测——在马隆路遇到红灯时，在奥缪路的肉店里，在安德森斯顿路的和平小组里，在桑德路的荫影下，在他们举着心爱之人的照片游行时，或是她发现自己身在斯托蒙特门外等候任何说得过去的消息的日子，或漫步在那座岛屿的边缘，或在斯特兰米尔斯网球俱乐部的后场，或仅仅只是和安布罗斯一同走下楼梯，一日复一日，一个小时接一个小时——是什么把托马斯带到了那一刻，那一刻又是如何变成那幅不断展开的画卷的一部分，是什么让他改变了主意。

她从未问过。她只是望着托马斯提起毛巾——用力擦拭头发——于是，她踅回厨房，点燃炉子下的火，快乐整个涌上她的心头。

黄叶纷繁地散落在草坪上。一股正在衰退的风暴锐冽地波及到了小屋。这是她最喜欢的几个周末：他们开车驶出贝尔法斯特，沿着小径，在大门旁稍停片刻，高压电线在乡间公路的尽头嗞嗞作响。

他们把车停到谷仓旁，在车道高的一侧，那儿的土比较坚实，他们踩着树叶以防打滑，朝半扇门走去。

托马斯在狩猎季的第七个星期被开枪打死，在凌晨的黑幕中，在他小小的蓝色划艇里。照他的新惯例，他当时在水上散放假鸭子。

听见第一声枪响时她在睡觉。安布罗斯在她旁边，他的胸脯一起一伏，不规则的呼吸回荡在小屋的里间。他在被单里微微翻了个身，转向她。他的睡衣上端敞开着，露出脖子上一小块三角形的皮肉。他的鼻息味道很重。洛蒂微微从他身旁挪开。房间里灰尘四溢。起初，她相信是自己听错了。不是天黑时常见的声音。可能是烟囱里砖头掉落的轰响：那以前发生过。或是屋外的一块石板瓦打碎了。她在床头柜上摸索她的手表想看时间，凑到眼前。必须在手里翻弄几下，转过来转过去。早晨五点二十分。那不是枪声。时间还太早。大概是外面谷仓里有什么东西掉了下来，或是客厅里传来的某些动静。她瞟向窗户。雨哗哗地打在上面。当她的手碰到窗框时，感觉冰冷冰冷的。

接着，又一声枪响。她把手伸向安布罗斯的肩膀，放在那儿停了一会儿。说不定是她睡过了头。毕竟窗帘拉得严严实实。某种光的戏法。她穿着睡衣从床上起身。在冰冷的地板上找到拖鞋，步向窗户，拉开窗帘。外面一片漆黑。显然，这么说来，那只是她的幻听。她凝神朝湖望去。什么都没有。只有一棵被风吹弯的树的更浓的黑影。没有月亮或星光。没有船。没有红色的小光点。没有有人的迹象。阒寂无声。

她合上窗帘，走回房间另一端。任拖鞋从脚上滑落。掀起毛毯和床单的一角，在正要钻进被窝时，她听到了第三声枪响。

那不是瓦片，她心想。那不是翻倒的砖头。

第三部

二〇一一年

纪念花园

我的手中有一封未拆开的信，至今已许多年。这封信在约莫百年前由维克斯·维梅载着飞过大西洋，属于最薄的那种信，不超过两页，可能只有一页。信封长六英寸，宽四英寸半。以前是浅蓝色，不过现在变色成了斑驳的烟灰色、黄色和褐色。信封正面的字迹已淡去，仅依稀可辨。没有邮戳。边缘皱巴巴的，这封信被折过若干次。许多年来，它在衣袋和柜子抽屉里被塞进塞出。在某一时期，它被熨烫过，右上角有一个焦印，一小块黑色的毁损，在邮资已付的戳记附近，信封上溅有极小的水渍，似乎，大概曾经被带到雨中过。没有封蜡，没有标记，根据形状识别不出里面可能装了什么。

这封信一直由女儿传给女儿，历经了几代人之手。我的岁数差不多是这封信的一半，我没有女儿让我可以把信传给她，我承认，有好几次，我曾一边坐在厨房桌旁，眺望外面的湖，一边揉搓信封的边缘，将之托在掌中，试图揣测里面的内容可能是什么。然而，正如我们因战争而互相缠结一样，谜团将我们连在一起。

我惭愧地承认，我虚度了很多光阴，没有特定的目标，未能坚守自己内心的承诺——当过几年护士，在妇女联盟干了十载，在岛上种过一点田，卖过几个月化妆品，养过几年捕鸟用的猎犬。我在十九岁时有了一个孩子，在三十八岁时失去了他。掏心讲真话，我什么都不要，只想再把我死去的儿子抱在怀中——假如我知道我可以看见托马斯划着船朝湖岸行来，或是穿着涉水靴经过厨房，或者脖子上挂着望远镜走在潮泥滩上，我会把这封信的最后一角撕成碎片，把那些生命撒在斯特兰福德及其以外。诚然，我珍爱这封信。它居然被保存在食品储藏室里，在中间一层架子上，自生自灭，在一个塑料文件夹里。不过，我仍偏爱天马行空的想象。我们人生的隧道彼此连接，在最意想不到的时刻照进阳光，然后再度下坠，将我们投入黑暗中。我们重返那些先于我们逝去的人的生命现场，一个费解的麦比乌斯环，直至我们回到家，最终，回归我们自己。我无所顾忌地时不时拿出这封信，仔细检查那可能提供的任何蛛丝马迹。詹宁斯家，布朗街九号，科克市，爱尔兰。真正的手写花体书法，带着卷曲和图形感，陡转的笔锋。写这封信的人是我的外祖母艾米丽·欧利希，安排其行程的是我的亲生母亲，可信的源头始于她的母亲、我的曾外祖母莉莉·达根，假如每件事真皆有起源的话。她是一个来自都柏林的女仆，移民到密苏里北部，嫁给了一个从事冰块切割和保存的男人。

我曾时常好奇，假如这封信如愿寄达至科克市其原本的目的地，那本会发生什么，事情会因此出现怎样随机的转折，什么偶然，什么意外，什么稀奇之事。拆开，可能已被烧毁，或被置之不理，或被视若珍宝，被丢弃，任其发霉，在一间古老阁楼的某处，属于松鼠或蝙蝠的地盘。

在未拆开的情况下，这封信自然更加一无是处，除了其保存价值以外，里面包含一个惊人事实、或让人洞见到某些已被遗忘的美的可能微乎其微。

可是这一切都几乎不算新奇，或大大出人意料。根本无法预知什么本会改变，人生本会如何互相接触分离，或是这些人生本会因为一刀裁开信封而呈现什么形态。我们中有如许多的人的人生沦陷在漫长迁徙的轨道里。事实是，我曾一度抱着我有呼吸的儿子，贴近在我耳旁，可他被人开枪打死了，在十月一个下雨的早晨，在黎明前无尽的黑暗中。很多时候，我想知道，假如没有发生这件事，事情本会怎样，为什么就这样发生了，本可以有什么阻止的办法。最重要的是，我希望他能再一次出现在这儿，活生生，高大，桀骜不驯，愿意挺身为我抵挡这最新一轮的风暴。

早上——收到银行的消息后——一群黑雁嘎溜嘎溜从湖上飞过，随身携带着属于它们自己的谜，低空贴近水面。它们每年都来。极有规律。成群结队排成行。在过去的岁月里，我曾一连几天见过两三万只黑雁。它们会使天空倏然变暗，巨大的阴云，然后收起翅膀，给水面和草地铺覆上一层厚毯。饥渴大于优雅。它们排列在沼泽、残留的岛屿和突伸的鼓丘之间。

我穿着家居服和靴子走出通往湖边的后门，端着马克杯装的咖啡，头发包在发网里。没有晨浴。确实非常迷人。潮水退了，岸边的岩礁因有海藻而滑溜溜的。乔吉跟我来到水边，转而又踅回花园，把头搁在爪子上，老迈而疲惫。我心生共鸣，把外套塞到身下，在湖中一块离岸二十英尺的冰冷的礁石上坐了下来。方圆数英里内不见人影。鸟儿浩浩荡荡地飞过天空。它们一落一起，乌泱泱朝岸边涌来，越过我们的屋顶，然后消失在我身后，只为稍后又有一群飞来，来自另一端鸟岛的方向。

这些雁子似乎拥有超常的记忆力，它们不断回到相同的礁石、相同的退潮后露出的珊瑚礁上，年复一年。它们教它们的孩子掌握湖的花招。托马斯过去经常划着他外祖父蓝色的船出去，随潮汐漂移。他一连数小时观察那些雁子匆匆飞过天空的路线，即使下雨亦然。在我看来，似乎只有他的船，或他绿色的油布雨衣在浮动。他有时坐起身摇桨，或在某个特定的时间点起来校准望远镜，他的身体仿佛直接从水中冒升出来。晚上，我们在岸边摇响开饭的铃声，催他回家。他扛着船桨漫步走过花园。

水漫至我的惠灵顿长靴的一半。天太冷，无法游泳，尽管七十二岁了，可我依然喜欢偶尔穿上破旧的潜水衣下水。我又待了一个小时，观察那些雁子，直到礁石几乎完全没入水中，我硕大笨重的屁股即使垫着外套尾部仍被冻得刺骨为止。我招呼我死去的儿子，向他保证我不会让银行拿走一叶草、一滴水，或一片破碎的屋瓦。我站起来，身体因感伤而僵硬，我疾步走回小屋，乔吉在那儿等我。我喂了它一点牛肉，然后用泥煤和圆木生起火，阅读一本郎利的诗歌集。

下午，我调了一小杯热白兰地配丁香，可我心里清楚得很，不能那么早开始，我把酒倒进火里，丁香发出嗞嗞声。我从食品储藏室里拿出那封信，将之靠放在壁炉台上，信和其他各种象征飞逝的物证摆在一起：照片，银行的催款信，一台滴答在走的闹钟。

老生常谈：他们垂涎我的这块地。五英亩的岛屿，位于一百座其他岛屿的入口处。一栋占地广阔的住房，一间船库，一间渔夫小屋，一间荒废的狗舍，由我离去的丈夫劳伦斯所建。这座岛以前是一座农场，培育捕鸟用的猎犬和侦探犬，有一阵子被用来打猎鸭子，但自从我们的托马斯死后，这片陆地上没有响过一声枪。

我可以走在这片陆地上，依然能找到昔日的弹壳、子弹包装盒和从天而降的飞禽的头颅。一只鸟中弹后划出的轨迹令人难以置信。在空中受到重创，天空继续往后移动，那只鸟却径直坠落，一条垂直的下降线。咚一声着地，啪嗒掉进潮泥滩里，或落在水上。接着是狗欢快地撒腿奔过草地或跃过水面。

我们最多时有八条狗。如今只剩乔吉，忠实的老拉布拉多。它走起路来步子也有一点沉重，不过依旧能在绿头鸭出现时搅起一阵骚动。

在刚过桥的地方有比我那封珍贵的信老十倍的修道院遗址。一片古迹。黄铜门牌，墙头两侧的石阶，攀援的苔藓。一千五百年前神圣的典籍在这儿得以抄录，取自大地的油墨，牛皮做的纸。

没有很多游客走过这些狭窄偏僻的小路往湖边来，可假如他们信步经过那块遗址，翻过桥，沿潮泥滩，朝小屋走来，我仍会暴跳如雷地挥舞起棍子。

三个卧室，一个大厨房，一间客厅，一间食品储藏室，和一间八十年代新建的阳光房，阳光房在我母亲的监督下建成，仿佛我们可以通过遥望湖水抽走我们生命中所有的战争。阳光房又高又宽敞，光线充沛。一张木长椅摆在窗旁。靠枕上缀有航海图。小屋的其余部分都建得很矮，以让我们保持谦卑。破烂而松塌塌的椅座，褪色的椅套。被烟熏黑的壁炉。整齐对称、装有玻璃门的桃心木书柜。我的儿子以前必须弓着身进门。墙壁砌得很厚，可仍有一股冷意钻进小屋内部，滞留不去。所有的门都必须关好，封住主屋火炉里散出的热气。给我一点光，什么光都行：最好是蒂利灯，防风灯，维多利亚式灯的涂黑的玻璃灯罩。

贝壳不断从头顶鸟儿的口中落到房顶上。好几次我感觉自己住在一件打击乐器的内部。

在黎明的第一抹曙光中，我穿上登山鞋，拽上乔吉，带它到湖边走一圈，沿着湖岸穿过遗址后方潮湿的树林。两侧是葱绿的大树枝，脚下踩着柔软的苔藓。墙上有一道石阶。

它在一团缠结的矮树丛前逡巡却步，冲着探伸出废墟的被风吹斜的树的影子吠叫。它的耳朵高高竖起，背拱着。年迈的修道士用芦苇绘写福音书。可以抵抗风雨侵蚀的牛皮、狼皮和麋鹿的毛皮。他们把骨头磨成粉，掺入青草、泥土、浆果和植物。鹅毛笔。皮革装帧。石屋。青铜钟。一组防御用的围墙。圆形的瞭望台。他们点起的火很小。他们写的书在当时被带过湖，带过海，带往苏格兰。

一只雌麻鹬偶尔来造访这一隅，展翅飞过小屋。它的羽毛上有灰褐两色的斑纹。细细长长的鸟喙看上去像一把横掠过天空的剪刀，跟随它的啼叫，剪穿其孤独的哀伤。我喜欢用望远镜捕捉它的身影，在潮湿的泥滩上，啄食从地底下钻上来的蚯蚓，不过迄今我已有好一阵子没听到过它了。

我穿过位于小山颈背处的小教堂的废墟，捡起村里的年轻人留下的苹果汁易拉罐。围栅，我记得他们这么叫这片废墟。倒也未尝不可。这儿强过市建住房群里某个肮脏狭小的卧室。烟蒂散落得到处都是，塑料封套，瓶盖，受潮的盒子。我把避孕套留到改天再捡。砾石地上两片凄凉拳曲的小花瓣。她爱我，她不爱我。

小教堂的废墟旁，一块巧克力包装纸迎风起舞，一只空葡萄酒瓶圆满了那份罗曼司。

四周鸦雀无声，静如死水，直至一群从湖上新来的雁子以高翔的身姿掠过空中。它们发出近似于步枪开火的声音，乔吉顺着墙向上跃起，仿佛它能在半空中逮到它们似的。

我把乱扔的垃圾丢进古迹标志附近的垃圾箱里，重新翻过那座桥，环岛一周。步行一个小时，老妪和她的狗。乔吉在前面大步慢跑，惊起长长的草地上的鸟儿。破损的龙虾笼遍布在水域附近的一块沙地上。湖的边缘从来不是密封不透水的，要么流向陆地，要么汇入大海。潮水涌进来又退出去。船和回忆，也一样。

待我到家时电话铃正在闹响。我推开半扇门，丢下拴狗的皮带，穿过低矮的房间，站在厨房的答录机前。他留言时那盏鬼火般的红灯闪个不停。西蒙·李奥格，班戈的银行经理，又是他。如此客气沉稳，南方口音里夹杂了一点伦敦腔，我们所有的麻烦都包含在了一个声音里。早上好，卡森太太。一个优秀的青年，假如过去的他不是过去那个样子的话，可他现在是。

删除消息的唯一方法是必须先听一遍。想到要听两遍，我完全没法忍受，因此我拿起话筒，又松手放下，不等他把话说完，然后猛地一拉，拔掉墙上的插头。一阵短暂、令人庆幸的沉寂。这实在算不上是最高明的一步，不过我有黑莓手机可以应急。

我带着乔吉走出屋后去阳光房。雁子在变化的天幕下排出队形。底下的潮水能在转瞬间将一具尸体载向大海。荡妇，屠杀，圣水。

他们在托马斯把船拉上岸时朝他开枪，一九七八年十月。十九岁，还在上大学，二年级，高级概率。我依然不确定是北爱自愿军，还是爱尔兰共和军，或是乌尔斯特自由斗士，或是爱尔兰全国解放军队，或是别的无论哪一派当时在场的白痴。固然，我心中大致有数，但那几乎不再要紧。我们古老的仇恨不值得大书特书。

他们因为一把鸟枪朝他开火。天未亮的凌晨，在小屋能听见的范围内，故而我的母亲冲进我的卧室，说：奇怪，汉娜，亲爱的，你听见那声音了吗？劳伦斯此时已正跑过草坪，冰在他脚下碎裂，他念道，哦，我的天哪，托马斯，哦，我的天哪。起初我们深信是他自己开枪打中了自己，可有三枪。他一大早出门，去放置假鸭子。

我们在他被水流带出很远时才截住他，一直到峡口附近，他在那片持续变小的漩涡中打转。那虽然算不上智慧，可年纪越长，我越发相信构筑我们生命的不是时间，而是光。问题在于，那些时时重回到我眼前的画面鲜少是我想见到的。水泛着银光，黑黝黝的。风冷冷地抽打。我们蹚过浅滩去抓他。船仍在兜圈子。一道银光荡漾在我们身旁。他的防水厚外套，涉水靴。望远镜挂在脖子上。如此年轻。他看上去根本不像中了枪，只是一头栽倒。眉毛上有几许霜花。我永远忘不了那一幕。一层薄薄的白霜结在那儿。一只手愤怒地攥紧，另一只无力地摊开。劳伦斯把手臂伸进船里，抱起他。他将他搬到岸上，那些穿制服的人纷纷跑来。一路咒骂着涉过浅滩。“放下他。”一个声音说，“嗨。放下他。”岸上打起聚光灯，虽然这时天已完全放亮。警笛大作。我自己的母亲站在岸上，手捂着嘴，穿着家居服。有人给她披了一条毛毯。她沉默不响。劳伦斯在芦苇丛边放下我的儿子。报纸将这件事写得极为简单：一个持枪出门的年轻人，遭到外面数个持有更多枪械的人的围攻。真相与实际情况相去得有多远。当时我想逮住北爱尔兰每一个行凶的混蛋，让他们在我孩子的蓝划艇上睡一晚，在外面的湖上，在夜幕下，在芦苇丛中，照着原始的凯尔特纹样转动。

我穿上潜水衣走出后门，步入夜色中。水刚好涨至草坪。低矮的石墙上覆着一层发绿的黏泥。我扣紧雨靴的拉链，沿着船台往下走，蹚入高涨的潮水中。乔吉在岸上吠叫，待我转头时，它已身在水中。一个不情愿泅泳的家伙，我们的乔吉，因而它刨水游出来的举动益发教人爱怜，它褐色的眼睛闪着光，略有一点惊慌。我的模样在它眼里一定十分古怪：紧身的潜水衣，只看得见圆鼓鼓的脸庞，旁边贴着几绺从兜帽边缘跑出来的花白的头发。我缓缓游入湖中。轻微的寒战，继而被暖意锁住。

为了消除乔吉的恐惧，我留在近岸处，仰面漂浮，望着天上的星星留下它们的爪痕。小时候，托马斯喜爱遥想那传到我们眼中的光可能来自于一颗业已陨落的星星。有一段时间，他研究天象及其各种复杂的位形。他从外祖母那儿听闻了阿尔科克和布朗的事迹，想知道那时候布朗大概依靠什么在大西洋上给飞机导航。建立在直觉、美和恐惧基础之上的飞行。他惊讶于布朗在飞行时未用陀螺仪。托马斯划着他的船去湖上，在方格纸上绘下星空图。他随身携带六分仪、望远镜、气泡水准仪、红外线手电筒。偶尔湖上的巡逻员会把灯照向他：海岸警卫队的人谙晓我们家的习惯，可令人头痛的是军事单位。他们打着船上的探照灯，迅速而突然地拦停，并高声呼喝。降落伞式的照明弹。他冲他们发火，出言不逊，直至他们查清他完全是无辜的，只是一个怀有古怪向往的男孩，但有一次，他们掀翻了他的船，他所有精心绘制的图表毁于一旦。日后，在大学宿舍，他蒙上窗户，把墙刷成黑色，剪下发光的贴纸，排布在天花板上，从那儿进行导航。孤僻的人生。

在他被从我们身边夺走后——要道出“杀害”这个词依旧如此困难，我发现自己一心想知道托马斯到底有没有吻过哪个女孩，直至遇到一个显然曾和他约会过一段时间的，一个粗俗的小骚货，在奥缪路的一家保险事务所工作。她祛除了我对托马斯有另一面人生的幻想。

有时，过去的事发出特殊的回响，我们对通常听力范围以外的声音变得敏感起来。我们的托马斯从千丝万缕的联系中汲取了许多养分。他陪他的外祖母坐在我们位于马隆路的家中，聆听她的故事，有一阵子还想要建立一个数学模型，阐述他从哪里来：纽芬兰，荷兰，挪威，贝尔法斯特，伦敦，圣路易斯，都柏林。一条之字形的曲线，一路追溯至莉莉·达根。我问他那张简图大概会是什么样子，他思考了片刻，说那可能类似于一个在高速电影摄影背景下目见的树里的鸟巢。当时我不太明白他的意思，但现在我突然觉得那是一幅错综精美的图画，从四面八方衔来的细枝，零零碎碎，叶片和枝条，纵横交错，流过的光阴，天主教徒，英国人，新教徒，爱尔兰人，无神论者，美国人，贵格会教徒，这些云团始终散布在他身后定型的天空中。

天上的主啊，我思念我的孩子，随着年月的逝去这种思念越发强烈。在我最郁结的时候，我不得不承认，很有可能，我提笔书写的原因恰是由于我没有后人可以让我讲述这个故事。托马斯死后，劳伦斯穿着他的花呢套装走向了费马纳郡的另一座农场，把小屋留给了我。他把内疚留在了湖中，说我会以某种方式自己找到走出的办法。事实的真相是，隧道尽头的光一般属于制药公司。没有太多我可以寄予的希望，即使在回忆里。托马斯在两代母亲仍在世时就被从我们身边夺走了。他是所有人里最喜欢和外祖母待在一起的。姥姥，他这么喊她。他们有时坐在临湖的帆布躺椅上。她以前常说自己比他年轻，也许在某些方面是。当我形诸笔端时，这听起来多愁善感，可好几次我以为钟摆已荡到了摆幅的顶端。

我游了快一个小时，直至身上的每一处小地方都冻得发疼，然后我蹒跚地和乔吉一前一后走过花园。我换上我曾经拥有的每一件毛线开衫，依旧哆嗦着，朝厨房走去。乔吉瑟缩地紧挨着雅家炉，我加入它的行列，用香肠、鸡蛋和豆子做了一餐丰盛的饭。当我坐在桌旁时，它蜷起身子在我脚边，借着地板上的月光舔舐我的脚。

经过一夜的辗转反侧，为恢复清醒的神智，我在黎明的寒风中带着乔吉去岛上转悠，应该说是它带着我。我的那只麻鹬从东面的浪蚀残鼓丘上传来啼叫。我很高兴隔了这么久又听见它的声音。以前我常觉得它的啼叫凄凉，可它的重现使它不再仅仅只是一个声音。

乔吉从容地跟在我旁边，走在横陈杂列的旧绳索、撞碎的船桨和被冲到岸边的破裂的橘色浮标中间。潮水正在退去，我抄近路走向潮泥滩，一路抓着长长的芦苇以免滑倒，从水底搅起一块熏黑的脏东西。我静坐了几分钟，想更好地把景色收入眼中，或毋宁说是为景色所吸纳。

当我走到路转弯处的拐点时，电话响了。银行不知怎的搞到了我的手机号码。有两则新留言在等着，非常客气，向表面风光实则贫寒的我投来绣球。那小小的红灯在我口袋里跳动。我连听也没有听就把留言删了。

我转过拐角，望着小屋，它低矮地朝向湖水。当时当地，我猛然想到假如我不赶快做点什么，就可能什么都做不了了。

那辆路虎车首度发动，老马。乔吉爬进后座，鼻口贴着玻璃窗。它需要洗个澡。我强行摇下车窗。离合器很紧，费了好些工夫，我才开出车道，经过那些残留的小岛，过废墟遗址，行驶四英里朝村子奔去。

一个英俊的小伙子给车灌满柴油，然后退回我的信用卡，略带尴尬地耸耸肩。他检查了一下轮胎，加入一公升润滑油，将手指放在一顶反戴的棒球帽前端。

“不收钱，卡森太太，”他说，“算我们的。”

他把一块抹布塞进工作服的口袋里，转身走开。我唤回他，把一枚一英镑的硬币放进他手里，团拢他的手指，他红了脸。

“小心路况哦。”

我在蒙蒙细雨中上路，双眼因感激而模糊。

早晨十点左右，打着灯的车怒气冲冲地跟在我后面。我礼貌地挥手让他们从我旁边绕行，当经过的车越来越多时，我转成一个胜利的手势。其中有些人甚至颇有幽默感地笑起来。我花了近二十分钟才驶上主干道，差一点就撞上车，那样的话，将干净利落地解决掉我所有的问题。

在考玛镇附近，当连一条装在拖车上的慢船也从我旁边超过时，我只能勉强地暗笑，那位司机打着示警灯。

到了班戈，街上的交通出现拥塞。那座小镇熙来攘往。汽车、卡车、送货的面包车、自行车。我包抄着将路虎违规驶入一个要求我必须拥有残障停车证的车位。以前我接送母亲时用的那一张已作废五年，可我还是将那放到了仪表板上。

我坐在车后的保险杠上，脱下惠灵顿长靴，换上一双像样的鞋子。我感觉穿着那件旧的绿色狩猎夹克有点粗率无礼，所以我把它脱下来，翻了个面，搭在手臂上。我穿着一件毛线开衫和一条旧的蓝色连衣裙，是几十年前劳伦斯买给我的：裙子背部放大过好几次，因此全是拼缝的痕迹，但从前面看尚且完好，尤其是在罩了开衫的情况下。我牵着乔吉走过闹市街，它的毛乱蓬蓬，没有梳理过。

银行的门安装了一组令人手足无措的警报装置。我敏感得像一个装了机关的捕兽夹。当我终于走进去后，他们对我说我必须把乔吉留在外面，狗不许入内。我告诉那位倒霉的年轻职员，我不仅耳聋，而且还眼瞎，乔吉是身边唯一有土木工程博士学位的，因而全靠它我才能闯过他们荒唐可笑的恶魔岛监狱。

“让我看看可以有什么办法，卡森太太。”

我能看见他们在角落协商，那个戴眼镜的小团伙。他们来回摆动，像万圣节可爱的苹果。经理本人走过来，在玻璃后面望着外面的我，面带几分忧色。我朝他大力挥手。他令我吃惊地回了礼，我暗自思忖也许我们可以不用撕破脸，他和我。但转而我意识到，当我的祖产真的受到威胁时，把事情推向边缘的险招并无制胜的把握。

我被撂着等了四十五分钟。一波波幽闭的恐怖朝我袭来。我能对付得了他们的虚妄幻想，伴随着他们会有办法用手铐把我带走的惧意。乔吉的膀胱到了通常要使坏的时间，它撒出一注尿，从插着假花的花钵旁流过。我幼稚地为它感到骄傲，喂了它一把好吃的。它趴下，用鼻子磨蹭我的脚。屋外午后的阳光正渐渐隐去。我望着顾客来来往往。我的母亲若在世，绝不会这样枯站着。仅是叫她走进银行，就会令她大怒，更别提是让他们盘问她的账目，威胁要夺走她的家园。多年来她如此钟爱改建那栋小屋：新的窗户，隔热材料，阳光房。即使在她晚年坐着轮椅推着自己到处转悠时，她依旧一心想要确保墙壁粉刷过了，门把手上了油，门窗的边框做了防水处理。

西蒙·李奥格终于徐徐迈步朝我走来。一套灰西装，浅棕色的头发，棱角分明的脸，三十七或三十八岁，对我而言，要判断一个人的年纪变得日益困难。他低头瞥了一眼乔吉正躺着的地方，说他将乐意请一位雇员带狗到外面，用他的话说去小遛一圈。我告诉他这条狗很好，非常感谢，本想用北方口音斥责他，但决定作罢。

“您愿意到后面的办公室来一趟吗，卡森太太？”

“我宁可在这儿处理我的业务，谢谢。我没有什么不可见人的事。你可以称呼我汉娜。我不是老古董。”

“当然不是。”他说。

他有着敏锐的目光。他朝乔吉瞟了一眼，解开绑在文件夹上的橡皮带。他的手指甲修剪得不太整齐，大拇指指甲的肉根处有红肿的印痕。可当他谈到我的资产很明显已化为泡影时，他的手消失了。我的抵押贷款，我的透支额。长矛就是长矛——可以从远处投来，也可以一点点悄悄地刺入，正好位于两条肋骨之间。他同时做了这两个动作，效果显著。我差点因为他的不动声色和泰然自若而喜欢上他。他说他也许不得不冻结我的透支额，直至我把房子卖了为止。否则房子将被银行收走。他保持沉稳，巧妙地不透露太多信息，说镇上有不少供出租的条件极好的小公寓，或甚至可以住到城外的海边，一旦我的财务状况理顺后。“那是湖，不是海。”我说，可他耸耸肩，仿佛那根本是一回事。他没提到老人公寓或养老院，不然那真的会使我彻底崩溃。我说了一些关于马雅可夫斯基和灵魂摊还的胡话，可连我自己也知道事情没有转圜的余地。我不得不钦佩起那份本领和始终不懈的礼貌，迅速就把我制服。他坐在那儿，一条年幼自得的猎犬，我感觉比往常愚钝。爱尔兰人想象中那幅古老的图像：被逐出家园。

我说，我想记下那些数字带回去，让我的会计师好好研究一下。

他重重地叹了口气，把他的名片推到我面前。“会计师？”他说他会给我尽可能多的时间，可老实讲，所剩不多。“这上面有我家的电话，如果用得到的话。”

我只顾沉浸在自己的世界里，没有应答。奇怪的是，他的眼中闪出一丝悲哀。他眨了眨眼，把目光从我身上移开。我一时深恐他会为了我的利益而烦心。

“你应该把手洗得更彻底些，西蒙。”我说。

乔吉在地上多赖了一会儿，我用力拉扯皮带，一个野蛮的举动，可我的怒火正在涌成泪水，我不打算让那发生在银行里。

外面，班戈的光刺痛我的眼睛。一股骤然升起的自怜自哀郁积在我的胸口。万万没想到，一辆农用拖拉机笨重地驶过女王商业道。这种拖拉机现在已很难见到，可驾驶这辆车的是个年轻小伙，一条柯利牧羊犬伏在他后面，靠近变速杆处。当我点头致意时，他竟回首微笑，从方向盘上抬起食指。托马斯从来不是这类适合干农活的料。他千方百计地逃避。他更喜欢船。那日清晨托马斯为什么带着散弹猎枪出去，我毫无头绪。他根本不爱猎鸟；那纯粹是应付，他继父的破主意。他年少时从未打过猎。他更喜欢望远镜，在水上漂流。一切可以归结为矢量和角度。他想知道是否有办法用图表记录大自然。他的身上有一种惰性，我们的托马斯，他绝不会是一个照亮世界的人，可对我而言，他绰绰有余。那把失窃的枪始终没有再浮现。谁知道它为怎样的历史效了力，或者，它只是被扔了，埋进沼泽里，与古老的麋鹿、骨骸、黄油为伍?

我望着拖拉机离去，然后在现实一记迅猛的扇掴下及时回过神。路虎车在街的另一头，因违章停车而被锁了轮胎。一只漂亮的黄铁靴。我甚至决定不和停车场的管理员争辩。他们板着面，一脸不善地站在街的尽头。我径直走回对面的银行，在西蒙还没来得及冻结透支额前，从墙里的机器中取了钱。

我乞求他们不要罚我钱，可停车场的管理员施展他们一味耸肩的本领。我付了罚金，可还是等了老半天，他们才把那只铁靴移去。

待我把车驶上乡间小路时，乔吉已在后座睡着。我去屋后的院子里掘土，驱散当日心中的怒意，或恐惧。我翻过以前的西红柿地里的几块草皮，天下起霏霏细雨，班戈镇华灯初上，一片橘色。人从未想过星星会消失。我们失败的导航企图。我踢掉靴子上的泥进屋。多少次我们以刮下镜子上的污垢而告终？食品储藏室近旁，在我丢下铁铲的地方，那儿的走道里有一排类似警察局存档的罪犯照片集。那些日常的嫌疑犯。我的母亲穿着网球裙，一身饱满的酒红色。我的父亲穿着英国皇家空军的制服。我的祖父，在亚麻布工厂的门口。我的美国外祖母，在一艘横渡大西洋的客轮的甲板上。我的托马斯，提着六条串在一根绳子上的鲭鱼。乔恩·基尔罗彦，农场的工人，在渔夫小舍外。我的丈夫，穿着花呢套装和及膝高的涉水靴。邻居和妇女联盟的旧友。一张我很年轻时外出猎狐的照片，一条长耳短腿的小猎犬小跑着跟在我后面，我的一生如此明显地已有注定，这份殊荣与我的脊骨成一直线。

连续两日暴风雨。乔吉和我没有出门。恶劣的天气在湖上肆虐横行。天空黑沉沉的。枝条从树上掉落下来。雨下个不停。我迷失在了这启应轮流的吟唱中。

第三天，我动身出发。那封信搁在我旁边的副驾驶座上，外面套着塑料文件夹。我想这样的保存法很难说是最好的，可除了恒湿的保险库，大概只能如此。

去贝尔法斯特的那条路交通拥挤。我后面的车闪着前灯，在超车时大声鸣按喇叭。我再度做出胜利的手势，可如今似乎中指才是特别的敬礼。那些车子一面按喇叭，一面转向旁边。我乐得慢慢往前开。

一直以来，环岛总是让我搞不清方向。才出考玛镇，不知怎的我发现自己开上了通往斯托蒙特的那条路，十几年前，我的母亲和我在那儿待过不少时间。签下和平协议的那个复活节前的星期五，她失声痛哭，大把大把欢喜的眼泪。她，像海豹似的，从她背负的任何过去的悲伤中滑脱了出来。她的生命还剩下四个月。她想要坚持走完整个世纪，但在临终前夕她对我说，够了就是够了。死亡为什么如此教我们猝不及防？当托马斯被从她身边夺走时，她说那好像一个洞，打穿了她的胸，剜出她年迈的心脏。现在，想到她所称之为的乔治·米切尔带来的和平，她深感荣幸。她也喜欢约翰·休姆，他的满头鬈发。好人，她说。他们有勇气留在网前截击空中球。她最开心的一刻是在网球俱乐部遇见米切尔。他花白的头发，他的运动服，始终不懈的绅士风度，一丁点骨子里的调皮印在他身上。他站着，网球拍放在身后。他在她讲话时朝她弯下腰。他的脑子在转动，她知道。她告诉他，他需要练习他的反手。

对她而言，米切尔带来的和平让托马斯得到安息。她在睡梦中过世。我们将她火化，把她撒在了西面的大海上。她的一生与水结缘，纽芬兰还有更远的地方。有几次，我幻想她自己坐在那架维克斯·维梅里，用意念驱使它飞过大洋。她如此钟爱阿尔科克和布朗的故事，时常拿出照片，给我们看，反复叙述里面每一个近距离接触的细节。其意义之重，是她自己人生开始的地方。

我自己的呢，感觉像是正在放下摇荡的钟摆。我已三四年没去过贝尔法斯特。我们这座沉闷、走样、被煤烟污染的市镇。壁画，巷弄，黑色的出租车，高高、黄色的起重机。那儿始终有一种如此逼人的阴郁。可大学区令我诧异——那里明亮、葱绿了起来，活力四射。我泊好车，牵着烦躁不安的乔吉往前走，拉紧它的皮带。这座城市拥有何其非凡的地名，兴许是为了带走我们的伤痛。圣地区，开罗街，大马士革，耶路撒冷，巴勒斯坦。

我十分容易就找到了那间办事处，在植物园大街一家西班牙餐馆的楼上。上楼，走进灰尘弥漫的光线中。那位集邮家个子很矮，瘦小，秃头，胸前挂着眼镜，有一丝快散架的样子。贝尔法斯特到处是奇人异士，他们在暴乱时期藏匿了起来：他们生活在极小的空间和无穷大的想象里。他把眼镜架到鼻子上，瞪大眼睛盯着我看。他的样子有点像浣熊。他似乎完全不受乔吉在场的干扰，它明目张胆地嗅闻他的裤裆。

他在我坐下前用手绢擦了擦我的椅子，然后他绕过办公桌，合拢双手，说出我的名字，仿佛那是这一天唯一值得强调的东西。

书架上的灯照出古怪的影子。他嵌在一列格雷厄姆·格林的小说里，精巧排列的皮面精装本。最细微的蛛丝马迹就能将我们出卖。他打开塑料夹，嘴里啧啧了几声，我不确定是惊叹还是不屑。他瞥了我一眼，继而又重新看信。他戴上一副橡胶手套，把信封放在一块蓝绒布上，用一把镊子把信翻过来。我试图告诉他那个故事，可他不断举起一个手指阻止我。他令我惊讶地在一台崭新的电脑上敲起键盘，熟练地上下翻动页面，查找文件。他抬起头说，阿尔科克和布朗所带的信，有数十封现成的样本，他去过很多在大不列颠岛举办的展览会，亲眼见过那些实际的信，价值不菲，尤其是假如保存完好的话。他说我的这封信是寄自纽芬兰，没错，信封是对的，“邮资已付”的戳记是真的，但那不是一张跨大西洋的邮票，那是一张普通的卡伯特头像的邮票。没有邮戳，所以哪一年寄的都有可能，而且在所有记录里从未提到有另一封信的存在，因此无法完全确认真伪。

詹宁斯这个名字，他看不出任何意义。弗雷德里克·道格拉斯亦然。他拉开中间用磁力吸住的眼镜，任其落在他小胸膛的窝处。“老实对您讲，您得把信拆开才行，卡森太太。”

我告诉他，他晚了十年，不能见到我的母亲，她本可以很容易证明这封信的真伪，飞机起飞时十七岁的她就在科克伦酒店。她曾望着那架飞机——和那封信——启程，在天边越变越小。信根本没有送到科克市。多年后，她追随这封信去了英国，在斯旺西晤见亚瑟·布朗。他把信忘在了他短上衣的口袋里。他将之交给她和艾米丽，她把信收好，不知道那可能会有什么命运。我的话简短扼要，可他似乎还是消失进了他的椅子里，直到最后他说，他实在无法硬给这件显然是传家宝的东西提出一个明确的估价，虽然那值一大笔钱，可能几百英镑，但假如有邮戳的话，可能会翻好几倍。

他从椅子上起身，打开门，驻足抓挠乔吉的耳后。我原本到底期望什么呢？在植物园大街上，阳光刺痛我的眼，于是我朝那家西班牙餐馆走去，年轻漂亮的店主可怜我，请我喝了一杯里奥哈葡萄酒，还有几盘小吃，她的丈夫则在弹钢琴，雷格泰姆和霍基·卡迈尔克的曲子。我们自身的年纪从来不会停止给我们惊骇。我十分确信莉莉·达根曾一度有过类似的感受，还有艾米丽·欧利希和洛蒂·塔特尔也一样，这一代接一代的女性，她们的人生交叠在我手持的这封信里。

我不认为我们会变成空椅，可我们最后肯定要腾出空间给其他人，一路延续下去。

两杯葡萄酒让我不胜酒力。头晕目眩中，我总算找到了车子，开了一会儿，随后却在驶向纽敦纳兹路的路边停下。我想必打了几个瞌睡，因为乔吉开始吼叫，有人不耐烦地在敲车窗。一个穿制服的女人。我摇下窗户。夜幕已降临。

“你的车停歪了。”她说。

事实是我甚至根本不曾意识到我停了车。我几乎可以看见我自己的思绪在我脑中游过，池中的鲤鱼，一目了然而迟缓。“对不起，警官。”我发动引擎，可她探进身子，越过方向盘，拿走了钥匙。

“你是不是喝了酒？”

我伸过手，抚摸乔吉的脖子。

“你在附近有家人吗？”

我告诉她，我一个人都不认识，可接着她威胁要给我做呼气检醉测试，暗示我今晚说不定得要在警察局度过——她将那儿称作营房——我左思右想，试图找出可能还有谁住在城里这一带。

我突然回想起一段现在看来似乎仍充满欢声笑语的鲜活时光。六十年代，劳伦斯曾参加过一个乡绅团体，每周六上午聚会。他们穿着花呢外套，灯笼裤，子弹带在他们沿着湖往下走去时叮当作响。他们的妻子——按照当时我们为人所知的身份——会一起打网球。我从未完全继承母亲对这项运动的热情，但我还是跟着一块儿去。我们在傍晚时分与我们的丈夫碰面，喝鸡尾酒，在回家的路上把车开到沟渠里。我深信，现在潮泥滩上仍留有我们轮胎的印记，一如鹭的残骸。

那很难算是一段哈利路亚的回忆，可我必须承认我有点过于滥情。多年来，我有过几次风流韵事，大多匆匆忙忙，急不可耐，坦白说索然无味。在停车场的一次见面，在高尔夫俱乐部浴室的争分夺秒，一艘修补过的游艇的逼仄舱房。那些男人似乎全都想要把他们的人生做成蔬菜烩肉。我返家，回到劳伦斯的身旁，满怀内疚和惆怅，向自己保证永远不再越轨。我十分确信他也有一样的事，可我从来没兴趣去追究。我蜷伏进母亲的角色里。可偶尔还是会有离经叛道的时候。最难忘的是和杰克·克拉多共度的一个下午，他是女王大学的历史教授，在波塔费里近郊有一间小度假屋，里头尽是酒杯、香槟，与世隔绝。他的妻子是一位家具设计师，定期去伦敦。我们起初试探性地靠近彼此，可接着他扯开我裙子的纽扣，那个下午融化在陶醉的狂喜中。回想起我们能做出的高难度动作，那是多么奇特：我仿佛给那一刻拍下了照片，当我年轻的手搂过他怦怦直跳的胸口时。

我结巴了一会儿，然后告诉那位女警，我认识一对住在附近的夫妇，在多尼戈尔广场的方向。

“打电话给他们。”她说着，塞给我一个移动电话，可我令她诧异地掏出我的黑莓手机。刚响了一声杰克就接起电话。他，听上去似乎也语带一点醉意。我问我是否可以过夜。他慌了神，我冲着电话吼道，他们要把乔吉和我扔进监狱关一个晚上。

“乔吉？”他说，接着他记了起来。“哦，汉娜。”后面有人在压低声音埋怨，一声五味杂陈的叹息。

女警犹豫了片刻，接着说，她会驾车跟在我后面，确保我抵达我要去的地方。我想必开得有点摇摇晃晃，因为她再度叫我靠边停下，亲自驾驶我的车，而她的同事则继续跟在我们后面。她说，我这把年纪又喝酒又开车太不像话，若不是因为那条狗，她会当场将我拘捕。她看上去像是那种在很久以前背部曾被妙手插入了一根钢条的女子。现在几乎显现不出来。我想把我和杰克·克拉多的往事一五一十地告诉她，只为看看是否能够逗她一笑——他实际是用嘴咬下了我裙子的最后一粒纽扣，假装吞了下去，亲吻我。可我安静地坐在她旁边，显出该有的懊恼，不作声。我们都曾年轻过：我的母亲以前常说，我们应该确保在酒变质以前把它喝掉。

我们在杰克的维多利亚式大宅前停下车。他站着，身影勾勒在门框里，顶上是彩绘玻璃，依旧是一位高大、优雅的男士。他的妻子宝拉，穿着晨袍缩在他身旁。

杰克从甬道那头走来，精神矍铄，打开小小的花式铁门，与女警握手，向她保证他会处理好一切，他将确保我晚上睡个好觉。想到还要照料乔吉，他似乎有点不悦，可我牵着它穿过那栋修葺如新的房子——高高的天花板和楣窗，贵重的墙纸，古老的油画——将它安置在屋后的小天井里，它把头搁在爪蹄上，听天由命。

我们三人坐在他的厨房桌旁，在昂贵的现代厨具的包围下喝茶，过去如燧石一般砰砰的与现在擦出火花。近年来杰克爱上了观鸟，一段差点害我笑得喷出茶来的描述。蛎鹬，赤颈鸭，黑尾塍鹬。他和他的妻子开始画起该地区鸟儿的速写。他们时常盘算着要去那边拜访我的小屋，他们说，可一直没有真正成行，时不我待。我不得不承认，那几幅水彩速写画得很美，他们使我质疑起我自己打发时间的方式：坐在屋外，游泳，凝望，等待。

想到小屋，我伤感得泪眼蒙眬起来，被几十载雨水冲刷走的名字，我口讷地说了一些计划给飞行航班画速写的话。

杰克撕开一瓶白兰地酒的封口，谈到他正在进行中的其他项目，我们之间的气氛热络起来：他基本已退休，但仍在女王大学教授一门关于十九世纪历史的课。他着迷的是他所谓的“殖民文学”。他讲得很慢，仿佛在字斟句酌似的。他的手上布满老年斑。他微微颤抖着倒出白兰地。

喝完第二杯后，宝拉宣布她将把场子留给我们这两个年轻人——她居然用“年轻人”这个词。杰克站起，陪她走出房间，他的手轻抚她的臀部，在这种情形下，那似乎是一个大无畏的超常举动。他亲吻她泛红的嘴唇，仿佛是为让她放心。我听见她重步踏上楼梯，又叹了口气。

“那么，”他说，仿佛我们之间的一切又重新开始了，我的手依旧还停在快碰到他累垮的心脏的上方，“是什么风把你吹到这儿来的，汉娜？”

我有种不好的感觉，我的人生又在兜圈子，只是此刻我比以往更加缺乏准备。他知道这封信，在过去的很多年前，但从未实际见过。他说，那是他有史以来第一次碰到一个实际中的活的空想。我不太明白他的意思，我想当着他的面，在他的眼皮底下，撕开那封信，只为推翻那个断言。我的人生，我的家，对我而言完全不是空想：那是一个实际存在的、有呼吸的地方，鸥鸟从高高的天上丢下贝壳，门必须关紧，不让热气逃出去，幽灵在走过低矮的房间时必须低着头。我猜杰克·克拉多若听说我和我的家人多年下来不知怎的挥霍光了我过世的祖父靠生产亚麻布累积的大部分财富时，他大概不会太惊骇。

我小心翼翼地道出详情，可他说，不管能够提供怎样的证明，要大学愿意冒险购下一封未拆开的信，希望渺茫。

但那封信勾起了他的兴趣。他注意到的是与道格拉斯的联系：他说，近来爱尔兰人里掀起一股风潮，他们认为自己非常包容。他用“他们”这个词，好像那是一扇他可以开关的门。事实上，学术界的问题是，他们，爱尔兰人，在什么时候变成了白人。这个问题交织着殖民主义的概念和失落感。他曾研究过澳大利亚、英国和昔日纽约坦慕尼协会的政治人物，研究他们如何同当时的文学交织在一起，这种白人意识是如何出现的。他对与他所称的偏黑派结盟过分紧密的学者保持警惕。这一切对我来说似乎有点太云苫雾罩。可他认识不少在英国和爱尔兰研究道格拉斯那一时期的学者，他说。他可以帮我联系其中的一位，大卫·曼亚纪，来自肯尼亚，在都柏林的大学教书。

我感觉自己被那些地理名字和白兰地搞得有点头昏眼花。他喋喋不休地讲述着什么内心殖民的概念，当我开始打哈欠时，他莞尔一笑。我真的需要歇一歇，我对他说。我没了以前曾有过的那种吸收力。他冲我微笑，把手放在我的手上，按住停了一会，与我对视，直至我把眼睛瞥向别处为止。我能听见楼上他的妻子走过地板的声音：在客房的床上放上毛巾、牙刷和睡衣，毫无疑问。

他试图朝我凑来。我不得不承认那多少有些让人受宠若惊。我说我会将那记在疲劳而非情欲的账上。七十二岁：有些事最好还是留在记忆里。

早晨，天气晴朗而寒冷。空气清冽。蓝侬楼高高的哥特式尖塔耸立在蔚蓝的天际，格外醒目。学生们一头短发，沿着修剪过的绿茵甬道意气风发地走过。

五十年代后期，我自己的大学时光过得既快又肤浅。文学没有为我做好迎接十九岁时怀孕的准备。我那来自阿姆斯特丹的心上人返回了他的运河故乡。我几乎不能责怪他。长久以来，我是那种不受教的长老派女孩，咬着头发一直吮吸至发梢，滔滔不绝地大谈革命和正义。他吓坏了，可怜的男孩。他在每个圣诞节寄钱来，直至有一年，信突然就没了，音讯全无，托马斯始终没有机会与他一见。

托马斯的大学时光也被打断了。一九七六年，当我把他送到那儿时，学生排列在校外的人行道上，举着他们的马丁·路德·金海报，穿着印有米瑞安·马卡贝的T恤。自暴乱开始已过去八年，他们仍在唱着：我们必胜。托马斯随波逐流地跟在他们中间。他的眼中闪着希望之光。他留着鬈发，穿着宽大的喇叭裤。他参加过一次学生占领行动，他们接管了文科楼，他们傻得在窗口放飞白鸽。随着时间的流逝，他变得越发沉默，埋首于他的数学书。他向来有点神神叨叨，可他相信他也许可以成为一名精算师。生命的长度，幸存的几率。没有公式可以归纳我们所受的讽刺。那个昏暗的清晨，当几个蒙面人拨开矮树丛时，那是怎样的情景？当他紧捂着一枚击中腹部的子弹时，他感到怎样微微的战栗？

我退出大学的地界，牵着乔吉走回车子。它在我开车时把头枕在我的腿上。小小的慰藉。

当我返家回到岛上时，又收到一封银行的信。来自于西蒙·李奥格古板无趣的妄想。西蒙说，你破产了。西蒙说，偿清债务。西蒙说，卖房或别的办法。西蒙说：现在。现在。

我怎么会把在我之前已经失去的东西抵押又再抵押？从湖边我回首眺望屋子和整间忽红忽暗的厨房。我感觉自己穿越到了一片我从未真正生活过的水岸，但接着我顿然想到那只是厨房餐具柜上的答录机。我思索了良久，考虑用一张纸盖住它，只在我想要看到时才揭去。请在哔声后留言。我泅游了半个小时，然后走过花园，用毛巾擦干乔吉，穿好衣服，烧上水，等待水壶发出啸叫。我大概猜到那通留言又是银行打来的，可红灯就是红灯。

结果，原来是杰克的教授朋友，大卫·曼亚纪，他说获悉有一封可能和道格拉斯有关联的信，他很感兴趣，假如我可以去一趟都柏林，他将很高兴请我吃午饭。

一个非洲口音。他听起来上了年纪，事业有成，为人谨慎。话音里透出几分哈里斯花呢面料的味道。

清晨，贝壳从天而降，在石板瓦屋顶上弹跳。鸥鸟飞过空中，小小的如金字形神塔的身影远映在天边。我走入屋外的晨雾中。零星的几颗贻贝敞口落在草地上。是德彪西说的，音乐乃是包含在音符之间的东西。回到家令人身心舒坦，虽然睡得并不踏实，可我恢复了精神。我拿出整叠账单，扔进壁炉里烧了。

在客厅靠近火炉的地方，挂着几幅我母亲以前的水彩画。晚年时，随着摄影兴趣的减退，她开始画画。她认为新的器材夺走了摄影的乐趣。她喜欢坐在阳光房里作画：有一幅画的正是这间小屋，蓝色的半扇门开着，湖在屋后无限延伸。

正当我坐在厨房听广播时，一阵十级大风突然来袭。风开始呼呼吹过湖面。不到一个小时，巨浪汹涌地撞击着海塘。雨从花园那头奔来，猛烈地敲打玻璃窗，风暴卯足劲向湖发起进攻。

大卫·曼亚纪——一个古怪的名字。他可能是个鳏夫，也许有一张长得像阿切贝的面孔。一道齐平的花白的头发，深锁的眉头，严肃的目光。或者，他也许是一个带非洲口音的白人，纯银框架的眼镜，风度翩翩，外套的臂肘处有贴皮。

我不知道我是否应该用黑莓呼他或用谷歌搜索他，或不管什么叫法，可我的手机服务被切断了，没有信号。

每当我挖掘我的童年时，最喜欢的总是那段从马隆路到小屋的旅程，和我的母亲父亲坐在车里。我们记得人，也一样记得路。为了追忆过去的时光，我想重走几英里以前走过的路。我往北驶到纽敦纳兹路，然后往东穿过格雷阿比，南行经柯卡宾，一路沿着湖岸，绕了一圈。

在波塔费里，有一面优美的斜坡通往古老的轮渡。我在东岸排队，望着船从对面驶来，搅起一道细细的白线。甲板上大约有十来辆车，太阳照在车的挡风玻璃上。几个小孩子在上层，遥望航道外，寻找鼠海豚破水而出的身影。横渡狭湾的这段行程只有几百码，可船必须根据潮汐的强度和方向，斜着向航道进发。一切已经来回往复了四百年。远处，莫恩山脉在天空的映衬下呈现紫红色。那些山也许又名默哀山：面对这样的美景，这么多年来我们把自己炸得粉碎的行径总是令我感到愤慨。

渡船顺利驶过激流，缓缓进港。我开着路虎车上去，摇下窗户，付钱给那位个子高高、年轻的船工。他看上去不像是那种会听得懂冥河玩笑的青年。不过，他还是风趣幽默，满面笑容。一时间，所有对陆地的感觉，连同记忆，都消失无踪。我拉起手闸，关好车门，带乔吉去上层甲板呼吸一点新鲜空气。

在甲板另一端，一对年轻夫妇互相偎依，讲的是俄语，可能是在度蜜月。我拽着乔吉的皮带漫步前行，走到一户来自波塔沃吉的人家旁边，他们正在取出三明治和一壶热茶。父母二人，六个孩子。他们喂了乔吉一点三明治的碎屑，摸摸它的脖子。他们准备南下，他们说，去看女王来访。我已跟不上时代，脱离世界自视的形象。我已很多个月没看过报纸。没有电视。我的收音机永久调在古典音乐频道。

“女王本人哟。”那位年轻的母亲说，脸上露出分明的喜色，仿佛皇室可能存在多个副本似的。她喝了一点贮陈啤酒，变得饶舌起来。她嗤之以鼻地说，奥巴马总统也要来，在同一个星期。奇特的碰撞。那几乎无关紧要：我需做的只是卖出我的信。

渡船撞上另一端的堤岸。鸥鸟在我们头顶盘旋。我向那户人家祝安道别，拉着乔吉掉头，走回车里。

我绕着滨海路行驶。让柴油费见鬼去吧。我的后面聚集起一大队不耐烦的车辆。他们闪着车前灯，超上来。一人甚至在路当中停下，走到车外，说："操你妈的，你这头愚蠢的老母牛。"我为他卓越的口才向他道谢。我询问，他是不是也正要去见女王。一个门房的幽默。他没有笑。

没有路可以避开繁忙的交通。大卡车忍着跟在我后面。我开得飞快，快得方向盘在我手里抖了起来。我的双肩僵硬得发疼。我在自己没有意识到的情况下越过边境，当我在我能找到的第一个加油站停下时，我才想起我需要兑换欧元。店员是一个年轻、文质彬彬的亚洲人，给我指了取款机。片刻的呆愣。屏幕上会出现什么信息？你要怎么解释，七十二岁，过着这般拮据的生活？

屏幕闪了一瞬，可出来薄薄一沓钱，喜人的小卷浪。

我给乔吉买了一根香肠卷当作庆祝。我考虑奢侈地买一包烟，昔日的习惯，可决定作罢。我们加满一缸柴油，慢慢驶出加油站，回到原先来的路上。

我打开车里的收音机，讲的全是保安工作和女王访问的事。他们似乎不怎么担心会有子弹瞄准奥巴马。我们错综复杂的历史。确实是内心殖民主义。我换台。越往南开，交通越发拥堵。从贝尔法斯特到这里，我已经花了四个小时，主要和乔吉的膀胱控制力有关。每开二十英里左右，我就得把车停到路边，让它撒尿。它不太喜爱这次出行，不断在后座哀鸣，直至我终于让它坐到前面，它把头探出副驾驶一侧的车窗为止。

等我抵达那座城市的郊外时已是傍晚。我慢悠悠地往前开，咒骂自己为什么订了一家市中心的酒店。找个郊外的地方本会方便得多。都柏林和其他地方如此相像，分叉的天桥，购物中心，街上到处是“待售”的招牌。歇业处理。清仓甩卖。空置的玻璃摩天大楼。我们全体遭遇的重复的个性，虚荣的炫耀，贪图身份地位。我占用公交车道的便宜，沿着加德纳街往前开。一名警卫试图挥旗命我停下，可我继续兀自行驶，晃着我的北爱尔兰车牌，像个招摇过市的少女。我想走贝克特桥，只为那纯粹的反讽，没关系，再试，再败，败得更漂亮，但却被困在可恶的一连串为国事访问而设置的单行路口和交通路障里。

快到晚上八点，我才终于把车开到谢尔本酒店外停下，给自己一次豪华的享受。代客泊车的服务员，一个卑劣无耻、矮小、势利的西班牙人，看看车，又看看我，鄙夷之色，我简直无法形容，然后我被简率地告知这儿不准带狗。当然不行。我得向自己承认我从一开始就知道。无意义再干傻事。当然，我自己和势利之徒相去不远。我装出愤怒、火冒三丈的样子，旋即重新汇入纷乱如麻的车流中。事实是，我的钱所剩无几，绝不可能奢侈地住酒店。

乔吉和我睡在城外桑迪芒特海滩边的停车场，我的旁边还有四辆车。无家可归的人家，我推测。茫然想到我自己的问题有多普遍。那些人家像夹心饼干似的挤在车里，拉起毛毯和帽子盖在身上。他们的所有家当都高高堆在车顶，用绳子捆住。他们看似像从某些我母亲早期的黑白照片里走出来的人。我们似乎怀有一种感人的信念，认为这些事永远不会发生在我们自己的领土上。仿佛过去的事不可能发生在现在。《愤怒的葡萄》。其中一辆车的保险杠上甚至贴着："凯尔特之虎，放屁。"警察在半夜时来查访了我们一次，打着手电筒照进车窗，但任我们留在那儿。我拉高外套，蜷缩进座位里。寒意像刀割似地从车门的缝隙里钻进来。我把乔吉拉到我的腿上，暖和身子，可它两度失禁，可怜的家伙。

早晨，隔壁车的小孩盯着往车窗里看。为了不让他们见到我换衣服，我叫他们带乔吉去海滨遛一圈。我塞给他们一个两欧元的硬币。可是其中一个小鬼说："好臭。"坦白讲，我不知道那指的是我还是狗。我悲从中来。那些孩子带着松了一口气的表情离我而去。我凝望他们的脚印在柔软的沙子里消释。一条漫漫延伸的灰带，通往陆岬的绿地。

后来，我带着乔吉走去爱尔兰镇吃早餐，找到一家允许它在我脚边假寐的咖啡馆。我在水池里洗去外套上的污渍，擦干净连衣裙，盯着镜中的自己。我梳理好头发，搽上一点口红。琐细的小节，老派的自尊。

广播里提醒会有更多大堵车的情况。我把车留在海滩，坐出租车，车子试图绕路前往史密斯菲尔德区。司机是个本地人。"哎哟天哪，让狗待在你的脚边别动。"他说。他的颈后纠起一圈肥肉。

我们遇到更多车流，不知不觉身陷其中。他出口成章地咒骂女王。最后四分之一英里路，我不得不下车步行。司机要讨小费，脱口之语，我心想，可我还没来得及说点什么，他已经骂骂咧咧，一踩油门开走了。

史密斯菲尔德区是城中一小块破败的地区，与我臆想中可能的面貌不符，但接着，不符的还有在街角等我的大卫·曼亚纪。

我预计是一位上了年纪的男士，刻板拘谨，头发花白，外套的袖子上有贴皮，戴着纯银框架的眼镜，说话的口气粗重沙哑。说不定他会戴一顶那种非洲人的小帽子，我一辈子记不得那东西的名字，小小方方的，色彩艳丽。或者，他也许看上去更像那些高高的尼日利亚商人，穿着磨得发亮的蓝西装，紧身白衬衣，挺着阴险的小肚腩?

曼亚纪三十出头。一幕高雅的旧货拍卖。他胸膛宽阔，健壮结实，身上微有一点赘肉。他的头发梳成稀疏的辫子，但垂下来，被套进短小的束管里，挂到下巴处——我试图回忆这种发型的名称，可记不起来，我的思想无法集中。他穿了一件起皱的运动夹克，里面却是一件黑人穿的短袖花套衫，黄色里绣着银丝。他同我握手。我觉得自己笨重邋遢，可曼亚纪身上有某些东西让我感到一阵激灵爬满我的脊柱。他把手伸向乔吉，抚摸它。他的非洲口音比电话里更重，但带有一份抑扬顿挫的牛津腔。

“‘骇人’长发绺。”我对他说，怪莫名其妙的。

他笑了起来。

我们走进一间阴冷的小咖啡馆。店主已在柜台上摆了一台小电视机，他们正在观看当日事件的转播：女王在前往纪念花园的途中。街上有零散的海报。没有短筒防暴枪，没有橡皮子弹，没有催泪弹。电视评论员兴致勃勃地讨论她飞抵时选择穿一身绿色衣裙的做法。我向来对皇室不太感兴趣，虽然我名义上从小是个新教徒，但我有一部分古老的血脉，依旧和莉莉·达根相连。

我们点了咖啡。电视变成嗡嗡的背景声音。

我把信拿给曼亚纪看，他用手指捏着塑料封套的最边缘，将那转了一个方向。我向他解释，信是代表我的曾外祖母而写的，她年轻时就在不伦瑞克这条街上的宅第里工作，可他立刻纠正我，说道格拉斯住的是大不伦瑞克街，如今更名为皮尔斯街。

“我正纳闷你为什么想要在这儿见面。”他说。

“这里不就是大不伦瑞克街吗？”

“恐怕不是。”

我顿时尴尬万分，他兴许比我更了解我自己曾外祖母工作的地方，可毕竟他是学者。他似乎也为纠正我的错误而感懊恼，说关于那条街，或那栋宅邸，已知的信息其实并不多，因为那早就被拆毁了，不过理查德·韦布令他深感兴趣。他说我们可以试着走到皮尔斯街去，可女王的访问如同给这座城市扎了止血带。

那封信密封在文件夹里。他没有因为想到不能把它拆开而心烦意乱。他说他对伊莎贝尔·詹宁斯的情况一无所知，但她十分有可能帮弗雷德里克·道格拉斯赎了身，通过纽卡斯尔的一位名叫爱伦·理查森的妇人，一位积极投身这项事业的贵格会教徒。

“他返回美国时已解除奴隶之身。”

“解除奴隶之身”，这是一个独特而美妙的说法，我为此对曼亚纪增添了几分好感。在科克市也再无布朗街，他说。那在六十年代时拆毁了，就他所知，腾出地方建超市。他不确定詹宁斯一家是何时搬走的，但他隐隐觉得可能是在大饥荒期间。无论谁都要背负深重的内疚，他说，不管是英国人还是英国籍的人。我告诉他，以前有一枚紫水晶胸针，也相传了数十载，可那早已失落在了加拿大的某个地方——多伦多，或可能是圣约翰斯。

他摘下眼镜，抬头斜望着电视屏幕。一架直升机盘旋空中。这一场坚持了如此之久的引人注目的和平。

曼亚纪捏着信的边缘，来回翻动了几次，然后拿到近光处，直至我请他不要让信照到太多光，因为上面的字迹很容易受损，即便装在塑料封套里亦然。

我最喜欢曼亚纪的一点是他没有要求我把信拆开，或要借走，让他大学里的同事可以用质子、中子或其他任何他们可以用来透视里面装了什么的东西来轰炸信。我想他明白我并无兴趣追根究底，假如真的有底的话，也明白预期中的真相并不特别引人入胜：对这样一个年轻人，一位学术研究者而言，他所好奇感兴趣的仍是难以捉摸之物。

他说，芝加哥有一位收藏家，曾花费数千收购和道格拉斯有关的纪念物。这位收藏家已买入一本曾属于道格拉斯的《圣经》，并豪迈地开出天价竞标一对哑铃，不过那最后归于华盛顿的一家博物馆。

曼亚纪用一根手指摩挲太阳穴："知道这封信里写的是什么吗？"

"我猜那只是一封致谢短笺……"

"噢。"

"就我所知。"

"好的，到时那是我们之间的秘密。"

"从未有人拆开过信。杰克·克拉多称那是一个空想。"

"他就是这样。"曼亚纪说。他惊人的坦率让我益发喜欢他。他似乎走了少时神，搅拌着咖啡里的糖。"我父亲以前给我写信，用的常是那种薄薄的航空信纸，皱巴巴的。"他没有继续说下去，而是拨开塑料封套的上沿，吸了一口那味道，然后抬头怯生生地望着我。他从多远的地方而来？他自己背负着什么样的故事？

曼亚纪拿出他的手机，开始给那封信拍照。他的动作谨慎小心，可还是有几块细微的碎片从塑料封套里散落下来：其实和点点灰尘无异。事物的自然熵。我讲了一些我们每个人都以各种不同的方式瓦解的蠢话，他合上塑料封套，但有一粒微小如针尖的圆纸片掉在了桌子上。

“你真认为可以让它卖出一个好价钱吗？”我问。

“你需要多少？”

我似笑非笑。他也一样，但温柔客气。

他微微侧过头，好像脸刚被某个他还未真正认识的人摸了一把似的。说到底这封信为什么会保存下来？我们最精心收藏在抽屉里的东西，往往是我们永远无法再找得到的东西。他伸过手，仿佛想触摸一下我的手背，可却缩了回去，而是端起他的咖啡马克杯。

“我可以查查看，”他一边说，一边把文件夹从桌上推回给我，“今天稍后我会把这些照片电邮出去。”

从信封上掉下的碎屑仍留在桌上。他低头瞥了一眼。我确信他那么做是不假思索，可曼亚纪恍惚地舔了一下手指头，按住其中一粒。他的目光越过我的肩膀。渺小的一片纸，如针头大小。他端视了许久，但显然在出神地想着别的东西。他把那片纸屑粘到舌头上，抿了一会儿，然后吞了下去。

当他意识到自己做了什么时，开始吃吃地道歉，可我说没关系，反正那本会和盘碟茶杯一同被清走。

那晚晚些时候，我从桑迪芒特开出车，驶至曼亚纪家。他住在沿海岸线反方向的敦劳费尔。乔吉在车里病了，无法动弹它的后腿，并且腹泻不止。我努力抱着它，重得够呛。我蹒跚地走上台阶，按响门铃。

他的妻子是个白皙的爱尔兰美女，听口音受过良好的教养。“艾薇恩。”她说。她当即从我怀中接过乔吉，后退到荫翳处。

那是一栋漂亮的房子，里面摆着各式各样的艺术品，安在白色底座上的小雕塑，一排抽象画，楼梯旁有一幅我觉得像是肖恩·斯库利的画作。

她赶忙领我进厨房，曼亚纪正坐在岛台旁。身边有两个小男孩，穿着足球球衣式样的睡衣，在做功课。他们的儿子，完美的混血。以前他们将被唤作穆拉托人。

“汉娜，”他说，“我以为你北上回家了。”

“乔吉病了。”

“你需要找一位兽医吗？”艾薇恩问。

曼亚纪在厨房的后门旁摊开一张报纸，把乔吉放上去，在他的手机上搜索。他打了几通电话，找到一位在达尔基附近可以上门看诊的医生。此刻讲电话时，他的牛津腔多于非洲口音，他的咬字更加清晰硬朗。我不知道他从小是在什么环境下长大的，他的父亲可能是公务员，母亲可能是老师。或许是在蒙巴萨一小片尘土飞扬的郊区，游泳池，凉爽的白色亚麻布。或有一个小阳台，俯瞰一条炙热的街道。一位阿訇召唤大家做祷告。他父亲的长袍的宽大衣袖。逮捕，刑讯，失踪。抑或，他可能生长在富裕人家，山丘上的屋顶，调到英国广播公司的收音机，在内罗毕的游泳池里所度过的青春。接受大学教育，伦敦一间脏乱的公寓，也许？他最后怎么会落脚在这儿，在爱尔兰海之畔？是什么带我们这么不远万里，溯流而上地走入过去？

他啪的合拢手机，重新去陪他的孩子写作业。我感到一个人站在那儿傻傻的——他一时间忘了我的存在。多亏他的妻子挽起我的臂肘，请我坐在花岗岩台面的岛台旁，为我倒了一杯越橘汁。

那间厨房虽然没有志在登上杂志的企望，但说不定可以——精美的橱柜，插在刀座里的分工细致的刀具，一个有仿古外表的崭新的炉子，一台红色的浓缩咖啡机，一个带遥控器的小电视，那实际是一块嵌在冰箱上的屏幕。艾薇恩为我忙得团团转——“请坐，请坐。”她说——但接着大方地同意让我帮忙切一些青葱和土豆片，做脆皮烤菜。她不知怎的在我没注意的情况下给杯子重新加满了越橘汁。冰箱上一闪一闪地播出新闻：女王会晤爱尔兰总统，又一家银行倒闭，一辆公交车撞车事故。

门铃终于响了。那位兽医是个年轻的姑娘，似乎已经厌倦了她所面对的各种戏剧性事件。她咔哒打开一个小的黑皮箱，俯在乔吉旁边。

“冷静。”她对我说，眼睛甚至没有直视我。

她仔细检查了乔吉，爱抚地摸摸它的肚子，检查它的腿，看了一点大便样本，打着手电筒检查了它的牙齿和咽喉，然后告诉我这条狗老了。仿佛那是一个重大的新发现。我十分确信接下来她会告诉我，她将不得不对乔吉施行安乐死，可她说的是，这条狗只是疲劳过度，有一点营养不良，可能得了肠道感染，她可以开一个疗程的抗生素，以防万一。她的态度里含有几分指责之意。营养不良。我感觉心头抖索了一下。她疾笔开出一张药方，连同账单在空中挥了一下。八十欧元。

我在钱包里摸索起来，可艾薇恩一个劲地摇头，打开她的手提包，拿出皮夹。

“你在我们这儿过夜吧。”她说着，朝屋子另一端的曼亚纪投去一瞥。

凡事永无终点。艾薇恩来自爱尔兰的一户有钱人家，昆兰家族，多年来靠从事食品加工业和银行业而发家致富。她的父亲迈克尔·昆兰时常登上爱尔兰的财经杂志。父女二人似乎已基本不相往来，估计是因为和曼亚纪结婚的缘故。

她和曼亚纪在伦敦登记结婚，没有行宗教仪式，某些神秘的东西笼罩着他们的过去，可能是一个小孩或一桩移民丑闻，我不清楚，不过那几乎无关紧要；他们是天生一对，不管同她父亲之间发生了什么，那似乎把他们连结在了一起而非将他们拆散。他们宽厚地交往相处，没有一丝虚伪或教人倒胃口的甜腻。他们的孩子在餐桌上大声讲话，淘气不乖，和每个地方的小孩子一样。我相和康纳，一个五岁，一个七岁，肤色既深又浅。

艾薇恩在爪脚浴缸里为我放了洗澡水。我把脸浸到水下。她留了一些沐浴油珠，放在一个绑着丝带的小罐里。我伸手去拿，可整个罐子翻倒了。有一粒溶化在我手中。我能听见远处轮船的汽笛声，船只经过敦劳费尔。大家都在匆匆赶往某个地方，想去别处的渴望。多年前弗雷德里克·道格拉斯正是在这同样的港口抵岸。水在我周围轻轻拍打。破浪前行，水花飞溅。托马斯。他们为了一把鸟枪开枪把他打死。乔治·米切尔带来的和平。女王在纪念花园低下了头。

一阵砰砰砰响亮的敲门声，曼亚纪冲进浴室。我慌忙地从水中爬出来，没穿衣服。我的身体，服膺于永久作用的重力。他手足无措地后退，尴尬得无地自容，出了浴室。

“对不起，对不起，”他在走廊喊道，“我一直敲门。我以为你可能病了，或怎么了。”

水冷极了。我想必在里面躺了好久。我放上热水，重新爬进去。少顷，艾薇恩上来，端给我一杯茶。“我让你的丈夫大开了眼界，恐怕。”

她把头往后一仰，哈哈大笑：无嘲笑之意。

“他可能需要接受心理治疗。”我说。

“哦，在这个屋子里，我们对心理治疗无所不晓。”

她的身上有某些纯粹而熟悉的东西。也许是一种机制，帮助她去除她父亲的恶名。她用手把热水搅上来，让我暖和一点，又放入几粒软软的沐浴油珠，始终没有瞧我的身体一眼。

“我不打扰你了。”她说。

“不，没关系。你可以留下。”

“噢。”她说。

“坦白讲，我希望有人陪伴。我可不想再睡着。”

她拉过一张椅子，坐在地板中央，我们之间一种奇特的私密氛围。我首次注意到她的左眼有一点轻微下垂，那使她看上去像一个战胜了某些久远的悲伤的女子。

浴室有一扇结了霜的窗，她一边讲话一边望向窗户。户外的一盏灯使黑夜有了光彩。她说她在伦敦上大学时邂逅曼亚纪。她学的是时装设计，曼亚纪念英语系。他来看她的一场时装秀，带着他的一个女朋友——诸多女朋友之一，她说，在女朋友这个专业他从不缺人——站在她的毕业设计前，一组高级订制的半身裙和上衣，灵感照理来自游牧部落。

“他对那嗤之以鼻，”她说，“就在展厅现场。直接轻蔑地哼了一声。我感到颜面扫地。”艾薇恩再度伸手拧开热水龙头，又多拂了一点水到我脚边。“我恨他。”她轻轻一笑，将她的耻辱折起收拢。

几年后她在索霍区的一个新书出版派对上见到他，书里有一篇他写的评论，题为《非洲小说的政治学》。她试图在他走近能听见她说话时揶揄那篇文章，可问题在于，那篇文章本身全是反讽，从头至尾，他是故意那么做的。

“我就在那儿，狠狠地骂他，你猜怎么样。他又开始笑起来。一个名副其实的自以为是的家伙。”

她用指关节擦去她下垂的那只眼睛里的水汽。

“于是我告诉他该去跳什么湖。我不会告诉你他是怎么回答的。我恨自己不争气，可我被他迷住了。于是第二个星期，我寄给他一件贝都因人的长袍，连同一封尖刻讥刺的信，说他曾如何教我难堪，他是个令人憎恶的混账，一个顶级的可鄙之徒，我盼着他在地狱里腐烂灭亡。他写了四页的回信，阐述我自命不凡的时尚直觉，建议我不妨先了解认识一种文化，然后再把那涂抹到上百万个屁股上去。”

我在浴缸里微微挪动了一下，水又渐渐变冷了。

“那几乎算不上是一个恋爱故事，可至今我们结婚了八年，他仍穿着那件长袍当晨衣。只为故意惹我恼火。”

我们静坐了片刻。我觉得她背负的似乎可能是她家族的重压。我曾听说她的父亲一度被捕入狱，或至少接受了审问，由于某些金融违规行为，在经济飞速增长期刚结束时。那几乎不干我的事，我躲开了诱惑。我起来，准备爬出浴缸。

“我很高兴你来作客，”她说，“这些日子我们很少与人来往。”

我把臂肘搁在浴缸边沿，她将手臂伸到我的腋下，扶我出来。我一直背对着她。我们能忍受的尴尬只有这么多。她从热水夹里拿出一条热好的毛巾，披在我肩上。她从后面捏了捏我的肩膀。

“我们会让你晚上睡个好觉，汉娜。”她说。

“我真有那么糟吗？”

“我有半片安眠药，假如你要的话。”

“我宁可来杯白兰地，老实讲。”

等我下楼时，她已煮好一杯热白兰地，加了丁香，倒在一个漂亮的水晶玻璃杯里。女人的默契。我们身在同一条船上，别搞错了。

我又多住了四天。艾薇恩为我洗衣，照料我，让我恢复了些许表面的安定。我想念我的小屋，但大海一直陪伴着我。我带着乔吉沿码头散步。移居他乡的人，在我的家族里延续不绝。我的一个朋友曾有一句箴言，自杀只适合年轻人。我劝自己停止生气，尽情享受在那儿的时光。

在我作客的最后一天，我从床上起身，下楼走到屋后的小花园里。我坐在一张帆布躺椅上，用紫藤拼图案。我听见身后门把手的转动。一声轻轻的咳嗽。曼亚纪光着脚，依然穿着睡衣。他戴了一副金丝边的眼镜。他的长发绺歪在一边。

他拉过一个花盆，倒转过来，坐在我旁边。我能立刻从他耸起的肩膀中看出来。那位收藏家给他回了电邮，关于那封信，他说。他用发白的脚掌磨蹭石头。“他有兴趣，”他说，“但只肯出一千美元。”我在帆布躺椅上微微动了一下。我已料到，可不想听别人告诉我。我只好装出霍然欣喜的样子：小提琴砸碎后的顷间琴弓上的松香。

曼亚纪捏压手指，一齐发出咔咔声。他认为有可能那位收藏家会出到两三千，但我得向他提供证据，证明那封信同道格拉斯有关。我不知道有什么证据，除了把信拆阅以外，可那一样会使这封信变得一文不值。

“我会考虑一下。”我说，可我们心知肚明那不可能。我宁愿就这样放弃这封信。如今它的价值几乎不如沧海一粟。

曼亚纪用手指捶了一会儿花盆底部。他伸手过来，轻抚乔吉的脖子。

“对不起。”他说。

“你没有什么好抱歉的。”

阳光斜落在后花园里：那是明媚晴朗的一天。艾薇恩和曼亚纪陪我走到大路上，我们在那儿道了别。她为我准备了三明治和酸奶，装在一个小牛皮纸袋里，还有一些饼干。上学带午餐的日子。他们谦谦地微笑。我开车上路，沿着海岸行驶。一段漫长的回家之旅。

据说，奥巴马将于当日抵达波德诺机场。万岁爱尔兰。天空将一路陪伴我回家。

夜幕从树木弯折的枝干上垂降下来。湖水平静如镜。我推开门，等候的信件被一股脑儿挤到墙角。小屋冷得要命。我忘了拿点木头进来。我点亮一盏蒂利灯，将那放在壁炉台上。

我曾期待到家时有如释重负之感，可这座房子将一股刺人的寒意逼入我的骨髓。乔吉在旁边轻轻顶我。屋里有少许引火柴和几块泥炭砖。我点燃打火器，把账单连同柴火和泥炭一块丢了进去。

我找出潜水衣，它散发一股淡淡的霉味。我在火旁将那烤热。乔吉望着我，头搁在爪蹄上。它似乎极不情愿，可当我涉入水中之际，它还是下来穿过草地，站在了墙边。一个宁静的夜晚。三颗星星，一轮月亮，一架孤单的飞机，飞过高高的夜空。水上起了风，仿佛在寻找同伴，活着的和死去的撞见彼此。轻风吹得偌大的窗户格格作响，然后旋绕过山墙，平息下来。

大卫·曼亚纪在早晨打来电话，说我落下了那封信。我一清二楚。我把信直截留在了床头柜上，用一个玻璃纸镇压着。

天知道，活到这个岁数，不可能不找别人来挑我们的担子。我对他说他可以把信拆开。对不起，你说什么？他问。你可以把信拆开，大卫。他几乎立刻让我摊出了底牌。房间渐渐变小，天花板近了。我在蒙着麦斯林纱呼吸。我记得他的手短而粗壮，手指甲的最上端很白。表皮啃咬过。他又问了我一遍我是否确定，我说当然。我觉得我听见了信封撕开的声音，可显然外面有塑料文件夹。他正在把那打开。我努力回想那间卧室的样子：他的家，小孩子的窗帘，一床印有贝壳图案的鸭绒被。他想必已把电话夹到耳朵下。他从塑料封套里小心缓慢地拿出那封信。他的声音逐渐远去。他打开免提。电话想必正放在床上。他的右手握着那封信，左手缓缓移到信封的封盖下面。我在厨房，眺望屋外的湖。无风无雨，平淡无奇。一幅低沉、灰蒙的画卷。要是信一下子撕破了该怎么办？他敢。电话那头静默了片刻。他不能那么做。他将用快递把信寄给我。窗外的天空亮了起来。不，我说，就请念给我听吧，看在上帝的分上。电话的移动声如空谷传音。天花板沉下来。现在信拆开了，我是否想让他现在就展开信纸？血涌上我的太阳穴。试图若无其事。信封撕破了吗？没有，他说，信封开了，但没有撕破。地上铺着灰地毯。孩子的衣服挂在柜子里。他的窗外有一棵树，树枝触碰到窗框。他展开信纸。都柏林的小咖啡馆，细微的碎屑从塑料封套里掉出来。有两页，他说。写在台头是科克伦酒店的便条纸上。纸是蓝色的，顶端压印了一条银色的凸饰。两张小纸片，对折叠拢。字迹已淡去，但仍清晰可读。自来水笔的墨水。他拎起话筒，免提关了。树枝也许碰到了窗户。信上有日期，他说。和我预期的一模一样。一九一九年六月。艾米丽·欧利希。我寄出这封信，希望它能送到您的手中。我的母亲，莉莉·达根，一直铭记着伊莎贝尔·詹宁斯小姐对她的恩惠。他那斩钉截铁的非洲口音。他念得很慢。蓝色的纸。他表皮周围的咬痕。诚然这封信有可能会佚失在海上，但假如成功寄达的话，或许您将从两位已把战争从飞机里敲掉的男士手中收到这封信。他们迫降在克里夫登。被坚硬的根茎绊住。活的莎草纸。他们带着这封信飞过爱尔兰海。我们很少知道我们的行为会产生什么样的回响，可我们的故事毋庸置疑会比我们活得更久。沿码头传来的雾号。他窗外的车流声。水畔的石塔。这，如此说来，只是一声简单的问候。艾米丽·欧利希的上衣上溅了墨水。用笔尖轻敲墨水瓶的边沿。我的母亲洛蒂站在她身后，越过她的肩膀，凝望着。窗外，一个东西映在天际。我怀着最深挚的感谢寄上这封信。草儿向后弯折。我的儿子走进后门。世界若没有慈悲宽恕的时刻就不会转动。谁在乎多么渺小。浓重的露水濡湿了他的裤脚翻边。随后我请他把信再念一遍给我听。等一下，曼亚纪说。我听见纸的碎裂声。信很短，可以记诵于心。

二〇一一年初夏，我将小屋交付拍卖。家具挪了位置，画从墙上摘了下来。空气中响着割草机嗡嗡的噪音。碧绿的草地飞奔向下面的湖。窗框和门经过粉刷。一股新鲜的空气穿过屋子。半扇门上的铰链上了油。雅家炉擦洗干净。阳光房的靠垫缝补好了，航海图上的灰尘拂去了。

过去爬起身，将自己摇散。我把我的家当收进纸板箱，堆在后面屋外的小棚里。一只挂满古董衣裙的柜子。木制的网球拍和球拍夹。数码长的鱼竿和钓鱼线。一盒盒以前的子弹。无用的东西。

杰克·克拉多和他的妻子宝拉开车出城，从贝尔法斯特来帮我打包。我觉得她是想窥探我最后的家当。我举起一条旧的骑马裤，纳闷以前是怎么穿进去的。杰克叠好我丈夫最后剩的衣服，放进一个又一个纸板箱里。他们对我母亲晚年的画感兴趣。到最后，她像运用水彩一样运用油彩，使画面具有未经雕琢的原始感，辐射状的色彩流动，层层叠加。她擅长扭曲或拉长人形：一种饥饿。

杰克和宝拉向我开出一个小数目，欲买下那些速写。他们真正想要的是画框。我不要钱，不再需要了。银行增加了我的透支额度。我拣出我最喜欢的几幅，将剩下的给了他们。他们把画载于车后：飞翔中的鸟。

西蒙，银行的经理，无精打采地四处转悠，因良心不安而露出畏怯。他从一个房间走到另一个，计算他最终可能卖出的价钱。一个阴阳怪气的房地产经纪人随同他来，涂着口红，穿着细窄的铅笔裙。她带有南方口音。我告诉她，假如她当着我的面再提一次“遗产”这个词，我会把她的肝脏啄出来。可怜的家伙，踩着高跟鞋的她开始颤抖。她只是在做她的工作，她说。也对，我说。我指给她看烧水壶在哪儿。她悄没声儿地穿过小屋，躲开我。

每当有买家来时，那似乎从来不像是来购买，而是来探查那份痛楚。我开始带着乔吉环岛散步。它紧跟在我后面寸步不离，仿佛它也知道，不久的来日，它也许将只剩回忆。一座镶有边缘的岛屿。记忆中将我和这个地方连接起来的往事，并没有数年以后看起来的那么多。树顽固地迎着风，枝条朝内陆方向缠结。

我坐在岸边的岩礁上。乔吉蹲下身，蜷作一团。我在这整件事里难辞其咎。我本可以做的一度有那么多。自从我的儿子被杀后——我终于学会了怎么把那说出口——我任由事物消解。这一切全是我自己酿成的。鲁莽，沉沦，惧怕。

上门来的人想同我谈一谈，考察他们自己的欲望，可面对他们一副伪善的嘴脸，我只能让自己扮演一个脾气暴躁的老妪。我嗖嗖挥舞着那根黑刺李木手杖，穿过长长的草地，一路拖着脚步。等来访的人走后，我回到屋内，把凡是需要打包的东西打包完毕。

拍卖的三天前，传来有人敲窗玻璃的声音。乔吉起身，迈开大步，生龙活虎的，朝前门跑去。

我犹疑地打开那半扇门。艾薇恩猛地将一瓶上等的法国白兰地递到我面前。大卫·曼亚纪在车里，他的脸在暗中看不清，斜倚的光在挡风玻璃上投下阴影。我差点忘了。他答应过他会将那封信完璧归赵。他在车后翻找，把他的儿子们从儿童活动座椅上解下来。

“我们只是想带他们出来透透气，假如你不介意的话。”艾薇恩说，可两个孩子已经撒跑起来。“我们试图打电话给你。希望不会打搅你。大卫要去贝尔法斯特，明天有一个会议。”

“这儿有点像哈伯德老妈妈的地方，恐怕。”

我们穿行在空荡的屋子里。艾薇恩穿了一条长长的太阳裙，曼亚纪穿着他的一件鲜艳的短袖花套衫。他们走得很慢，仔细打量那份空空如也。到处都是证据。墙上以前挂画的地方颜色褪得轻一点。灰泥里的钉子洞。地板上家具的印迹。风从烟囱里吹下来，卷起灰烬。

他们穿过客厅，经过壁炉，走到厨房外。他们十分小心，沉默不语。曼亚纪把信放在桌上。我打开信封，检查笔迹。写得有点潦草。当我们把事情搞清楚后，我们失去了什么样的谜，可也许在明晰了然的事中也有解不开的谜。一封简单的短笺，仅此而已。我把信重新合上，感谢他。那完全是属于我的，如今我将把它收好：不用大学，不用集邮家，无需存档。

我们坐在阳光房里，我们能望见两个男孩在花园里东奔西跑。我做了午餐，罐头西红柿汤和奶油苏打面包。

几台喷气式滑水车如嗡嗡的大黄蜂，横冲直撞地驶过水面。曼亚纪礼貌地从椅子上站起，带着他的孩子朝水边走去，蹚入浅滩，吼着，挥舞着手，驱赶走那几台喷气式滑水车，让我疲惫的心一阵忐忑。他短短的长发绺弹起在下巴周围。他和孩子沿海塘往下走，低到不见踪影，上来时带着三颗牡蛎走过花园。他用螺丝刀撬开牡蛎，放在一个盛了海水的小托盘里，摆进冰箱。一个小时后——他得开车去村里给孩子买牛奶，他说——他用平底锅烹制牡蛎。白酒，蒜末，迷迭香。

我请他们留下来过夜。曼亚纪和他的儿子从谷仓里拖出旧的床垫。当床垫啪的放到地上时，飞起小团小团的尘絮。我们拍松枕头，铺上干净的床单。我不出所料地湿了眼睛。艾薇恩在我杯里倒了一小层白兰地，防止我溃决。

一吃完晚饭，曼亚纪的大儿子我相踩着他的小脚丫，说他要喂鸥鸟。我们还剩半条面包。他拉起我的手，连同他的弟弟康纳，我们把面包撒在草地各处。黄昏过后少顷，我们眺望窗外，一群红尾鹿高抬着腿走过砾石地。我相和康纳坐在窗口，双手贴在冰冷的玻璃上向外注视。我没有勇气讲出一字半语关于那些鹿会踩坏我最后一点园圃的话，我抱着康纳在窗旁，直至他睡着，他，一个五岁的生命在我的怀里，我走出去，把鹿赶走。

我站在庭院里，在近乎暗黑的夜色中，谛听。天空是一条长长的布景，映着剪影。最近处的树似是蓝的。月亮出来了，纤薄轻脆，悬于湖上。水拍打着湖岸。夜幕完全降下了。

我回到屋内，艾薇恩正在给孩子换睡衣。他们吵闹了一会儿，然后安静下来。她坐在临时铺的床的尾端，从手机上念故事给他们听。

从前，她的第一句话。我站在门口，聆听。世界上没有一个故事，至少，在一定程度上，不是在讲述过去。

我点燃油灯，然后撇下我的客人，带着乔吉去湖边。我游了出去。湖水汹涌冰冷，慢慢钻进我的骨子里。我瞥了一眼屋子。托马斯复活了，他高高瘦瘦的身影逐渐在草坪对面丰满起来。

我回到屋里，在门旁用毛巾擦干乔吉。曼亚纪和他的妻子在阳光房，灯光照出他们的身影。他的金丝眼镜一闪一闪。我听得一点他们谈话的内容：他的会议，他们的孩子，即将到来的拍卖。他们凑近彼此，隔着一张桌子的宽度，一张写有几个数字的纸，摆在他们之间的桌上。他们的影子映在玻璃里。他们身后的湖水向着远方和黑夜延伸。我在门口站了许久、许久，不确定该做什么或说什么。我对他们的好意不感兴趣。我也不会留下来，假如他们留下的话。

当我在他们旁边坐下时，他们的沉默里填注了温柔。我们不得不对这个世界没有止于我们而心生敬意。

致谢

历史里没有真正的无名氏，在故事中更是没有。许多双手指引了这部作品，若要假装我是单凭一己之力而写了这本小说，那是不对的。当然，所有的失误和错处将全部由我承担，但假如我不提到这些一路给过我帮助的人，那必是我的疏忽和怠慢。首先，一如既往，永无止境的，艾莉森、伊莎贝拉、约翰·迈克尔和克里斯蒂安。还有我在亨特学院的同事和学生，特别是詹妮弗·拉布、彼得·凯里、汤姆·斯雷、加夫列尔·帕卡德。我衷心感谢大卫·布莱特、约翰·沃特、派翠西亚·费雷里欧、马克·康纳、布来登·巴林顿、科尔姆·欧格兰达、菲奥花拉·斯威尼、理查德·布拉德伯里、多纳尔·欧凯利，感谢他们在道格拉斯部分所提供的帮助。研究道格拉斯的学者想来能明白，我有时合并、组合，偶尔虚构引述，旨在创造逼真的神韵。阿尔科克·布朗的部分，承蒙司考特·奥尔森、威廉·朗格维舍、卡伦·墨菲、布来登·林奇和伦敦科学博物馆的安德鲁·那鸿的帮助，我深怀感激。有关乔治·米切尔的部分，我必须首先感谢乔治·米切尔和希瑟·米切尔夫妇本人 ——他们宽宏大量地容许我试图用想象走入他们的世界。此外，我必须感谢莉兹·肯尼迪、蒂姆·奥康纳、米切尔·瑞斯、德克兰·凯利、莫里斯·海耶斯、托尼·布莱尔和众多其他（特别是谢默斯·布劳里和梅瑞德·布劳里夫妇）努力帮助我理解和平进程的人。阿斯彭的工作人员和阿斯彭作者基金会在创作过程的每一步都提供了莫大的帮助：特别感谢丽莎·孔西利奥所做的一切。《飞越大西洋》一书的全体人员，洛蕾塔·布伦南·格鲁克斯曼、加夫列尔·伯恩、尼奥尔·伯吉斯、尤金·唐斯，我源源不绝的感谢，一如既往。在过去几年里，我在狂风暴雨中获得一隅栖身之所——深挚地感谢玛丽·李·杰克逊、弗勒尔·杰克逊、凯容·伯克、克莱拉·杰克逊，提供斯特兰福德湖畔的屋子；为阿斯彭的幽静之所向温迪·阿瑞斯蒂道一声满满的感谢；感谢布鲁斯·伯格，让我借用西部最美的小屋；感谢伊莎·卡图和丹尼尔·萧，让我享受伍迪溪的宁和；当然还要感谢罗斯玛利·浩克和罗杰·浩克夫妇提供的支持及楼上的房间。对于编辑上的指导和敏锐的判断力，衷心感谢詹妮弗·赫希和亚历珊卓拉·普林格尔。感谢马丁·昆恩，深深一鞠躬。也要感谢卡罗琳娜·埃斯特、托马斯·乌伯霍夫、卡琳·考曼。一如既往地感谢莎拉·查尔方和安德鲁·怀利以及怀利经纪公司的所有人员。我感激约翰·伯格、迈克尔·翁达杰、吉姆·哈里森、温德尔·贝里给我源源不断的灵感。还有许多其他自始至终帮过我的人，阅读书稿，提供建议——约翰·库萨提斯和安娜·库萨提斯夫妇、乔伊·列侬、吉姆·马里翁博士，特里·库普、钱德兰·马度、莫里斯·伯恩、沙瑞夫·阿布杜努尔、鲍勃·穆内、丹·柏里、比尔·郑、汤姆·凯利、丹尼·麦克唐纳、迈克·朱厄尔、蒂姆·基普和凯茜·基普夫妇、凯特琳· 格里尼奇、肖恩和莎莉，以及我在爱尔兰的所有家人，尤其感谢我的弟弟罗南·麦凯恩，管理我的网站，没有他，我将完全不知所措。还有其他人：希望我没有遗漏太多。我将一路暗暗地感谢他们，我们大家，一起，飞翔。